最果ての魔女

天都しずる

Shizuru Amato

RB

レジーナ文庫

登場人物紹介

レイアスティ

300年の時を
生き続ける魔女。
相棒である灰猫のビーと、
北の孤島でひっそり
暮らしている。

ヴァノッサ

大国ファルガスタの
若き皇帝。紅蓮の髪と瞳から
"炎帝"と呼ばれている。
予言に従い、レイアスティの
もとを訪ねる。

ビー

言葉を話せる灰猫。
レイアスティとともに
長生きする、
猫の王様。

エイミー
風の精霊王。
マーグリス
水の精霊王。
アマンティ
大地の精霊王。
ガラナ
炎の精霊王。
ビリオン
初代"炎帝"。300年前、レイアスティを保護し、城に住まわせていた。すでに亡くなったはずだが……？
リズ
騎士。ヴァノッサから、レイアスティの護衛を命じられる。筋金入りの魔女嫌い。

目次

最果ての魔女

プロローグ　銀の魔女

モーリス大陸の北に位置する島ノースポートの市場を、灰猫のビーは魚屋に向かって歩いていた。すると潮風に乗って老婆の声が聞こえてきたので、立ち止まった。

見れば、少女が市場の端に置かれたベンチに腰掛け、隣に座る老婆のお伽話《とぎばなし》に耳を傾けている。ビーもベンチの傍《そば》に座り、少女と一緒に聞くことにした。

「今は、モーリス大陸の半分をそれぞれ領土とする二つの大国も、昔は吹けば飛びそうな小国だったんだよ」

「そうなの？　じゃあ、どうやって大きくなったの？」

「魔女が力を貸したのさ。東と西、二つの国に」

興味津々な様子で顔を覗《のぞ》き込む孫娘の頭を撫で、老婆は歌うように物語を紡《つむ》ぐ。世界にただ一人と言われる、銀髪の魔女の物語を。

——遠い南の地で生まれた魔女は、海を渡ってモーリス大陸へと辿《たど》り着く。そして大陸の東西にあった二つの小国を魔導の力で救い、やがて大国に成長した両国の争いに巻き込まれていった。

それは、かの有名な百年戦争である。東の大国に味方した魔女は、「死神」と呼ばれる一方で「戦女神《いくさめがみ》」とも呼ばれながら戦い続けた。

「それ知ってる！　私たちが住んでるノースポートからも、たくさんの兵隊さんが戦いに行ったんだって先生が言ってた。ここはモーリス大陸からずいぶん離れてるのにすごいねって」

「そう、先生の言うとおり、ノースポートからもたくさんの人がモーリス大陸に渡ったんだ。東の国を助けるために。きっと彼らは、魔女が戦う姿を見たことだろうね。……魔女は大勢の人間を殺したから」

そう言って、老婆は魔女の戦いぶりを孫娘に語り聞かせる。

――魔女は多くの人間を殺し、東の国のために戦い続けた。衣服が血で汚れ、翡翠《ひすい》のような瞳から零《こぼ》れていた涙が枯れてしまっても、戦争を始めた皇帝が亡くなっても、戦って戦って戦って……

そうして力を振るい続けてきた魔女だが、戦争が始まって百年を過ぎたある日、とうとう力を使い果たして倒れてしまう。

ボロ布のようになったかつての救世主を見て、東西両国の皇帝は嘆《なげ》き、彼女に「白銀」の名を与えて最果ての島へ送った。いつの日か、彼女は必ず目覚めると信じて。

『銀の魔女、最果ての魔女が救世主』。モーリス大陸で知らぬ者はいないほど有名なその言葉は、この物語から生まれたと言われている。

「ねえ、おばあちゃん。銀の魔女って本当にいるの？　魔女なんて見たことないよ？」

少女がそう問うのを聞き、灰猫のビーは一瞬だけ尻尾を振った。その体は太陽の光を浴びて、少し青みがかって見える。金の瞳で注意深く少女を見つめるビーに気付かぬまま、老婆は「もちろん」と答えた。

「銀の魔女は今も最果ての島で、力を取り戻すために眠っているのさ」

「最果ての島って、北にあるあの孤島？」

「そうさね。用がなければ誰も近付こうとしないのは、そのせいさ」

「でも、魔女は悪いやつだってみんな言ってる。それなのに、なんで銀の魔女をやっつけないの？」

「確かに、魔女というのは邪悪な存在だよ。けどね、銀の魔女だけは特別だ」

そこで話を切り上げ、老婆は少女の手を引いて家に帰っていく。ビーはそれを見送った後、数度尻尾を振って立ち上がった。

ノースポートの市場では、毎日大量の魚が釣り上げられる。それゆえか、猫の姿がそこかしこに見られた。市場の看板猫として人々から可愛がられている雄猫のビーも、そのうちの一匹だ。

ここでは、少し強請《ねだ》れば魚がいくらでももらえる。今日ビーが市場に来たのも、それが目当てだった。

上機嫌で魚屋に向かっていたビーは、不意に総毛が逆立つような感覚に目を見開いた。

(――もしかして、また)

微《かす》かに怯《おび》えながら、レンガ道を見下ろす。その瞬間、ドンッという低い音と共に地面が揺れた。

人間でも立っていられないほどの、強い揺れだった。ビーは尻餅をついたり倒れたりする人々の間をコロコロと転がり、やがて白い石造りの壁に激突して止まる。

地面に転がったまま、「けほっ」と咳《せき》をして薄く瞼《まぶた》を開いたビーの目に、騒然とする人々の姿が映り込む。

「これで今年に入って何度目だ？」

「いくらなんでも多すぎる。震源地は、またファルガスタか？」

そんな会話を聞きながら、ビーはゆっくりと立ち上がって再び歩き始めた。

停泊中の船に潜《もぐ》り込むと、物陰に隠れてそっと目を閉じる。すると瞼《まぶた》の裏に、銀髪の少女の退屈そうな顔が浮かぶ。それを何度も思い返しながら、ビーは船が北の孤島に到着するのを待った。その孤島の最奥にある、誰も近付けない屋敷へ帰るために。


「おかえりなさい、ビー」

屋敷のリビングに入るなり声をかけられ、ビーは足を止めた。

その声の主は、ソファに座っている銀髪の少女だった。彼女に手招きされて膝《ひざ》の上に飛び乗ると、ほっそりとした指で背中を撫でられる。

「地震、またあったでしょう。怪我はなかった？」

少女の問いに、ビーは「うん」と答える。

「少し体を打っただけ。こっちも揺れたの？」

「いいえ、まったく。ただ、ここ最近地震の度に具合が悪くなるから、わかったの」

「他の猫たちが言うには、一番被害が大きいのは東のファルガスタらしいよ」

「そう。……何が原因か知らないけれど、もう駄目ね。あの大陸」

何の感情もこもっていない少女の言葉に、ビーは同意を示すように瞼を閉じた。

ビーが人の言葉を使っていることに、少女が驚いている様子はない。当然だ。ビーに人の言葉を操る力と猫の身には余るほど永《なが》い生を与えたのは、彼女なのだから。

少女はビーが知る限り、ただ一人の魔女だ。モーリス大陸の東部を領土とする大国ファルガスタの皇帝に保護されたことがあるという点で、ビーと同じ過去を持つ。彼女は名をレイアスティと言い、ビーは略してレイアと呼んでいる。出不精《でぶしょう》で面倒くさがりなこの魔女は、ビーの大切な友人だった。

腰まであるレイアスティの長い銀髪が、陽光を反射して柔らかな光を放っている。整った顔立ち以上に印象的なその銀髪を凝視《ぎょうし》していたビーは、ふと先ほどの老婆の話を思い出す。そして、もう何度目になるかわからない問いを投げかけた。

「ねえ、銀の魔女って本当にレイアじゃないの？」

レイアスティはそれを聞くと、途端に不機嫌になる。

「あのね、ビー……。私の目をよく見なさい。何色に見える？」

そう言って、彼女は自分の瞳を指さした。その色は銀の魔女が持つとされる翡翠《ひすい》色ではなく、海のように深い蒼《あお》色だ。それでも銀髪を持つ彼女を見たら、人々は大騒ぎするだろう。

そのせいで、レイアスティはかれこれ三百年も屋敷の外に出ていない。ゆえに、彼女は「最果ての魔女」と呼ばれる有名なお伽話《とぎばなし》を嫌っていた。

もっとも、魔術を使えば髪色などいくらでも変えられる。そうしないのは、単に彼女が面倒くさがっているだけだとビーは知っていた。

そう、お伽話《とぎばなし》とは違って、ノースポートの北の孤島に、かつての救世主である魔女はいない。だがその事実を知っているのは、ビーとレイアスティだけだ。

「ねえ、誰かが銀の魔女を頼って、ここまで来るなんてことないよね？」

ビーは心配になり、レイアスティの膝《ひざ》を叩いて聞いた。

今、モーリス大陸では断続的に地震が発生している。天災は、人間にはどうにもできない。だからお伽話を信じる誰かが救世主の再臨《さいりん》を望んだとしても、おかしくなかった。

だが、レイアスティは笑ってビーの言葉を一蹴《いっしゅう》する。

「来るわけないじゃない。誰にも見つからないようにここには結界が張ってあるんだから。それにお伽話は所詮お伽話。大人は信じてないだろうし、子供は信じていても船に乗れないからここへは来られないわ。第一、魔女は人々に恐れられているんでしょう？」

彼女の言うとおりだったので、ビーは俯《うつむ》いた。モーリス大陸やノースポートの住人は、誰もが魔女に畏怖《いふ》の念を抱いていた。

「魔女のこと、見たこともないくせに怖がるなんておかしいよ」

「そのおかげで誰もここまで来ないいんだからいいじゃない」

「でもさあ……」

落ち込むビーの頭を撫でるレイアスティの顔に、ふと影がさした。しばし考え込むそぶりを見せていた彼女は、やがて頭を振って一言呟《つぶや》く。

「……そう、誰も来るはずがないわ」

笑顔を失った彼女を見て、ビーはたまらなく不安になった。そんなビーをよそに、レイアスティは食事の支度をすると言って、そっと立ち上がった。

◇◇◇

「一体どうなっているんだ！」

ビーがノースポートで地震に見舞われた一時間後。モーリス大陸の東側を占める大国ファルガスタの皇城では、皇帝ヴァノッサが重臣たちを集めて事態の収拾に奔走していた。

執務室は被害状況を報告する兵士や、国庫から薬を提供するよう求める医師たちで、ごった返している。

窓から見える城下の街には、未だ粉塵《ふんじん》が立ち込めていた。石造りの家々ががれきの山と化している様《さま》は、地震の規模を如実《にょじつ》に伝えている。

「今月に入って、すでに十二回だぞ!? どう考えてもおかしすぎる!」

皇帝ヴァノッサは、苛立《いらだ》って執務机を叩いた。何日も不眠不休で働いてきたせいで、紅蓮《ぐれん》の髪はくすみ、頬はこけている。まだ二十代半《なか》ばの若者には、とても見えない。髪と同じ紅蓮の瞳が怒りで爛々《らんらん》と輝いていなければ、病人さながらの風体《ふうてい》だった。

「しかし陛下。天災ばかりは、いつ何時《なんどき》襲ってくるものか――」

「月に一度や二度なら、仕方ないと諦められる。だが、これは本当に天災か?」

宰相の言葉を遮《さえぎ》り、ヴァノッサは続けた。

「聞けば、被害は西のツヴァイ、北のノースポートにまで及ぶという。これだけ広範囲に被害を及ぼす天災など、あるものか」

地震が起きた地域に住む民の多くは家を失い、仮設テントでの生活を余儀なくされている。それを思うと、ヴァノッサは怒りを覚えずにはいられなかった。重臣たちはそんな皇帝の勘気《かんき》に触れるのを恐れ、脂汗《あぶらあせ》を流して視線を彷徨《さまよ》わせる。

その気まずい空気を吹き飛ばしたのは、国一番の予言者が訪ねてきたという兵士の一声であった。

「入れ」

ヴァノッサの許可を得て、兵士は予言者を部屋に招き入れる。長いローブをまとった予言者はヴァノッサの前に進み、膝《ひざ》をついた。

「こんな時に何だ。また地震の予言か？」

苛立ち混じりに問うヴァノッサに対し、予言者は静かに答える。

「先日、夢に一人の少女が出てまいりました」

「夢？　先見《せんけん》か」

この予言者は、しばしば未来を夢に視《み》るのだという。ここのところ毎日のように起きている地震についても、彼はすべて夢に視て、予言していたのだった。

「陛下におかれましては、銀の魔女をご存知でしょうか」

「百年戦争の英雄だろう？　実在したのは知っているが、それがどうした」

「『銀の魔女、最果ての魔女が救世主』。かの言葉が、再び真実となる日が来ます。夢では『銀髪の魔女により大陸が救われた』と誰もが口にしておりました。魔女がどうやって大陸を救ったのかは、わかりませんでしたが」

「魔女の力で、地震が収まると？」

「夢の中で、陛下がそう仰《おっしゃ》っていました」

ヴァノッサは浮き立つ心を理性で抑えつつ、魔女の居場所に考えを巡らせた。

モーリス大陸の住民なら誰もが知るお伽話《とぎばなし》には、魔女はノースポートの北の孤島で眠りについたと書かれている。だがヴァノッサは以前、その島には銀の魔女はいないと教育係から聞かされていた。島にいるのは、別の魔女だとも。では、銀の魔女はどこに？

思案するヴァノッサに、予言者が「……ただ」と声をかけた。

「大戦の英雄である魔女は銀髪と翡翠《ひすい》の瞳を持っていたと言われていますが、私が夢に視たのは銀髪と蒼《あお》い瞳を持つ魔女でした」

「蒼い瞳、だと？」

ヴァノッサは弾かれたように顔を上げ、予言者の肩を掴《つか》む。紅蓮《ぐれん》の双眸《そうぼう》には、強い光が宿っていた。

「間違いないな!?」

彼の問いに、予言者は頷《うなず》く。ヴァノッサは予言者に背を向け、ここにきてようやく見えた一筋の光に思わず笑みを零《こぼ》す。銀髪と蒼い瞳――それらを持つ魔女の居場所ならば、知っていた。

「俺はこれから、その魔女の所へ行く。上手くすれば、次の地震は防げるかもしれない」

ヴァノッサの近くに控えていた宰相が、ぎょっとして目を剥《む》く。

「な、なりません！　陛下がファルガスタを離れるなど……他の者に向かわせます！」

「ほう。では訊《き》くが、この場に行きたいと手を挙げるやつはいるか？　行き先は魔女の屋敷だぞ」

ヴァノッサの楽しげな声に、答えるものはいない。誰もが魔女を恐れて尻込みしているのが、ヴァノッサには手に取るようにわかった。他の臣下たちの反論も同じ言葉でねじ伏せ、彼は自ら旅支度を整え始める。

「伝説どおり最果ての地で眠る魔女殿には、是が非でも救世主になっていただく」

眠っているなら、起こすまでだ。

ヴァノッサは北の孤島に思いを馳《は》せ、唇の端をつり上げた。

第一章　最果ての島

あれは、雪の降る日のことだった。

『君に屋敷を一つ与える。そこに結界を張って暮らしてほしい。君が人目につかないように』

そう言ったあの人は、白銀の世界の中で泣いていた。炎の色をした瞳を大きく揺らがせて。

多くの人が倒れ、死んだあの冬の日――彼は何を想って、何を願って泣いていたのか、今ではもう、思い出すことはできないけれど。


夢から覚めると、真っ先に猫たちの鳴き声が聞こえてきた。

喧嘩《けんか》をしている時特有の甲高《かんだか》い鳴き声を無視して、きつく目を閉じる。

……二度寝しようとしたが、どう頑張っても眠れない。何度目かの寝返りを打ったところで、私は諦めて目を開ける。けれど日の匂いがするベッドから出ることはできなくて、寝転んだまま、いつものようにビーを呼んだ。

「おはよ、レイア」

ドアの隙間《すきま》から入ってきたビーに、私はうんざりした顔を向ける。

「おはよう。それよりあれ、どうにかならないの？　いい加減うるさいんだけど」

「僕に喧嘩の仲裁《ちゅうさい》をしてほしいんだってさ。僕、一応猫の王様だし。知ってた？　猫の世界は年功序列制なんだよ」

「何よそれ。年寄りに体《てい》よく雑用係をさせてるだけじゃない」

私とは反対に上機嫌なビーがベッドに飛び乗り、毛並みが自慢の体をすり寄せてくる。今は何を言われても気にしないと言わんばかりだ。

「何でそんなに機嫌が良いの？」

「ご飯とあったかい寝床と昼寝する時間があれば、猫はいつだって上機嫌さ」

「今日は、特に機嫌が良さそうに見えるけど？」

私が抱き上げると、ビーは「にゃあ」と可愛らしい声を上げる。つやつやとした灰色の毛並みと大きな金色の瞳。その姿はとても可愛らしいが、実は三百歳以上の長寿猫だ。そんなビーは今や各地の猫たちを率《ひき》いる、猫の王様になっていた。

私の質問に、ビーが「あのね、あのね」と興奮気味に答える。

「仲裁役をする代わりに美味《おい》しいお魚をもらったんだ。持ってくるからちょっと待ってて！」

少年のような高い声は、今にも歌い出しそうなほどに軽やかだった。ビーはベッドから飛び下り、部屋を出て駆けていく。その小さな体を眺め、私はため息をつきながら身を起こした。

「……久しぶりに見たわ、あの夢」

あの人は、なんて言っていたんだったか。なぜあんなにも泣いていたんだろうか。夢を見る度に考えてみるけれど、思い出せないのが悔しい。私は気を紛《まぎ》らわすため、枕元に置いてある本に手を伸ばした。

真っ白な表紙の本は魔導書だ。主に精霊を使役《しえき》する方法や人を癒《い》やす術について書かれているが、人を殺すための術や禁術についても書かれている。誰が書いたのかはわからない。でも気付いた時には傍《そば》にあって、私を助けてくれていた。

魔導書に書かれた、どこで覚えたのか思い出せない言葉を指でなぞっていく。そうして読むわけでもなくただぼんやりと指を滑《すべ》らせていると、猫たちの鳴き声が止《や》み、ドアの向こう側からビーの声が聞こえてきた。

「レイア、ごめん。僕じゃちょっと運びきれないから、台所まで来てくれる？」

まさに猫撫で声で懇願《こんがん》され、私は渋々立ち上がった。

「いいけど、今回は何をもらったの？」

「カツオだよ。それもカナデ島のやつなんだ」

「猫がわざわざ極東の島から持ってきたの？　ご苦労なことね」

「えへへ、これだから雑用係はやめられないよね！」

とうとう自分で雑用係と言い切ってしまったが、ビーには自尊心がないのだろうか。まあ、彼としては美味しい魚が食べられれば、なんでもいいのだろう。

カナデ島は、モーリス大陸の東に位置する島だ。遠い昔、モーリス大陸を東西に分ける二つの大国ツヴァイとファルガスタが百年もの長きにわたって戦った。その戦争の前から、カナデ島は鎖国状態にある。

百年戦争は三百年以上前に終結しているから、あの島は軽く見積もっても四百年以上もの間、外部との交流を絶っていることになる。だが、猫となれば話は別だ。美味な魚がたくさん獲れることから、猫には大人気の島らしい。ビーに厄介事を持ち込む猫たちも、よくカナデ島産の魚を手土産にしていた。

私は廊下に出て、ビーの後についていく。そして冷えた床の上を軽やかな足取りで進むビーを見て、苦笑交じりに呟《つぶや》いた。

「長生きして王様になっても、やっぱり猫は猫よね」

ビーがくるりと振り返り、得意げに言う。

「当たり前さ。僕は生まれた瞬間から今まで、ずっと猫なんだから」

左手の窓から差し込む柔らかな日差しが、ビーの金の瞳を照らしている。

「レイアだって、初めて会った時から変わってないじゃん。いつまでも、ただの女の子のままだ」

「昔から？　いくらなんでもそれはないでしょう」

「そうかな。いつまで経っても朝は弱いし食わず嫌いは多いし、大戦後の魔女狩りで痛い目に遭《あ》ったのに、大して警戒もせずのほほんとしてるし」

「馬鹿にしてる？」

「お互い様だよ」

ビーは冗談めかして言ったが、私は真顔で首を傾げた。

「……そんなに変わってない？」

「うん」

即答されてしまい、私は思わず反論しそうになった。だが、窓に映る自分の姿を見て言葉を呑み込み、立ち止まる。

窓硝子《ガラス》には、色褪《いろあ》せることを知らない長い銀髪をもつ女が映っていた。まるで十代の少女のような顔立ちの女は、これまた若い娘が好みそうな白いワンピースを着ている。この屋敷に来てもう三百年が経つというのに、確かにどこも変わっていない。私はため息をつきつつ、再び台所に向かって足を進める。だが突然吐き気を覚え、慌てて窓の外に目を向けた。

「どうしたの?」

怪訝《けげん》そうなビーの質問には答えないまま、外を凝視《ぎょうし》する。窓から見えるのは、見慣れた森と小川だ。それは、いつもどおりの光景なのだが……

「またモーリス大陸で地震があったみたい」

「昨日揺れたばかりなのに?」

「規模は小さいけれど、頻度《ひんど》は格段に高まってる。すぐに余震が来るはずよ」

屋敷の外から、森の動物たちが騒然としている気配が伝わってくる。彼らにも、大地の叫び声が聞こえているのだろう。

私たちのいる北の孤島は、人間の足で一周するのに五時間ほどしかかからない小さな島だ。時折、木を伐採しに来る人間がいるが、彼らは南端にある波止場周辺の木しか切らないので、その場所以外は、深い森に覆《おお》われている。そこには多くの動物が生息していた。一匹一匹の気配は小さくとも数が多いので、私には彼らの動揺がとてもよく伝わってくる。

何かが床から抜け落ちていくような感覚に、恐怖と寒気を覚える。地震を感知する時はいつもこうだ、毎回こんな風に足元がおぼつかなくなる。

思わず倒れそうになり壁に手をつくと、ビーの慌てた声が耳朶《じだ》を打った。

「ちょっと、大丈夫?」

「……一応ね」

私は大きく息を吸って呼吸を整え、壁から手を離す。そして少しずつ歩を進めながら、昨日ビーがしてくれた話を思い出していた。

『一番被害が大きいのは東のファルガスタらしいよ』

それから私は、今朝の夢について考える。

夢の中で泣いていたあの人は、私に大陸を救ってほしくて夢に出てきたのだろうか。けれど、私には関係ない話だ。だって、あの人はもういない。あの人だけじゃなく、私の大好きだった人たちは皆、この世界のどこにもいない。三百年の時を、私とビーだけが生き延びてしまったのだから。

「レイア、本当に大丈夫?」

「あんまり大丈夫じゃないけど、じきに治るわ」

動悸《どうき》と冷や汗はなかなか収まりそうにないが、もう慣れたことだからと、私はビーを抱き上げて台所に向かう。ビーも魚を食べ始めたら、私の心配なんて忘れてしまうだろう。

一歩一歩、床を踏みしめるように歩いていく。ようやく台所に辿《たど》り着くと、調理台の上に置かれた大きな魚が目に入った。ご丁寧にリボンまで巻いてあるので、どうやらこれがカナデ島のカツオで間違いなさそうだ。

私はビーを床に下ろし、袖をまくり上げる。ビーと暮らし始めてから、魚を捌《さば》くのだけは上手になってしまった。まずはきつく結ばれたリボンを解《ほど》くべく奮闘していたら、またしても違和感に襲われた。

「――え?」

だが今回の違和感は、さっきのとは違う。次いで、ぷつんと何かが切れる音が聞こえた。こんな音は、今まで一度も聞いたことがない。だが、何が起きたのかはすぐにわかった。

「屋敷の周囲に展開していた結界が、破られたの……?　でも、一体誰が?」

結界は、たとえ魔女や魔導士であっても容易《たやす》く破れるものではない。今までも何者かが結界を破壊しようとした気配を感じたことはあったが、強力な結界の前には児戯《じぎ》にも等しく、一度も破られたことはなかった。

私は目を閉じて意識を集中させ、結界の修復を試みる。だが魔力の糸で結界の裂け目を縫い合わせた傍《そば》から、ふつりふつりと切られていくのだ。

私はリボンから手を離し、カツオを保冷庫に置いて廊下に出る。

今の今まで屋敷のあちこちで好き勝手に鳴いていた猫たちの声が止《や》み、屋敷内は不気味な静寂に満ちていた。猫たちも、誰かがやって来る気配を察知したのだろう。

リビングに向かった私は、ソファにかけてあったショールを羽織《はお》る。そして再びリビングを出て、玄関のドアを目指した。ビーも後ろからついてくる。

「透視しないの？」

「うん。直《じか》に見てやろうと思って」

何の連絡もなく訪ねて来て結界を壊す非常識な輩《やから》に、直接お灸《きゅう》を据えてやりたい気持ちもあった。

ショールを胸の前でかき合わせて、攻撃魔術のスペルをありったけ思い出しながら玄関に辿《たど》り着く。丁度、ドアの向こうから草を踏みしめる音が聞こえてきた。

私は少し手を伸ばせばドアノブに触れるくらいの場所に立って、相手がドアをノックするのを待つ。こちらからドアを開けてやる気など、当然なかった。

だが、いつまで経ってもノックの音は聞こえない。

私も黙ったまま、相手の気配を探り続ける。すると——

「……すまないが、開けてもらえないだろうか」

おもむろに声をかけられて、私は息を呑んだ。私がここにいると気付かれていたことにも驚いたが、それ以上に、久しぶりに人の声を聞いて狼狽《うろた》えてしまったのだ。

落ち着きを取り戻すべく深呼吸をした後、つっけんどんに言い放つ。

「ご自分で開ければよろしいでしょう?」

すると、不機嫌そうな声が返ってきた。

「一人暮らしの女性の家に無断で上がりこむほど、無礼じゃない」

その一人暮らしの女性がわざわざ張り巡らせた結界を壊しておいて、何を言うのか。

腹が立つのを通り越して、呆れてしまう。

「ご安心を。連絡もなしにここまで来た時点で、十分に無礼ですので」

つい棘《とげ》のある口調で言い返すと、相手が黙り込む。どうやら悪かったと思ってはいるらしい。

ドアをいきなり破壊したりしないということは、賊ではないはずだ。魔力を感じないので、恐らく魔導士でもない。足音の感じから、足運びは堂々としたものに思えたが、声がまだ若かった。

私は思わず懐《なつ》かしさを覚えていた。声から受ける印象はだいぶ違うけれど、その声音は、私の記憶にある「彼」の声によく似ていたのだ。

「ところで、一つ教えてくれないか」

無礼だと指摘されたのは無視することにしたらしく、男が沈黙を破る。

「貴女の瞳は何色だ？」

「はい？」

「だから、貴女の瞳は何色なのかと訊《き》いている」

期待と不安が入り交じったような声。答えを急《せ》いているのか、やたらと早口だ。それだけで、男がこの質問の答えを得るためだけに、わざわざやって来たのだとわかった。

この孤島へは、ノースポートから月に一、二度不定期便が出ているが、昨日その不定期便がやって来たばかりだから、あと半月近くは来ないはず。恐らく男は船乗りに頼んで、ここまで連れて来てもらったのだろう。

質問の意図が掴《つか》めず困惑していると、ビーが私のワンピースの裾《すそ》をくいくいと引っぱった。そして、声を出さずに唇だけを動かす。

（銀の魔女に会いに来たんじゃないの？）

私は数秒考えてようやく、ああそうかと頷《うなず》く。昨日話したばかりなのに、すっかり忘れていた。

『銀の魔女、最果ての魔女が救世主』。

男は不幸にも、あのお伽話《とぎばなし》を信じてここに来たのだろう。銀の髪と翡翠《ひすい》の瞳を持つ魔女を探して。

お伽話を信じなければならないほど追い詰められているのに、訪れた先が別の魔女の屋敷とは……気の毒すぎて泣けてきそうだ。だからといって、結界を破ったのを許すことはできないが。

長い沈黙の後、私は憐《あわ》れみたっぷりに答えた。

「残念ながら、翡翠色ではありません。貴方は銀の魔女を探しに来たのでしょう？　ご期待に添えず申し訳ありませんが、人違いです」

さあ、これであとはドアを開けて男にお灸《きゅう》を据え、今後のためにどうやって結界を破ったのか、吐いてもらえば終わりだ。

男は母国に帰った後、多くの人に広めてくれるだろう。北の孤島に銀の魔女などいなかったと。それでいい。もし私を始末すべく大勢の騎士がここにやって来たとしても、いくらでも対処のしようはある。

体温ですっかり温まったショールを羽織《はお》り直し、私は相手の出方を待つ。

男は次に何を言うのだろうか。無情な世界を嘆《なげ》く言葉か、それとも私への八つ当たりの言葉か。

だが、私の予想はすべて外れた。男は、笑ったのだ。

「そうか、翡翠《ひすい》色じゃないのか」

そう言って、壊れたように笑う男。絶望のあまり精神を病《や》んだというわけではないだろうが、さすがに心配になり、声をかけるべきか迷う。かといって、頭は大丈夫ですかと聞くのは失礼だし……と考えていると、男が先に口を開いた。

「銀の魔女は必要ない。今の俺に必要なのは、銀の髪と蒼《あお》の瞳を持つ魔女だからな」

笑みを含みながらも鋭く放たれた男の言葉を聞き、私はゆっくりと自分の瞼《まぶた》に触れる。微《かす》かに脈打つ瞼の下にあるのは、紺碧《こんぺき》の瞳だ。だが、それを知っている人間などいるはずがない。

何も答えない私に構わず、男は続ける。

「ただし、モーリス大陸の多くの民が持つ、空色の瞳では駄目だ。海のように、深く濃い蒼でなければ」

どうして、と声にならない声が、ため息となって出ていく。銀の魔女を探してここまで来たのならまだわかるけれど、この男は私が銀の魔女ではないと知った上でここに来たという。

それに、この男は私の髪の色については訊《き》かなかった。まるで、私が銀髪であることを確信しているかのように。

私に関する記録は「彼」がすべて処分したはずだし、仮に漏れがあったとしても、三百年も経てば書物はとうに風化しているだろう。

……けれど、もし誰かが気の遠くなるような時間と手間をかけて、私に関する書物を残していたとしたら？

ありえないことではなかった。

モーリス大陸東部を支配する大国ファルガスタは、私がかつて短い時を過ごした国だ。男がかの国の皇族、あるいは皇族の使者なら、私の存在を知っていてもおかしくない。

私の沈黙をどう解釈したのか、男が再度問いかけてきた。

「もう一度訊く。貴女の瞳は何色だ？」

期待をたっぷり含んだ声音を聞き、私の胸に苦い感情がこみ上げてきた。

正直に答えれば、恐らく面倒ごとが待ち構えているのだから。

「どうした、答えられないのか」

嘲笑《あざわら》うように言われ、渋々口を開いた。

「答える義理があるのでしょうか」

しまった。これでは相手の言葉を肯定しているも同然ではないか。失言に気付いた私は思わず頭を抱える。

男が楽しげに笑った。

「義理なんてないさ」

「でしたら答えません。どうぞこのままお帰りください」

「魔女殿は、思っていたよりも随分と意地が悪いな」

「貴方の言葉をお借りしますが、一人暮らしの女性の家を突然訪問するのは無礼です。無礼には無礼で返しても問題ないかと思いました」

棘《とげ》のある言い方をしてしまったが、男は尚も楽しそうに言う。

「手紙を送りたくても、届けてくれる者がいなかったんだ。すまないな」

その言葉を最後に男は黙り込む。私は困惑したまま、どうすべきか考えた。

男は飄々《ひょうひょう》とした態度とは裏腹に意志が固いらしく、いつまでもドアから離れない。どうあっても私の答えを待つという姿勢が、ひしひしと感じられた。

結局、負けたのは私の方だった。

「……貴方の髪の色は何色なのでしょうか」

「そんなことを訊《き》いてどうする？」

「貴方か、もしくは貴方にここを訪れるよう命じた人が炎の色を持っているなら、私は貴方がここに来た理由を推測できます」

すなわち、ファルガスタ皇家が私を迎えに来たのだとわかる。そう素直に答えると、男は「なるほど」と呟《つぶや》いた。

「そんなに俺の髪が気になるのなら、ご自分で確認なさるといい」

「それは、ドアを開けろということでしょうか？」

確かに、自分でドアを開けて確かめればいいのだが、一度開けないと言った手前、開けるのは癪《しゃく》だった。男もどうせ私にドアを開けさせるためにそう言ったのだろうから。

けれど、次に男が口にした言葉は思いも寄らぬものだった。

「いや――ドアは自分で開けろと言ったな」

その言葉とともにドアノブが回され、ドアが少しだけ開いた。そこに張られていた結界が、断ち切られたのだ。

ドアの隙間《すきま》から日差しが入り込み、私は眩《まぶ》しさに目を細める。同時に森の清涼な空気が流れ込んできて、その少し後に近くの川のせせらぎが聞こえてきた。

暗い玄関に突然光が満ちたので、男の姿をすぐには認識できない。だが、向こうは私の顔がよく見えているらしい。男は一瞬息を呑んだ後、小さく笑った。

「予想以上だな。美しいとは聞いていたが」

「何を……」

誰から、何を聞いていたと？　男の言葉の意味がよくわからない。

目を凝《こ》らすと、男の均整の取れた立ち姿がぼんやりと滲《にじ》んで見えた。私より頭一つ以上は大きいと思われる長身の男だ。

時間を追うごとに、肩まで伸ばされた髪や、睨《にら》まれていると錯覚しそうなほど鋭い瞳、そして緩《ゆる》やかに弧を描く口元がはっきりと見えてくる。

黒と白に支配されていた世界が、色を取り戻す。やがて男の姿が完全に見えた時、私は思わず驚きの声を漏らしていた。

「炎帝《えんてい》……？」

男の髪と瞳の色は、炎を思わせる紅蓮《ぐれん》だった。視界を鮮やかに染めるその色は、ファルガスタ皇家の者のみが持ち得る、かの国の禁色だ。そう、「彼」と同じ色——

「レイアスティだな」

私がほとんど無意識に頷《うなず》くと、男は安堵したように微笑む。

「やっと見つけた。俺の救世主」

視線も声も冷たいけれど、顔は、三百年前の「彼」と瓜二《うりふた》つだ。

その春のように暖かな笑顔が思考を埋め尽くす。遠い昔に確かに存在した、とても優しかったあの人との思い出が頭を過《よぎ》る。懐《なつ》かしさと切なさで胸が痛くなり、思わず涙が出そうになった。

けれど目の前の男は「彼」じゃない。「彼」はもう、どこにもいないのだ。

「……私は貴方の救世主じゃない」

今にも流れ落ちそうだった涙は、自分の冷静な声でぴたりと止まる。代わりに、私は男の言葉を鼻で笑っていた。

――私が救世主？　冗談じゃない。

救世主どころか、三百年前の魔女狩りで殺されかけたというのに。

「いいや、貴女が俺の救世主だ。間違いない」

男は口元に笑みを浮かべたまま首を振り、熱を孕《はら》んだ紅《くれない》の瞳をこちらに向けた。

対照的な色の瞳を持つ私たちの視線が、「交わる」というよりも「ぶつかっている」という方が正しいような強さでお互いへと突き刺さる。

私が目を逸《そ》らさずにいると、男はまたしてもくつくつと笑い声を漏らした。

「魔女殿が、随分と気の強いお方のようで安心した」

「安心、ですか?」

「ファルガスタには魔女嫌いが多くてな。皇城に行けば、魔女殿にきつく当たる者もいるはずだ。だが貴女ならどんな輩《やから》が相手でも、その冷たい眼差しで蹴散《けち》らせるだろう」

冷たいとはなんだ。

失礼な言葉に目尻をつり上げ、そこではたと気付いた。今、さらりと「皇城に行けば」と言われたような……

私が皇城までついて行くものと信じて疑わないらしい男に呆れていると、彼は黒の外套《がいとう》を風になびかせながら近づいてきた。

「機嫌が悪そうだな」

「初対面の人間にいきなり冷たいなどと評されて、腹を立てない者がいるでしょうか」

はっきり言ってやると、「これは失礼」と、ちっとも悪びれない声で謝られた。

「貴女の瞳の色があまりに冷たいもので、つい。海というよりは、氷が張った湖のようだ」

「生まれつきです。大体、貴方の瞳の色も無駄に熱すぎるのでは?」

「悪いがこれも生まれつきだ。……ああ、でもそれはいいな」

私の瞳を覗《のぞ》き込もうとする男から逃げるように、一歩後ろに下がる。

ビーが軽く毛を逆立てて男を睨《にら》みつけるが、男はまったく気にする様子もなく屋敷の中へ入ってきた。

「熱は氷を溶かす。ならば、貴女の冷たさは俺の熱で溶けるのだろう」

「何を馬鹿なことを」

「この色を持つ人間は俺しかいないのだから、貴女を溶かすことができるのは、世界中で俺だけだ」

男は指先を私の頰に滑《すべ》らせ、もう片方の腕で腰を抱いた。そしてぐいと引き寄せ、甘く蕩《とろ》けるような笑みを浮かべて囁《ささや》く。

「それなら、今すぐ溶けてくれればいいのに。そうして俺と混ざり合って、常に共にあればいい」

彼の指が顎まで下りてくる。剣を嗜《たしな》む者特有の、硬い指先の感触。手つきも笑顔も甘やかで優しいのに、気味が悪くてたまらない。今すぐこの腕や指や視線から逃れたいと切望するほど、嫌悪感しか覚えなかった。

私は微笑みかけられるのを待っているであろう男を、せせら笑う。

「まるで口説《くど》き文句みたいな言葉ですが、要は私を利用したいだけでしょう？」

男は驚いたように紅《くれない》の瞳を見開いた。

「おかしいな。大抵の女はこれで堕《お》ちるんだが」

「どこの女性が騙《だま》されたのかは知りませんが、目を見ればすぐにわかります。そして視線を和《やわ》らげた貴方に、真実なんて語れない」

強い視線を和らげた男からは、先ほどまでの意志の固さが窺《うかが》えなかったから。

意外だと言わんばかりの顔をする男の体を、私は両手で押しのけようとする。しかし、いくら力を込めてもびくともしない。

抵抗をあっさり受け流し、男は私の目を覗《のぞ》き込んでくる。ただ、先ほどとは違ってその目には、純粋な好奇心だけが浮かんでいた。

見つめられるのに慣れていないせいで、ひどく居心地が悪い。思わず身動《みじろ》ぎすると、男は急に「そうか、わかった」と言って何やら納得顔をした。

「貴女ほど美しい方だときっと口説《くど》き文句など聞き慣れているんだろう。この屋敷なら、男を何人でも連れ込めるしな」

私の思考がぴたりと止まる。

口説き文句を聞き慣れている？　挙句の果てには、男を何人も連れ込んでいる？

確かに魔女は欲望に忠実で、快楽を追い求める生き物だ。その点は、三百年前の魔女狩りの際に散々糾弾《きゅうだん》された。しかし、それとこれとは話が違う。

冗談じゃないわ、と私は男の外套《がいとう》を力一杯握りしめた。腸《はらわた》の煮えくり返るような怒りに目を閉じる。娼婦だと言われ、蔑《さげす》まれた屈辱に唇を噛む。

他の男に言われていたら、これほど腹は立たなかったのかもしれない。だが、相手の顔が問題だった。「彼」と同じ顔の男に、娼婦扱いされたのだ。それがひどく悲しくて腹立たしい。私に触れている指先も、私を抱き寄せる腕も、私を見つめる紅蓮《ぐれん》の瞳も、すべてが嫌で嫌で仕方がなくて、気付けば魔術スペルが口から零《こぼ》れ出ていた。

《その腕は黄昏《たそがれ》の風を生み、その足は大地を揺るがし、その瞳はすべてを拒絶し、その声は世界を砕く者。汝《なんじ》、主《あるじ》たる我が名の下に、今こそその力を示せ》

「どうした？　何をぶつぶつと……」

男が怪訝《けげん》そうに呟《つぶや》く。

「ちょっと、レイア！　それはやばいよ！」

ビーの制止を無視し、私は薄く微笑みながら、最後のスペルを紡《つむ》いだ。

《――来たれ、ハウエルティ・ガーディアン！》

その瞬間、男に向かって強風が吹き荒れた。目を見開き驚愕《きょうがく》の色を浮かべた男は、悲鳴すら上げられないまま吹っ飛ぶ。追い討ちをかけるように、宙に舞い上がったその体を衝撃波が襲った。

男は遥か遠くへ飛ばされ、姿が見えなくなる。すぐにビーが外へ飛び出し、男の様子を見るべく駆けていった。

別にそんなことしなくてもいいのに。変なところで優しいんだから、と多少呆れていると、勢いよく戻ってきたビーに叱られた。

「何てことすんのさ！　ひどい怪我してるよ!?　っていうか、あんな魔術使ったら普通の人間は死んじゃうよ!?」

「手加減はしたわよ」

「ああもう、だからレイアは変わらないって言うんだよ！　昔から落ち着いてるように見えて、すっごく短気だし!!　今のも後先考えずにやったでしょ！」

「え？　うん、まあ……」

さっきの風と衝撃波は、私が契約している精霊が生み出したものだ。元々この孤島に住み着いており、強い魔力を有している。その力を借りた今の魔術は、私が扱えるものの中で最強の攻撃魔術だった。

「どうすんのさ、このままほっとくの？　あいつ」

「……様子見てくる」

ビーに半眼《はんがん》で睨《にら》まれ、私は渋々男の様子を見に行くことにした。

動けないようなら、傷を治してやらないといけない。……治さないといけないのか。

自分で傷つけて自分で治すとは、なんて不毛な。思わず脱力してしまう。

数分ほど歩くと、小川の中に倒れている男が見えた。体の左半分が水に浸《つ》かり、苦しそうに呻《うめ》いている。私は足早に近づき、男の体の状態を確認した。

「右腕と肋骨《ろっこつ》三本の骨折に、あとは脇腹の裂傷か」

ビーの言ったとおり、ひどい怪我だ。自分でやっておいて言えたことじゃないけれど。

……仕方ない。さっさと治してしまおう。このまま死なれると寝覚めが悪い。

私は大きく息を吸い、まずは右腕の骨折を治すために手をかざす。そうして治癒《ちゆ》のスペルを唱えようと口を開いたところで、腕を掴《つか》まれた。濡れた手で掴まれたせいで、水がワンピースに染みこんでくる。つい顔を顰《しか》めた私に、男は掠《かす》れた声で訊《き》いてきた。

「何を、した」

「私は魔女なんですから、魔術に決まっているでしょう。仕方がないからすぐに治しますけど、終わったら即刻島から立ち去ってください」

「ちょ、っと、待て！」

「なんですか？　怪我人は怪我人らしく、大人しくしていてください。気が散ります」

「け、怪我をさせたのは、貴女、だろ」

肋骨が折れているせいか息をするのも苦しそうだったが、男は私の腕をしっかりと掴《つか》んだまま言い切った。

脇腹の裂傷から流れ出る血が、川を赤く染めていく。綺麗な川が汚れるのを見ていられなくて、私はため息をつきながら男を川から引き上げた。

少し乱暴に扱ったせいか、男が再び呻き、苦しげな息を一つ吐く。悪いことをしたと少しだけ思ったけれど、もちろん口には出さない。

「この程度の怪我なら完璧に治してさしあげますから、安心してください」

「待てと、言っている！」

男の言葉を聞いてやる義理などないので、私はそれを当然のごとく無視し、目をつぶって治癒魔術のスペルを紡《つむ》いでいく。

その刹那《せつな》、右腕を強く掴まれたかと思うと、何か乾いたものが唇に触れた。

私は驚いて目を見開く。すると、目の前には男の顔があった。唇に触れているのが彼の唇だと気付いた瞬間、治療魔術のスペルがすべて頭から飛んでしまう。

男の紅蓮《ぐれん》の瞳が閉じられ、そのまま五秒もの間、どうすることもできずに私は固まっていた。やがて顔を離した男の吐息を唇に感じた時ですら、身動《みじろ》ぎ一つできなかった。

黙り込んだ私を見て満足げに笑うと、男が腕を放す。私はそこでようやく我に返り、すぐに男の体を突き飛ばして口元を拭《ぬぐ》った。けれど、何度拭っても感触が消えない。

い、今のは――

手の甲を口元に当てたまま男を睨《ね》めつけると、彼は突き飛ばされた痛みに顔を顰《しか》めた後、「ふむ」と言って頷《うなず》いた。そして何度か咳《せき》をして、ゆっくりと続ける。

「魔女は、快楽を好む、と聞いていたんだが、間違っていたようだ。魔女殿は、ただ純情なだけなんだな」

肋骨が相当痛むはずなのに、男は余裕ぶった口調でそう言った。なんとなく馬鹿にされているように感じて私は半眼《はんがん》になる。

「……すみません、もう一度吹き飛ばしてもいいですか？」

「かまわないが、その後は魔術ではなく貴女自身の手で介抱してくれ」

「どうして？」

魔術を使わなければ、痛みが長引くだけなのに。そう思って私が首を傾げると、男は少し掠れた笑い声を上げた。

「それならば、俺は完治するまで貴女をじっくり口説《くど》くことができるからな」

「やっぱり、今すぐ魔術で治します」

「そうか、もう一度口付けをご所望なら喜んで」

激痛で滝のような汗を流しているくせに、男の態度はどこまでも不遜《ふそん》だ。

「知ってのとおり、私は魔女です。減らず口を叩くなら、拘束して無理矢理傷を治してあげますが？」

「先ほどから思っていたが、魔女というのは皆貴女のように過激なのか？」

「人それぞれです」

「……貴女は特別過激で短気なのだな」

「それがわかったなら理解できたはずです。私は救世主ではないと」

そうだ、これで男にもわかったはず。人を平気で吹き飛ばす私が救世主であるわけがないと。

なのに男はまだ納得しないのか、草の上に寝転がったまま「いいや」と頑固に返してくる。

「間違いなく貴女が救世主だ、レイアスティ。会ってみて、それがよくわかった」

「……救世主というのが破壊者と同意義であるなら、納得してさしあげましょう」

「理由が聞きたいなら、いくらでも話して聞かせよう。だがまずは、俺を貴女の屋敷に連れて行って介抱していただきたい」

「ここで傷を治して、一刻も早く帰っていただく以外に選択肢はありません」

「そうはいかない」

男が強固な口調で言った。激痛に顔を顰《しか》めながらも、鋭い眼差しで私を射抜く。

ファルガスタ皇家の人間がこんな僻地《へきち》まで来たことの意味を、私はこの時やっと理解した。

「俺の」ではない。きっとこの男は「祖国の」救世主を探してここまで来たのだ。

思わず泣きそうになりながらも、私は首を横に振る。

「……それでも私は、救世主じゃない」

魔女狩りで殺されかけるという嫌な思い出がある国だが、私も一時はファルガスタに住んでいたのだ。何より「彼」に似た顔で懇願《こんがん》されて、何も思わないわけではない。だけどありえないのだ、私が救世主だなんて。だが、男はもう一度はっきりと言う。」

「それでも貴女が救世主だ。だから、貴女を口説《くど》く時間がほしい。をすべて説明して、それでも拒む貴女を口説く時間がほしい。ファルガスタを救える者は貴女以外にいないのだから」

「一体何度怪我をするつもりですか」

「力ずくで連れて行くことができないなら、他に方法はないだろう。言っておくが、どんなに遠くに飛ばされたって、次の日には屋敷にある貴女のベッドで寝ているぐらいの根性は見せてやるからな」

この男は、きっと本当にやるだろう。男が結界を解除できる以上、何度追い返しても簡単に侵入されてしまうのが悔しいところだった。ベッドの中に入られなどしたら、今度こそ殺してしまいかねない。だが、「彼」に似た男を殺したら、夢見が悪くなりそうだ。考えた末、私は盛大なため息をついて男から視線を逸《そ》らした。

「勝手にしてください。……飽きるまで頑張れば、無駄だとわかるでしょう」

もう好きにすればいい。このまま会話を続けるよりも放置した方が遥かに楽だと思い至り、私は半ば自棄《やけ》になって言った。

「それはよかった。ならば勝手にさせていただこう」

男の声は嬉しそうだった。それが癪《しゃく》だったので、手を伸ばして男の右腕を思いきり掴《つか》むと、小さく悲鳴が上がった。いい気味だ。

満足した私は、男の外套《がいとう》を脱がしてやる。外套の中に着ている上着も、ズボンも黒。なんとも暑苦しい格好だが、今は嫌味を言うのも面倒だ。

男の体に手をかざし、短いスペルを早口で紡《つむ》ぐ。

「おい、だから治すなと――」

「重そうな貴方を屋敷まで運ぶだなんて御免ですから、折れた右腕以外は治させてもらいます。怪我なんて、右腕だけで十分でしょう」

「どうせまた怪我をするのなら、同じことだろう」

「貴方が私を怒らせない限り、怪我なんてさせません。治すなと言うから右腕だけ残しますが、それが治った後でも好きなだけ屋敷にいればいいでしょう。言ったはずです。飽きるまで頑張れば、と。どうします？　右腕も治しますか？」

手のひらから魔力を流し込んで男の傷を治しながら問うと、男は柔らかく目を細めて「いや」と返した。

「このままでいい。貴女に介抱してもらいたいからな」

「ちなみに、貴方の利き腕は？」

「右だ」

「やはり右腕は治しましょう。食事や着替えはもちろん、利き腕が使えないと色々不便でしょうから」

「治したら口付けだけでは済まないが」

「皇族がそんな簡単に魔女に手を出すものではありません。人間にとって、魔女は忌《い》むべき存在なんでしょう？」

「誰も見ていないのだから問題ない。それに貴女はいずれ、救国の魔女となるんだ」

前の炎帝《えんてい》は、こんなに口の回る人だっただろうか。

頭の痛い思いをしながらも、私は右腕以外の治療を終えて立ち上がり、男に手を差し出した。濡れた服が重くて立ち上がるのが難儀だろうと思ったからだが、なぜか男に驚いた顔をされてしまった。私は少し考えてから、確かに加害者が取る行動ではないと気付く。

とはいえ、今更手を引っ込めるのも変な気がしたのでそのままでいると、男が口の端をつり上げ、私の手を掴んで立ち上がった。そして、そのまま繋《つな》いだ手を上下に振る。

何なの、一体。

大きな手でがっしりと手を握られ、私が内心たじろいでいると、男の声が耳朶《じだ》を打った。

「ヴァノッサだ」

「……？」

「いつまで経っても貴女が尋《たず》ねてこないものだから、自分から名乗ってみた」

そういえば、名前を訊《き》くのを忘れていた。忘れていたというより、単に興味がなかっただけだが。

もしかして、さっき繋いだ手を上下に振ったのは、握手のつもりだったのか。納得した私は、やんわりと手を離す。

こちらには、仲良くする気など毛頭ない。そう思い、男を置いて先に進むと、再び手を掴《つか》まれた。すぐに振り解《ほど》いたが、また掴まれてしまう。

「いい加減にしてください」

「握手の一つぐらい、させてくれてもいいと思うんだが」

「不要です。第一、もうしたじゃないですか」

「ふむ……ならばこうしよう。この島に不慣れな俺を、手を引いて屋敷まで連れ帰ってくれ。それも介抱の一環だ」

「そのよく回る口を、今すぐ塞《ふさ》いでしまいたいのですが」

「貴女の唇で塞いでいただけるのなら、喜んでお受けする」

「……もういいです」

「そうか。ならこれからよろしく頼む。俺の救世主殿」

微笑する男に辟易《へきえき》して、私はため息をつく。

この男を相手にしていると、どうにも調子が狂う。姿が「彼」に似ているのも理由の一つだけれど、それよりも、このよく回る口が原因なんだろう。冷静だったはずなのに、気付けば自棄《やけ》になってしまっている。

このまま相手をしていたら、また男のペースに巻き込まれるだけだ。だからこれ以上は何も喋《しゃべ》るまいと、私は自ら彼の手を掴んで歩き始めた。

男を屋敷に招き入れると、ビーに心底嫌そうな顔をされた。

そんな彼に「文句は後で聞く」と言い、私はひとまず男を空き部屋に案内しようと歩き出す。

「綺麗にしているんだな」

「観察する暇があるなら、早くこちらに来てください」

男の感嘆の声をばっさり切り捨て、私は廊下の突き当たりにある空き部屋に男を招き入れた。

ベッドと衣装棚のみが置かれたその部屋には大きな窓があり、テラスと、そこに咲く花々が見える。この屋敷に来た時に植えてそれきり放置しているが、魔力を与えているからか、手入れなどしなくても綺麗に咲き誇っていた。

「美しい花だな。見たことのない種類だが、何という花なんだ？」

私の心を読んだような言葉に驚き、私は振り返る。

「……リィズネイションです。ファルガスタにもあるはずですが」

「ファルガスタに？　俺は見たことがないぞ」

では、この花はもうファルガスタから姿を消してしまったのか。

この花を好きだった人たちのことを思い出すのが辛くて、今まであえて見たいとは思わなかった。世話をやめたのも実はそのせいなのだが、なくなったと聞くと寂しくなる。けれど、今は感傷に浸《ひた》っている場合じゃない。この男の手当てをしなければ。

「とりあえず手当てをしますから、そこに座ってください」

私はそう言って、ベッドを指さした。いくら魔術で痛みを麻痺《まひ》させているとはいえ、患部はかなり腫《は》れているはずだ。そんな状態で放置はできない。

さて、包帯はどこにあったか。そう思って部屋中を探し回っていたら、ベッドに腰掛けている男が困った顔でこちらを見た。

「さっきから疑問に思っていたんだが、魔女である貴女に普通の手当てなんてできるのか？」

「普通じゃない手当てをお望みなら、いかにも魔女らしい怪しげな薬でも塗りましょうか？」

私が出来る限りの意地悪な顔をして見せると、男は心底嫌そうな声で答える。

「……包帯と副《そ》え木《ぎ》だけで十分だ」

「元より、それしかする気がありません。貴方に貴重な薬を使うなんてもったいないですし」

残念だ。本当はとびきり効く代わりに、ものすごく染みる薬を塗ってやりたかったのに。

そこでようやく包帯の在《あ》り処《か》を思い出した。取りに行くため部屋を出ようとすると、後ろから男の拗《す》ねた声が聞こえた。

「随分手厳しいな、貴女は。冗談は通じないし、親しくしようとする気がまったく感じられない」

振り向くと、男は右腕をかばいながら左手一本で外套《がいとう》を脱ぎ、それを床に投げ捨てていた。まるでやさぐれたような姿だったが、もちろん同情などしない。

「貴方の冗談がいちいち失礼だからです」

「女性を口説《くど》くのに、冗談を言うぐらいのことは必要だろう」

「……貴方、本当に皇族ですか？」

「ああ。歴代二人目の炎帝《えんてい》にして、ファルガスタ帝国第五十一代皇帝だ」

炎帝という言葉を聞いて、男の髪と瞳に改めて目を向ける。紅蓮《ぐれん》の色を持つファルガスタ皇帝を炎帝と呼ぶのは、今も昔も変わらないらしい。

じっとこちらを見つめる男と、かつての炎帝が重なる。だけど、男の真っ直ぐな視線のおかげで「彼」と間違えずに済んだ。安堵するとともに、自己嫌悪に襲われる。

いくら似ていても、間違えたり比べたりするのはこの男にも「彼」にも失礼だ。

まるで磁石のように視線を逸《そ》らすことのできない男の瞳を見返したまま、彼の右腕に軽く触れる。ひどい腫《は》れだ。服の上から触っているというのに、すごく熱い。私はすぐに手を離して、男に背を向けた。

「腫れがひどいので、不本意ですが薬も使います。文句を言わずに呑んでくださいね」

さすがにこれでは、包帯と副え木だけというわけにはいかないだろう。せめて鎮痛剤《ちんつうざい》ぐらいは飲ませなければ。そう思い再びドアへ向かうと、男にまた声をかけられる。

「貴女は、どうして何も言わない。俺に訊《き》きたいことがないわけではないだろう。俺が初代炎帝《えんてい》と酷似《こくじ》していることも、貴女のことを知っている理由も、気になっているはずだ。なのに、なぜ目を逸らし、俺と向き合おうとしない」

顔を見なくても、その声から彼の怒りは十分に伝わった。男が何を思ってそんなことを言ったのか私にはわからなかったが、自分でも意外なほど答えはすんなりと口から出てきた。

「きっと、貴方が救世主としての私しか見ていないからです」

言葉にすると、それはすとんと胸に落ちた。

男が見ているのは私自身じゃない。だから、向き合う必要などないのだと。

沈黙する男に背を向けたまま、少し待っているように言い置いて、私は部屋を後にする。

振り返らなかったのは、男がどんな顔をしているのか見たくなかったから。そして「彼」がくれたリィズネイションを、今は見る勇気がなかったからだ。

「あんなやつを屋敷に入れて……何かあっても僕、知らないからね」

後ろ手にドアを閉めて息をつくと、足元でビーが拗《す》ねたように目をつり上げていた。そんな顔をされているにもかかわらず、なぜだかほっとする。今までそれだけ緊張していたのかと思うと、腹立たしいけれど。

前肢《まえあし》を一歩踏み出しこちらを見上げるビーは、私の返事を待つことなく「ほら」と囁《ささや》く。

「皆も警戒してる」

そう言われて辺りの気配を窺《うかが》うと、なるほど、確かに毎日が発情期だとでも言わんばかりにやかましかった猫たちが、物陰で息を殺しているのが感じられた。

「知らない人間が突然来たら、警戒ぐらいするでしょう」

ビーの金の瞳を見返して答えると、ドアの向こうから「誰かいるのか?」と男が訊いてくる。私は咄嗟《とっさ》に「いいえ、誰も」と告げ、ビーと一緒に包帯と副え木《そぎ》のある部屋へ急いだ。

リビングの隣にあるその部屋から包帯と副え木を持ち出し、薬はどこにやっただろうかと考えつつビーに言う。

「大丈夫よ。どう足掻《あが》いても、あの男はすぐにファルガスタに帰らなければいけないもの」

「どうして？」

「皇帝ともあろうお方が、国を長いこと離れていられるわけがないわ」

「あいつ、皇帝なの？」

「そう言ってたわ。『二代目の炎帝《えんてい》にして、第五十一代ファルガスタ皇帝陛下』ですって」

ビーは不快な物を見るような目で、男のいる部屋の方角を睨《にら》む。

「だったら余計にあんなやつにいてほしくない。炎帝なんて嫌いだよ。前の炎帝だって、いなくなってせいせいしたんだから」

「ビー……？」

憎悪を滲《にじ》ませた言葉を聞き、私は困惑する。なぜビーはそんなことを言うのだろう。確かにあの男の人間性には多々問題があると思うが、そこまで言うほどではない。それに「彼」のことだって──

「どうしたの？　初代炎帝陛下は貴方の元飼い主でしょう？」

「だから嫌なんだよ。あんな男に命を救われ、育てられただなんて」

ビーが初代炎帝にそれほど強烈な憎悪を抱いていたとは、ちっとも知らなかった。思わず包帯を握りしめた私の耳に、低い笑い声が聞こえてくる。

「なんだ、初代炎帝は随分と嫌われていたようだな」

わずかに開かれたドアの陰から紅蓮《ぐれん》の髪と瞳が現れ、男が室内に入ってきた。彼は自分を睨《にら》みつけるビーを無視して、私に艶然《えんぜん》と微笑みかける。

「さすがは最果ての魔女殿。飼い猫に言葉を与えるぐらいお手の物か。そういえば、俺が貴女に攻撃される前、止めに入る声が聞こえたが、あれもこの猫だったんだな」

「私の飼い猫ではありません。初代炎帝陛下からお預かりしている猫です」

そこで、男がようやくビーに視線を向けた。

しばし無言で視線を交差させていた彼らは、それぞれ何を思っていたんだろうか。先に視線を逸《そ》らしたのはビーの方だった。

「僕、外に出てくる。そいつが帰るまで戻らないから」

興味深げな男の視線から逃げるように、ぷいとそっぽを向いてビーは駆けていく。そして、そのまま屋敷を出て行ってしまった。男はビーが出て行った方向を見ながら訊《き》いてくる。

「止めなくてよかったのか？」

「……今は何を言っても無駄だと思います」

男が屋敷に滞在している限り、ビーの怒りは収まらないだろう。

せめて戻ってきた時には美味《おい》しい魚料理を作ってあげよう。そんな風に思っていると、男が私の持つ包帯と副え木《そぎ》を指さした。

「ところで、早く手当ての続きをしてくれないか。痛くて敵《かな》わないんだが」

「なら安静にしていればよかったのに」

「この屋敷に、他の男がいるんじゃないかと心配になってな」

「雄猫なら何匹かいますけどね。……部屋に戻りましょう。薬が見つからないので、魔術で痛み止めをします」

男が素直に痛いと言ったのは意外だった。だが、口元に笑みを浮かべながらも額には汗をかいていたので、皮肉を言うのはやめた。男の自業自得ではあるけど、傷を負わせたのは私なのだし。

部屋を出ると、男が後からついて来る。彼を先導してさっきの部屋に向かっていたら、急に眩暈《めまい》がした。

――また、地震が来るんだろうか。

地震が来るかもしれないと、男に言うべきかどうか迷う。言えば、男は苦悩するだろうから。

はっきり言って性格が悪すぎる男だが、口達者であるせいか、どうも憎みきれない。それに初代炎帝《えんてい》である「彼」に似た顔立ちをしているのも、私が男に対して強く出られない理由だった。あの人と同じ顔が、悲しみで歪《ゆが》むのは見たくない。

だから私は、何事もなかったかのように歩き続けた。

「レイアスティ」

男が私を呼んだ。

気付けば、私たちは元いた部屋の前に立っていた。だが男は中に入らず、ただじっとこちらを見据えている。私は不審に思い、首を傾げる。

「何か？」

「いや、呼んでみただけだ。『救世主』も『最果ての魔女殿』も、貴女を呼ぶのに相応《ふさわ》しくないらしいから名前で呼んでみたんだが、変だったか？」

「いいえ。ですが、急に呼ばれたので驚きました」

本当に、この男は何がしたいんだろうか。

突然私を名前で呼び始めた男を見つめ返すと、まっすぐな視線とぶつかる。これまでの軽口ではなく本心を話そうとしているのだとわかった。男は視線を逸《そ》らすことなく「俺は」と続ける。

「貴女を救世主として見ているし、そうなってくれることを望んでいる」

「知っていますよ。そんなことは」

「だが、貴女がそれを望んでいないことも知っている。だからレイアスティと呼ぶことにした。かまわないか？」

低く響く男の声は、それだけで相手を従わせる色を持っているのに、同時に請うような色も持っている。名を呼ぶのに許可を求められたのは、初めてのことだった。

この男は救世主としての私ではなく、「私」個人と向き合おうとしてくれているのだ。それに気付くと、我知らず頬が緩《ゆる》む。

男の口車に乗せられたからでも、傷を負った姿に良心の呵責《かしゃく》を感じたからでもない。ただ、この男がやっと私を見たことが嬉しかった。

「かまいません」

私は男に微笑みかけ、許しを与える。自分がこの男に対して、こんなに優しい気持ちになれるなんて思わなかった。心のどこかで、男にあの人を重ねているせいかもしれない。

男は私に微笑み返すと、部屋へ入っていく。その肩からは力が抜け、どこか安堵したように見えた。私も部屋に入って、彼の手当てを開始する。

そして胸中で呟《つぶや》く。

どうせ男が滞在するのは、ほんの数日のはず。それぐらいなら、我慢してやってもいいと。

だが、私の目論見《もくろみ》は外れてしまった。

男はそれから何日も居座り続けたのだ。五日経っても六日経っても、帰るそぶりすら見せなかった。


「おはよう、レイアスティ。いい朝だな」

「……おはようございます。私にはいい朝とはまったく思えませんが、そう思えるのならよかったですね」

男が屋敷に滞在し始めて七日目の朝。リビングに現れるや否や、朗《ほが》らかに挨拶《あいさつ》してきた男に、私はうんざりしながら言った。

初日を除き、彼がこの島に来てから地震は起きていない。それも、男の上機嫌の理由の一つかもしれない。

彼は左手だけで器用に茶を淹《い》れ、私の分までティーカップになみなみと注《そそ》ぎ始める。手ずから茶を淹れる皇帝などそうそういないだろうが、本人はいたって気にしていない様子だった。

私の向かいに座ってティーカップの取っ手に指をかけた彼は、周囲をぐるりと見回す。

「あのビーとかいう灰猫は、まだ帰らないのか？」

「貴方が出て行けば帰ってきますよ」

「俺たちがこの島から出た後、誰かに頼んであいつをファルガスタまで連れて来てもらおう」

「必要ありません。私は島どころか、屋敷から出る気すらありませんので」

もはや日課となったやり取りをしていると、男が目を細めた。私がいつまで経っても態度を軟化させないのを、面白がっているらしい。

ちなみにビー以外の猫たちも、見知らぬ人間を警戒して早々に屋敷を去った。私と男の二人しかいない屋敷は静かすぎて、少しでも話していないと沈黙に溺れてしまいそうだ。

だが幸いにも、男が長時間黙っていることなどなかった。彼はテーブルに左肘をつき、にこやかな顔で話し始める。

「時にレイアスティ、知っているか？　ひと月ほど前から、モーリス大陸は度重なる地震に悩まされている」

「知っているかも何も、すでに貴方から何度も聞かされていますが」

「モーリス大陸全土だけでなく北のノースポートにまで及ぶ地震は、ファルガスタを震源としている。そのため一番被害の大きいファルガスタの民は、今も仮設テントで寝泊まりしているんだ」

反論を綺麗に無視された私は、茶を口に含み、ゆっくり飲み下してから目も合わせずに言う。

「そのようですね。大地に亀裂が入り、建物が壊れて砂塵《さじん》が舞い、息をするのも辛いほどだとか。道を整備して家を建て直すのには、かなりの時間を要するでしょう。お気の毒ですが」

地震がまだ続くとしたら、人間たちが本格的な復興作業に取りかかれるのは、当分先だろう。この七日間で耳にたこができそうなほど聞かされた話に適当な相槌《あいづち》を打っていると、男がきらりと目を光らせた。

「そうか、気の毒か。ならば今すぐ地震を止めていただきたい」

「ご冗談を。同情というものは、当事者になる気がないからこそするものです」

私が男の期待を孕《はら》んだ提案を一蹴《いっしゅう》すると、彼は眉根を寄せる。

「これは貴女にしか解決できない問題だ」

「まだご理解いただけていないのですか？　私は解決策を持っていません」

「だが、貴女には魔導の力がある。……貴女は以前、ファルガスタにいたんだろう？少しは協力しようという気にならないのか」

「ええ、まったくなりませんね。住んでいたのは三百年も昔の話ですし」

私が冷たく言うと、男は黙り込んだ。不機嫌そうな彼をよそに、私は立ち上がって男の右腕に手を伸ばす。包帯の上から患部を指でなぞると、そこはまだ熱を持っていた。

「念のため、薬を塗っておきましょう」

そう言いつつ、指をすいと横に動かす。

するとリビングの奥に置かれた棚の引き出しが開き、中に入っていた布と包帯が宙に浮かんだ。棚の上にあらかじめ用意してあった薬も一緒に飛んできて、私の手の中に収まる。

男の横まで歩いて行き、椅子を引いて座る。そして留め具を外して包帯を解《ほど》くと、やはりまだ腫《は》れたままの患部が露《あら》わになった。副え木《そぎ》を一度外し、薬を塗り込んだ布を腕に貼り付ける。冷たくて気持ちがいいのか、男が息をついた。

私は布の上から副え木を当て、包帯を巻いていく。なるべく痛みを与えないように優しくしていると、髪が微《かす》かに揺れた。見れば、男の左手が私の髪を撫でている。

「……なんですか」

「綺麗な髪だから、触ってみたくなっただけだ」

髪を指に絡ませて遊ぶ男の手を、私は払いのけた。

「魔女にあまりべたべた触ると呪われますよ。ファルガスタでは、魔女に関わると非業《ひごう》の死を遂げるとか、病《やまい》に罹《かか》るとか言われているのでしょう?」

「ただの迷信だ。そんなこと、貴女が一番よく知っているだろう」

それはそうだ。私と関わった後に死んだ人間は数多くいるが、別に私が呪ったからではない。けれど、それを理解している人間が、ファルガスタに一体どれだけいることか。

昔から魔女は忌《い》むべき存在と言われていたが、今も変わっているとは思えない。なのに……

「貴方は迷信だと思っているんですか?」

私が問うと、男は胸を張った。

「無論だ。俺の教育係や乳母《うば》は魔女が忌むべき存在だなどと一度も言わなかった。それどころか、二人ともロをそろえて魔女に会ってみたいと言っていたからな」

なるほど、男が魔女を口説《くど》き落とそうなどと考えたのは、教育係と乳母のせいだったのか。

妙なところで納得してしまう。

「変わった人たちなんですね。一度顔を見てみたいものです」

「ああ、俺も貴女に会わせてやりたかった。二人とも、きっととても喜んだはずだ」

「その二人は、今はどうしているんですか？」

私がそう言うと、男がふっと微笑した。

「亡くなっている。病《やまい》に罹《かか》ってな」

言葉こそさっぱりしたものだったけれど、表情と声音はとても寂しそうだったので、私は「そうですか」と返すことしかできなかった。七日前に見た夢の中で「彼」が泣いていた姿を思い出してしまい、どうにも落ち着かない気分になる。

じっとこちらを見つめる紅蓮《ぐれん》の眼差しは、「彼」と同じだ。今、男に泣かれるのは辛い。

だからつい慰《なぐさ》めようと伸ばしてしまった手を、男に掴《つか》まれた。

「レイアスティ」

硬い声で名を呼ばれ、はっと息を呑む。

目の前にいるのは「彼」ではなく、まったく別の男だ。

「……なんですか？　どこか痛みましたか？」

動揺を悟られないよう目を逸《そ》らし、そっと手を引こうとしたが、男は私の手首を掴んだまま「違う」と言い放った。そして責めるように言い放つ。

「ここに来た時からずっと気になっていたが、貴女は誰を見ているんだ？　ちゃんと俺を見ろ」

指摘に驚いた私は、一度きつく目を閉じ、意を決して男を見る。すると、彼は最初に見た時と同じ強い眼差しをこちらに向けていた。その目に、静かな怒りを湛《たた》えて。やがて手首の拘束が解かれる。それと同時に私は彼から少し離れ、手早く包帯を巻いて立ち上がった。

「……朝食と昼食を用意してきます。その後は部屋に戻るので、食事は一人でとってください」

そのまま台所に向かい、男の食事を用意した後、宣言したとおり部屋に戻る。ドアを閉めるなり、ため息が漏れた。ふらふらと歩いてベッドに倒れ込み、もう一度ため息をつく。自己嫌悪でどうにかなってしまいそうだった。まさか「彼」とあの男を間違えて、あまつさえ相手に指摘されるなんて。

ベッドシーツの上に手を滑《すべ》らせ、クッションを引き寄せて抱く。それから仰向《あおむ》けになり、天井に手のひらをかざした。白い天井が、夢で見た銀世界と重なる。その世界に「彼」が立っているのを夢想して、そっと呟《つぶや》いた。

「あの人はもういない」

わかっている。そんなこと。……わかっていたつもりだった。

けれど、理解してなどいなかったのだ。先ほどの男の眼差しを思い出す。静かな怒りを湛《たた》えた瞳は、私以上に私が見ているものを知っていた。私が亡き人を見ていると……男によく似た、けれどもまったくの別人を見ていると。

きっと男は最初から気付いていたんだろう。それを七日もの間我慢して、とうとう我慢できなくなったのだ。そう考えると、私はいたたまれない気持ちになった。

──彼は私をレイアスティと呼んで、救世主ではない私を見ようとしてくれたのに。なんとも卑怯《ひきょう》な話だ。私と向き合おうとする男から目を逸《そ》らして、自分だけ別のところを見ていたなんて。無論、私に男と向き合う義理などないし、情など捨てた方がいいに決まっている。けれど、情を捨てるなんてのは今更なのかもしれない。ビーに短気だと言われる私が七日もの間、男の滞在を許しているのがその証拠だ。なら、私がすることは一つ。

目を閉じて、ゆっくりと息を吐き出す。とりあえず今は眠って気持ちを切り替えたかった。

闇の中で、空色の瞳をした女性が私を睨《ね》めつけていた。

『それだけの魔力を持ちながら、救いもせず与えもしない。それればかりか、お前はわたくしから大切な者を奪い、絆《きずな》を壊していくだけではありませんの』

糾弾《きゅうだん》され、私は必死に首を振る。

『そんな、私は——』

『卑《いや》しき魔女が、口答えなどするものではありませんわ！』

彼女は私の反論を遮《さえぎ》り、背を向けてしまった。それでも彼女の全身から滲《にじ》み出る憎しみが、私の心に突き刺さる。

『華月《はなつき》の魔女だなんて図々しい。お前には、せいぜい氷の魔女がお似合いよ。血も涙もない、冷たい化け物』


激しい動悸《どうき》とともに目覚めると、すでに夜が更《ふ》けていた。窓の外には二つの月が浮かんでいる。姉妹月と呼ばれるその二つの月は、互いに距離を取って夜空を照らしていた。

悪夢を振り払うようにベッドから起き上がった私は、台所へ向かった。そして夕食を作り、男の部屋を訪ねると、ベッドに横になっていたらしい男が上体を起こした。

「よく寝ていたようだな」

まるで今朝のことなどなかったかのような態度だった。私は胸を撫で下ろし、こちらもいつもどおりの態度で返す。

「ここ数日、貴方の相手ばかりして疲れていましたから」

「失礼な」

むっとする男に私は近付き、顔を見下ろした。その「彼」に瓜二《うりふた》つの顔を凝視《ぎょうし》し、覚悟を決めて口を開く。

「ヴァノッサ」

男――ヴァノッサが一瞬固まった。彼の表情が消え、肩から力が抜ける。そしてゆるゆると私を見た彼は「……なんだ」とぶっきらぼうに言った。

もしかして、呼び捨てられるのに慣れていないのだろうか。なにせ彼は皇帝だ。名を呼び捨てる者は多くないはず。

「ヴァノッサ様とお呼びした方がよろしかったでしょうか」

そう言うと、「いらん」と一蹴《いっしゅう》されてしまった。それならばと、私はあえて呼び直すことはせず、トレイを掲《かか》げる。

「お腹、空《す》いていませんか？」

「……空いている。貴女が俺を放って寝てしまったからな」

その嫌味を無視して、私はテラスに出た。そして料理が冷めないようトレイの周囲に張り巡らせていた結界を解除する。すると、ふわりと湯気が立ち上った。

庭では、リィズネイションが夜の闇に負けじと咲き誇っている。その手前には白い丸テーブルがあり、姉妹月に青白く照らされていた。

静かに歩いてテーブルの前に立ち、トレイを置く。そして物言わずこちらを見ている紅蓮《ぐれん》の瞳を見返した。

「せっかくの月夜です。テラスで食事をとりませんか?」

その提案が意外だったのか、ヴァノッサはきょとんとした。そして怪訝《けげん》そうな顔で、私の瞳を覗《のぞ》き込む。

「食事とは、貴女と一緒に?」

「そうです。たまにはいいでしょう。貴方と話したいこともありますから」

「俺と一緒にファルガスタに来る気になったという話なら歓迎だが」

「ご期待に添えず申し訳ありませんが、そういう話ではありません」

ベッドに腰掛けたまま動かないヴァノッサにきっぱりと言い、話を続ける。

「今朝、貴方は私に言いましたね。誰を見ているのかと」

「ああ、言ったな」

「貴方の指摘どおり、私は貴方を見ていませんでした。もういない方――初代炎帝《えんてい》陛下を見ていたのです。けれど、私はもう貴方に彼を重ねないようにします。貴方と彼は別人なのですから」

その突然の宣言に驚く様子もなく、ヴァノッサが「当然だ」と頷《うなず》く。

「ですから、これからは貴方をヴァノッサと呼ばせていただきます。それでよろしいですか?」

ヴァノッサの動揺が伝わってくる。先ほどと同じく名前を呼ばれたことに動揺しているのだと、なんとなくわかった。

珍しく、彼の方から目を逸《そ》らす。しばし言葉を探すように視線を彷徨《さまよ》わせていた彼は、ややあって「無論だ」と一言だけ返してきた。私が思わず小さく噴き出すと、ぎろりと睨《にら》まれてしまう。

「何を笑っている」

「貴方が名前を呼ばれたぐらいで動揺などするからです」

「悪かったな。……名前を呼ばれるのなんて久しぶりすぎて、一瞬自分の名前だとわからなかったんだ」

「ここに来た時、しっかり名乗っていたじゃないですか」

「自分で名乗るのと人から呼ばれるのは別だ」

ヴァノッサがふてぶてしい顔でそう言ったので、私は「はあ」と気の抜けた返事をした。彼の頬には微《かす》かに赤みがさし、まるで子どものようだったので、私はまた笑ってしまう。他の人間たちに名を呼んでもらえない彼に少し同情したが、今は気付かないふりをした。しばらく口を閉じ、彼がベッドから出てくるのを待つ。するとややあって、心を落ち着けた様子の彼が立ち上がった。暗がりから出てきた彼の体が、姉妹月に照らされ、はっきりと見える。鍛《きた》えられてはいるものの、すらりとしていた。

姉の花月《かげつ》は煌々《こうこう》と輝き、妹の華月はささやかな光を放っている。それらの光を一身に浴びるヴァノッサに椅子を勧め、二人で向き合って座る。

テーブルの上には、甘芋をすりおろして煮詰めたスープと、薄切りの燻製《くんせい》と野菜を挟んだサンドイッチが置かれている。皇帝に出すには貧相な食事だったが、ヴァノッサは文句も言わず食べ始めた。私もサンドイッチを一口食べる。音を立てて野菜を噛み、味わって呑み込んだ。

やがて、一つ目のサンドイッチを食べ終えたヴァノッサが口を開いた。

「それで、話とは何だ」

私はサンドイッチを数度咀嚼《そしゃく》してから答える。

「大したことではありません。ただ、貴方のことを聞きたかっただけです」

「今までファルガスタの話は散々聞いてきましたが、貴方自身の話は聞いたことがありませんでしたから」

見た目は「彼」と同じでも、中身が違えば二人の違いをはっきりと理解できるはずだ。その魂胆《こんたん》を隠して頼むと、ヴァノッサが困った顔で腕組みした。

「何か話せと言われても、いざ話そうと思うと何も浮かばないんだが……」

国のことなら放っておいても語り出すのに、自分のことは話せないとは難儀な男だ。仕方がないので、私も少し考え、「では」と提案してみる。

「朝に乳母《うば》と教育係の話をしていたでしょう。彼らの話を聞かせてください」

彼らのことを話している時、ヴァノッサの表情はとても柔らかかった。だから、彼らの話ならしやすいだろうと思ったのだ。ただ、亡くなった人間の話をさせるのは酷かもしれない。ヴァノッサの反応次第では、提案を取り下げようと考える。

しかしその懸念《けねん》は、ヴァノッサが「それなら」と笑顔で言ってくれたことで解消された。

「俺の乳母はクレア、教育係はゼノンという名だった。クレアは俺が生まれた時から傍《そば》にいて、ゼノンは俺が十歳の時に教育係に任命された」

コップの水を数口飲んでから、彼は続ける。

「俺のこと？」

「二人は変わり者でな。クレアは俺が小さい頃から銀の魔女のお伽話《とぎばなし》を何度も聞かせてくれたが、一度も魔女が危険な存在だとは言わなかった。ゼノンもそうだ。当時、俺に魔女に関する話をしないようにと両親から緘口令《かんこうれい》が敷かれていたのに、それすら無視して魔女の話をしてくれたんだ」

「緘口令？　なぜです」

「俺が両親に、どうして魔女は悪い存在なのかと訊《き》いたからだ。ゼノンの前任者たちは口を揃えて魔女は死を振りまく生き物だと言っていたので、両親は子どもに聞かせるべきじゃないと思ったんだろう」

緘口令を破れば厳罰に処されるだろうに、それでもヴァノッサに魔女の話をした彼らは確かに変わり者だ。

ヴァノッサはおもむろに胸元に手を入れて、首飾りを取り出した。金の縁取りのある台座には翡翠《ひすい》が埋め込まれており、微《かす》かに光を放っている。魔力が込められたものだとひと目でわかった。

「この首飾りが何かわかるか？」

「いいえ。けれど、魔力が込められているのはわかります」

ただ、用途まではわからない。私がその首飾りを凝視《ぎょうし》していると、ヴァノッサはそれを再び胸元にしまい込んだ。

「これが、俺が貴女の屋敷に入れた理由だ。結界を解除する力があるらしい。ゼノンが皇城の地下書庫で見つけた手記の中に隠されていたんだ。彼はこの島に貴女がいることを知っていて、いつか会いに行きたいとよく言っていたぞ」

私がここにいることを知っていた？　ゼノンという男が何者なのか気になって口を開くと、先にヴァノッサが大仰《おおぎょう》な口ぶりで言う。

「魔女がどんな存在かなど、会ってみるまでわからんのですよ、殿下」

ヴァノッサらしからぬその口調に、私はきょとんとする。

「なんですか、急に」

「ゼノンの口癖だ。クレアはその言葉に笑って、相槌《あいづち》を打ちながら聞いていた。俺が皇帝位に就《つ》く前は、よく俺の部屋で魔女の話をしたものだ。一度でいいから会ってみたいと、三人で話していたんだ」

そう言うと、ヴァノッサは私を見て納得したように頷《うなず》いた。

「ゼノンの言うとおりだったな。確かに、会ってみるまでわからん。貴女は歴史書に書かれていた、媚《こび》と色を売る魔女とは違う。まさかこんなに扱いにくい女だとは思わなかったが」

「……それは喧嘩《けんか》を売っているのでしょうか」

「褒め言葉と受け取っておけ」

その傲慢《ごうまん》な物言いに私が眉を顰《ひそ》めると、ヴァノッサが立ち上がる。

空に浮かぶ華月を見上げた彼は「やはり美しいな」と漏らした。直後、こちらを見下ろす。その目がゼノンとクレアの話をしていた時と同じく、温かくて優しいものだったから、私は居心地が悪くなった。

「まるで貴女のようだ、レイアスティ。氷の魔女なんて名はやめて、華月の魔女と名乗ればいいんじゃないか？」

私は身を強張《こわば》らせ、ヴァノッサを射抜くように見た。

「氷の魔女、ですか？」

「そうだ。それが貴女の二つ名なんだろう？　かつて魔女や魔導士は、皆二つ名を持っていたと聞くが……違うのか？」

不思議そうに問われ、私はゆるゆると首を横に振る。

彼の言うとおり、魔女や魔導士は二つ名を持つ。自称他称問わず、真名《まな》を隠すために必要なもの。真名を姓と名の両方とも知られると隷従させられる危険があるため、私のように名前だけとはいえ真名を呼ばせる魔女は稀有なのだ。

だが、私の二つ名は――

「私は初代炎帝《えんてい》陛下より、華月の名を戴いています」

「華月？　俺が見た手記に、そんなことは書かれていなかったが」

「誰の手記か知りませんが、氷の魔女と書いてあったなら、それは陛下が遺《のこ》したものではありません」

だって、あの人は私のことを決して氷の魔女なんて呼ばなかった。ヴァノッサと同じく、美しい華月のようだと言ってくれた。そのせいで城内の人間たちに不名誉な噂を流されてもいつだって私を華月と呼んでくれたのだ。

――私のことをかの国で語り継がせたのは、あの人じゃない他の誰かだったのね。

小さく息をついてヴァノッサを見ると、彼は手を軽く口に当てて考え込んでいた。

「貴女の言うとおり、あの手記は初代炎帝のものではなかった」

「では、誰の？」

そう問うと、彼は少し迷うような素振りを見せた後、教えてくれた。

「マリエル妃だ。マリエル・エールデ・ツヴァインベルグ。西の大国ツヴァイからファルガスタに嫁いできた――」

「初代炎帝陛下の正妃、ですね」

「そうだ。彼女が遺した手記の中に、氷の魔女の名が記されていた」

当時、モーリス大陸一の美姫と謳《うた》われたツヴァイ王女マリエル様。夏の青空を思わせる瞳の色が綺麗で、空姫とも呼ばれる彼女は、かつての炎帝に嫁いだ。

「……そうでしたね。私に氷の魔女と名付けたのは彼女でした」

先ほど見た夢に出てきた苛烈《かれつ》な眼差しを思い出す。私を冷たい化け物と呼んだあの女性は、まさしくマリエル様だった。彼女の手記の内容を知りたいけれど、聞いても悲しくなるだけだろうと思い、好奇心に蓋《ふた》をする。すると、ヴァノッサが困惑気味に視線を落とした。

「だが、なぜだ？　華月の名があるなら、氷と名付ける必要などないだろう。他にも疑問はある。あの手記は皇城の地下書庫の、一番奥まったところに置いてあった。まるで隠すかのようにな。俺だってゼノンから教えてもらわなければ、見つけられなかったほどだ。だが結界解除の首飾りには、国宝級の価値がある。それをわざわざ隠す必要などど……」

「少なくとも、マリエル様にはあったんじゃないでしょうか。国宝を隠す理由が」

「貴女はその理由を知っているんだな？　レイアスティ」

確信に満ちたその声を、私は受け流す。こちらに答える気がないのがわかったのか、ヴァノッサが「なら一つ教えてくれ」と言った。

「それが、貴女が救世主になれないと言う理由か？　マリエル妃との確執が、貴女からファルガスタへの情を奪ったと？」

射抜くような彼の視線にも怯《ひる》まず、私は「いいえ」と否定した。

——いい機会だ。ヴァノッサが屋敷に滞在し始めて七日。予想より随分と長い時間が経っている。彼が私を説得するように、そろそろ私も彼を説得し始めなければいけないのだろう。

「ヴァノッサ、氷の魔女の二つ名を知っているのなら、私について他にも知っていることがあるんじゃないですか？　氷の魔女のことは歴史書などに記録されているはずですから」

ヴァノッサは答えない。私は視線を彼からリィズネイションに移し、自身の苦い記憶を話すことにした。

「オルド暦四六一年。今から三〇四年前のその年、ファルガスタでは原因不明の伝染病が蔓延《まんえん》し、多くの民が死に絶えました。皮膚の色が変わり激痛に襲われ、最後には錯乱《さくらん》して死んでいく死の病《やまい》です」

「……魔女の狂宴《きょうえん》か」

ヴァノッサが沈痛な面持ちで俯《うつむ》く。魔女の狂宴と呼ばれる伝染病のことは、歴史書で何度も読んでいるのだろう。だが彼にとって、それはあくまで遠い昔に起きたことであるはずだ。

彼は知らない。変わりゆく肌の色に死を予感し激痛に苦しみながら、それでも生きていた人々のことを。そして、大事な人を目の前で亡くしても、悲しむこともできないほど心を病《や》んでいた民のことを。

私は声が震えないよう、努めて静かに言った。

「国が滅びなかったのが不思議なぐらい、多くの人間が亡くなりました」

椅子に深く腰掛け、嗚咽《おえつ》をこらえるために大きく息を吸う。

そこで、ヴァノッサが口を開いた。

「魔女や魔導士だけは、誰一人病に罹《かか》らず生き延びたと聞いている」

「はい。だからあの伝染病は、魔女の狂宴と名付けられたのです。犯人は魔女だと、誰もが騒ぎ立てました」

決して魔女や魔導士が起こしたことではない。あれはあくまでただの伝染病のはずだ。けれど人間たちは、被害妄想を募《つの》らせ、魔女と魔導士を憎んだ。やがて――

「怒れる民衆は、皇城に押し寄せました」

私はそこで、ふうっと息を吐き出す。

「悪夢のような惨状《さんじょう》に耐えきれなくなった人々は、炎帝《えんてい》陛下に侍《はべ》る氷の魔女がすべての元凶だと訴えました。連日皇城に押しかけて、魔女を殺せと陳情《ちんじょう》したのです」

「歴史書にもそう書いてあった。だが、なぜだ？　当時は貴女の他にも、魔力を持った者は多く存在したはずだ」

「私は会ったことがありませんが、確かにいたようですね。けれど、その頃には皆とっくに身を隠していました。人目につく場所にいたのは、私一人だったんです」

リイズネイションを見つめたまま話す私の横顔に、ヴァノッサの強い視線がぶつかった。その視線から激しい怒気を感じながらも無視していたら、ふいに目の前が暗くなる。

顔を上げると、怒りに満ちた紅蓮《ぐれん》の瞳が見下ろしていた。

「なぜ逃げなかった。他の魔女と同様に身を隠せば、貴女が憎悪を一身に受けることもなかったはずだ」

ヴァノッサが、鋭い声音で詰問《きつもん》してくる。私がため息をついて首を振ると、彼は怪訝《けげん》そうな視線を向けてきた。

「一つ勘違いをしているようですが、私は逃げたんですよ。ファルガスタから。だからここにいるんです」

そう言った私は、一体どんな表情をしていたのだろう。ヴァノッサが怯《ひる》んだように目を逸《そ》らし、顔に苦渋《くじゅう》の色を浮かべた。

私は魔術で自分の体をふわりと浮かせ、テラスの手すりに移動する。ワンピースの裾《すそ》が柔らかく揺れた。手を伸ばしてリィズネイションを一輪摘《つ》み、茎をくるくると回しながら彼に訊《き》いてみる。

「魔女は、その後どうなったと書かれていたんですか？」

「……処刑されたと書いてあった。民衆が見ている前で、断頭台に上がったと。ゼノンの話やマリエル妃の手記がなければ、俺もそれを信じていた」

「元々人間たちは、魔女をよく思っていなかった。そんな中、魔女の狂宴《きょうえん》が起こり、群衆の怒りの火に油を注《そそ》いだんです。魔女は死と狂気を振りまく存在だと誰もがわめきたて、それがファルガスタ中に浸透しました。そして私たち魔女や魔導士は、その印象を払拭《ふっしょく》できませんでした」

「それが貴女が救世主になれない理由か。かつて疫病神《やくびょうがみ》にされた自分が、救世主になどなれないと。だが、そんなものは民がつけた言いがかりだ。真実、貴女たちが災厄を振りまいたわけじゃない」

そう断言する彼を、私は黙って見つめた。それと同時に白い光の中に浮かび上がる紅《ぐ》蓮《れん》の髪と瞳に、見惚《みと》れていたのだ。

美しいからではない。確かに幻想的で美しくはあるが、それが理由ではなかった。

ただ、異常なまでの心の強さがすべてを巻き込んで、ヴァノッサと世界が溶け合っているように見えたから。やはり、「彼」とヴァノッサは別人だ。見た目はほとんど同じなのに、私はあの人にこんな強さを見たことはない。

ヴァノッサは何も言わず、燃えるような色の瞳を一度閉じた。そのまま一歩私に近づく。至近距離で見たヴァノッサは、やっぱりあの人に似ていた。

既視感《きしかん》を覚えながら、私は首を横に振る。

「もう一つ、昔話をしましょう」

そうして少しずつ、自分が話したかったことへ近付けていく。普段は思い出すまいとしている記憶、痛みしか感じられなかった核心へと。

ゆっくりと目を閉じると、瞼《まぶた》の裏に懐《なつ》かしいファルガスタの光景が浮かんできた。

街の石畳には、雪が薄く積もっている。その上に一人、少女が立っていた。無邪気に笑う少女から意識を逸《そ》らすように、私は口を開く。

「病《やまい》が城下に近付くほんの少し前、私は一人の女の子に出会いました。私は髪の色を変えていたから、その子は私が魔女だと知らずによく懐《なつ》いてくれました」

体を浮かせ続けていた私は魔術を解いて、手すりにゆっくりと腰掛ける。そして落ちないよう、冷たい手すりを掴《つか》んだ。

「何の話をしたかは覚えていないし、どうして出会ったのかも覚えていません。けれど、私もその子のことが好きだったのは覚えています」

会う度に抱きついてきたあの子の冷たい体を、温めてあげたかった。

城下にお忍びで来ていた「彼」が私たちを見て浮かべた、優しい笑みが好きだった。

あの子といる時、もうすぐ雪が降るな、と考えた。そんな他愛のないことばかり、記憶に残っている。永遠に続くと信じていた、幸せな日々。

「でも、あの子も病に罹《かか》ってしまった」

瞼の裏で、雪の勢いが増した。我慢できずに目を開き、ヴァノッサを見据えて硬い声で告げる。

「城下の誰より早く、あの子に死が近付いていました。見たことのない症状を呈するあの子を、誰もが遠巻きに見ているだけでした。爛《ただ》れて紫色に変色した肌を晒《さら》すあの子に、手を差し伸べようとする者は一人もいなかった」

けれども、そんな彼らを責めることはできなかった。すぐに同じ病が、彼らにも降りかかってきたのだから。

「毎日毎日、陛下と一緒に薬を調合し続けました。魔術は、怪我は治せても病《やまい》は治せません。非力な自分を呪ったのは、あの時が初めてでした」

「……貴女は」

「でも、いくら薬を調合しても駄目だった。何度試しても効果がなくて、あの子が痛みに苦しむ姿を見ていると、私はおかしくなってしまいそうでした」

手すりを掴《つか》む指先が冷えていくのを感じながら、細く深く息を吐く。

いくら自分が救世主に向かないことを証明するためとはいえ、自分の無力さを語るのは辛かった。

きつく手すりを握り、視線を落とす。

「――助けて」

「レイアスティ？」

「助けてって言われたのに、私はあの子を助けられなかった」

あの子が何度も何度もそう繰り返していたのを思い出す。息絶えるその瞬間まで。

あの冬、私はその言葉を何人もの人間から聞いては、自分の非力さに絶望した。これはその、最初の絶望だった。

「貴方は私を救世主だと言いました。けれど実際、私に何ができると言うんですか？」

私はそう言って、体を後ろに傾けた。もう落ちてしまってもいいと自棄《やけ》を起こしそうになりながらも、話だけは続ける。

「魔女の狂宴《きょうえん》に対して、私は何もできなかった、誰も助けられなかった。そしてとうとう、一人で逃げ出したのです。魔女といえど、私一人にできることなんて、たかが知れています。それでも、貴方はまだ私を救世主だと言うのですか？」

現在のファルガスタも、そこに生きる人間たちのこともどうでもいい。それは激しい憎しみをぶつけられたせいでもあるし、これ以上関わりたくないからでもある。

そもそも、無力な私に何ができる？

何もできずにまた絶望するの？　あの冬のように。

そんなのはごめんだった、絶対に嫌だった。だから私は、無関心を貫《つらぬ》きたかったのだ。

ヴァノッサが更に一歩踏み出し、私の膝《ひざ》に触れそうなほど近くに立つ。思わずのけぞったために手すりから落ちそうになったが、ヴァノッサが私の腰に手を回して支えてくれた。

「すみません、ありがとうございます」

小さな声で礼を言ったが、私を支える腕は離れない。怪訝《けげん》に思い顔を上げると、彼が口を引き結んだ。不快感でも同情でも憐憫《れんびん》でもないなんとも言えない表情で私を見ていた。そうして彼は、私の手を放し――

「え……っ？」

いきなり跪《ひざまず》いたのだ。

「な、何を――」

私は慌てて手すりから下り、彼の肩に触れようとする。

「すまない」

私の声を遮《さえぎ》って、ヴァノッサが発したのは謝罪の言葉だった。

「――どうして、貴方が謝るんですか」

だって、彼には関係ないはずだ。三百年前に起きたことなんて、彼にとってはお伽話《とぎばなし》と言ってもいいほど遠い話なのに。

困惑するままに問うと、ヴァノッサが顔を上げた。

「そうしたかったからに決まってるだろう」

至極当然という風に返され、私はますます困惑する。

ヴァノッサは跪いたまま「それに」と続けた。

「謝っておかなければならない理由は他にもある。俺はこれから貴女に残酷なことを告げるつもりなのだから」

私が痛みに耐えて
「……っ！」

怖いほど真摯《しんし》で強い視線を向けられ、私は目を見開いた。私がせっかく痛みに耐えて自分の過去を晒《さら》したのに、この男は、まだ──

「貴女がどれだけ絶望したかはわかった。だが、それでも俺は貴女に救世を望む」

──まだ、私に救世を望むというの？

やるせなさのあまり眩暈《めまい》を感じて、私は手すりによりかかった。そして跪いたままのヴァノッサを、力なく見下ろす。

どうしてこの男は、そこまでするのだろうか。かつて何もできなかった私にこうして謝罪までして、一体どうして。

「そういえば、貴女を救世主と呼ぶ根拠をまだ話していなかったな。これだけ長居しているというのに」

ヴァノッサが苦笑しながら言った。

「銀の魔女、最果ての魔女が救世主」

「……？　それは確か」

「そうだ、クレアが俺に何度も話してくれた物語の一節だ。うちの予言者があの物語のとおりになると予言した。だから、俺はここに来たんだ」

「でも、あれは翡翠《ひすい》の――」

「予言者は海のような蒼《あお》い瞳を持つ、銀髪の魔女だと言ったぞ」

――呆れた。

確かにそんな姿を持つ魔女は、世界中を探してもそうそういないだろう、更には最果てという言葉までついたとなれば、当てはまるのは私くらいしかいないはずだ。けれどこの男はただそれだけで、こうして頭を下げているのか。仮にも皇帝なのに。

「……馬鹿みたい」

私は紅蓮《ぐれん》の瞳から目を逸《そ》らして呟《つぶや》いた。するとヴァノッサは、ますます苦笑する。

「そうだな、本当に馬鹿みたいだ。だが今は、予言抜きで貴女を救世主にと望んでいる」

「予言抜きで？　なぜです」

「人の死に絶望して、三百年経った今でも痛みを感じ続ける魔女なんて、聞いたことがないからだ。貴女は人の死を悲しむことができる。今苦しんでいる人々の姿を見たら、きっと俺以上に強く思うことだろう。彼らを助けたいと」

「まるで心の弱さを指摘されているようですね」

「まさか。俺はただ、申し訳ないと思っているんだ。俺の先祖や亡くなった国民が、今も貴女を苦しめ続けているのだから」

いい加減立ち上がればいいのに、ヴァノッサは跪《ひざまず》いたまま、少しだけその瞳を揺らして笑った。そして緩《ゆる》やかに弧を描く唇で、さらなる言葉を紡《つむ》ぐ。

「貴女は自分一人にできることなんて、たかが知れていると言ったな」

「ええ」

「まずその勘違いを正しておきたいんだが」

口調は先ほどから変わらないのに、とても優しい声で彼は言う。

その声のせいか、彼が自分よりずっと年上のように思えた。

ヴァノッサは空を仰いだ。姉妹月の光をいっぱいに浴びた瞳が、次の瞬間、微《かす》かに曇る。

「今モーリス大陸では、俺の国をはじめ多くの国が地震の被害を受けている」

心中の憂いを隠そうともしないその瞳は、最初に出会った頃とはまるで違ってわかりやすかった。

私が媚《こび》を売られるのも嘘をつかれるのも好まないことを、ヴァノッサは知っているのだ。だから何度も何度も聞いた話ではあったが、最後にもう一度だけ聞いてやろうと思った。

「何度家を建て直しても、また壊れてしまう。民はいつまで経っても避難所での生活を強《し》いられているし、何より地震の規模は次第に大きくなっている」

「そうみたいです。地震が起きるとなぜか体がだるくなりますから、わかります」

「わかるのか？」

「はい。最近は、立っているのも辛いほどです」

「それは初耳だな」

私が地震を感じ取れると知り、ヴァノッサが目を見開いた。

しかしすぐに表情を引きしめ、祖国の厳しい状況を語る。

「今、国内の状況は最悪だ。ましてや魔女嫌いのファルガスタに貴女を招き入れるとなると、居心地の悪い思いをさせてしまうだろう。だが、何があっても貴女を一人で絶望させておくつもりはない」

胸に突き刺さるような鋭さで、ヴァノッサは言い放つ。

「一人でできることなんてたかが知れているというなら、二人でやればいいだろう。俺は国と民を守りたいし、そのためなら何だってするつもりだ。その結果国が救えなかったとしても、それは俺の責任だ。貴女は何一つ責任を負わなくていいし、悲しまなくていい。この先貴女に起きるすべての出来事に、俺が責任を持つ」

熱を持った言葉が、更に熱を高めていく。

「それでも貴女が絶望するようなら、その時は俺も一緒に絶望してやる。一人で絶望などさせない。その代わり、貴女には限界を超えて力を揮《ふる》ってもらいたい」

「馬鹿なことを――」

「だから」

私の言葉を遮《さえぎ》り、ヴァノッサは左手を差し出してきた。私がそのごつごつした手を困惑しながら見ていると、彼は続ける。

「俺と来い、レイアスティ。臣下としてではなく、救世主として俺の隣に立て」

――こんなのは無茶苦茶だ。一人増えたぐらいで状況など変わらないし、第一頭数が増えればいいという意味で言ったわけではない。それにヴァノッサは私を責めないと言いつつも、限界を超えろと無茶を言う。無茶を口にしつつも手を差し伸べて、私一人に絶望させないなどとも……

そんなことは、今まで誰からも言われたことがない。だから、ほんの――ほんの一瞬だけ、その手を取りたいと思ってしまった。

すべてを巻き込むほど強い眼差しと我儘《わがまま》な言葉が、胸に突き刺さる。けれど、同時にどこまでも優しく柔らかな声が、ゆっくりと私の心に染み込んできた。

扉越しに話をしたあの時、私を娼婦扱いしたのは彼の本心ではなかったのだ。そう思えるほど真剣な瞳は、瞬《まばた》きもせずひたとこちらを見ている。

燃えるような紅蓮《ぐれん》の瞳。そこに宿る高熱は色のせいではなく、ヴァノッサの心そのものが熱いせいだと今更ながら気付いた。

リィズネイションも姉妹月も目に入らなくなるほどの熱が、言葉よりも急速に私の胸を焦がしていく。その熱に浮かされて軽く開いた唇から、ほぅと息を吐き出した。けれど。

「納得いきません。それだけの理由で、貴方は私に手を差し出すのですか?」

ヴァノッサは、予言者の言葉とは関係なく私に救世を望むと言った。人の死に絶望して、三百年もの間胸を痛め続ける魔女など聞いたことがないからと。けれど、本当にそうなのだろうか? ただそれだけのことで、炎帝《えんてい》ともあろう者が、民の命を私に託すのだろうか。

そう考えていたらヴァノッサが小さく噴き出した。そうして差し出していた手を更に伸ばして、私の手に触れる。

触れられた瞬間、焼けそうに熱いと思ったが、どうやら錯覚だったらしい。ずっと同じ体勢でいた彼の指先は、冷え切っていた。私の手をそっと包むように握り、何度か離したり握ったりした後で、ひどく淡々とした声が耳朶《じだ》をつく。

「魔女は快楽を好み、その邪悪な心でもって人々を恐怖に陥《おとしい》れると誰もが言っていた。相手が気に入らなければ殺し、気に入れば飽きるまで手放さない。高らかに笑いながら狂宴《きょうえん》を繰り広げる魔物だと」

「ひどい偏見ですね」

「だが貴女は違う。会ってみて、それがわかった。同時にきつく握られた手が、熱を帯びていく。

ヴァノッサはきっぱりと言いきった。

自分だけが私の心を溶かすことができると彼は言ったけれど、とんでもない。溶けるどころか、蒸発してしまいそうだ。思わず眩暈《めまい》を覚える私をよそに、ヴァノッサは続ける。

「色で男を虜《とりこ》にして楽しむ程度の魔物なら、逆に俺が堕《お》として連れ帰ろうと思っていた。どちらかといえば、その方が楽だったかもしれない」

「……なんてことを考えるんですか、貴方は」

「なのに来てみれば、貴女は俺が今まで聞いてきたいずれの噂にも当てはまらない。さすがに、どうしたらいいのか途方に暮れたぞ」

「魔女にだって個性はあります。私がたまたまそうだっただけで、他の魔女はどうだか――」

「だが、俺は貴女以外の魔女を知らないし、もう他の魔女を探す時間もない」

触れている手の熱が下がる。それはもはや心を焦がすほどの熱ではなくなってしまったけれど、なぜかとても落ち着く。

「貴女に手を差し出した理由なんて、俺にもはっきりとはわからん。貴女しか魔女がいないからかもしれないし、他に何か理由があるはずだと言われれば、そうかもしれない」

「随分と曖昧《あいまい》ですね」

「仕方がないだろう。俺はただ予言に従って、魔女を探しに来ただけなのだから」

ヴァノッサが開き直る。その言葉どおり、ファルガスタからノースポートを経由してこの孤島まで単身やって来た彼は、たった一人の魔女を求めていた。ただの魔女ではなく、救世主たる魔女を。

ヴァノッサは、自嘲気味に笑った。

「本当に、どうして俺はこんな辺鄙《へんぴ》な孤島まで来て、魔女の前で跪《ひざまず》いているんだろうな」

「そんなこと、私の方が知りたいです。自分の行動がおかしいと思うのなら、今すぐ国へ帰られてはいかがですか？　そのぐらいのお手伝いならできますよ」

「……ここまで拒まれて、それでも引き下がれない俺の心情を少しは察した上で、発言してもらいたいのだが」

「それは、ここまで拒んでもなお救世主にと望まれる、私の心情を察した上での発言でしょうか」

ヴァノッサが眉間に皺《しわ》を寄せる。

「この期《ご》に及んで一体何が不満だ」

「今の私には守りたい人も、助けたい人もいません」

「俺がいるだろう」

「貴方、ですか？」

「そうだ」

そう言って微笑むヴァノッサの表情は、目を見張るほどに艶《つや》やかだった。私は動揺を悟られないようため息をついて誤魔化《ごまか》す。すると彼の手が、私のそれを強く握りしめた。

「同情でいい。ほんのわずかでも俺を哀れだと思うなら、共に来てほしい」

「貴方がそこまで下手《したて》に出るとは意外ですね」

「本当に辛口だな。……本心なのだから仕方がないだろう。それに、下手に出るぐらいで貴女が俺と来てくれるのなら安いものだ」

「くだらない演技に騙《だま》されるほど馬鹿ではないつもりですが」

「口先だけの言葉で貴女の心を動かせないことは知っている。だからこうして本音を話しているんだ」

ヴァノッサは私の手を握ったまま立ち上がり、口の端を軽くつり上げた。無言でその顔を見上げていると、姉妹月の柔らかな光を浴びた彼が「ああ、わかった」と呟《つぶや》いた。

私は意味がわからず、ただ眉を上げて続きを待つ。ヴァノッサはひとしきりくつくつと笑った後、その余韻《よいん》を響かせてから、心から楽しそうに言う。

「貴女は絶望には怯《おび》えながらも、決して他の人間に怯えたりはしない。だから貴女が欲しいのだと、今気付いた」

「はい？」

「初めて会った時もそうだった。貴女は俺がファルガスタ皇家の人間だと気付いても、俺を皇族としてではなく、ただ一人の男として見ていただろう？　おそらくは初代皇帝のことも」

「それは……」

「媚《こび》を売ることも、本心を隠すこともせずにこちらを見ている。自分では気付いていないだろうが、貴女の目はとてもまっすぐだ。その目で見られると落ち着かなくなる。俺と貴女はよく似ているから」

「似ているというのは気質がですか？」

「いや」

私の手を放し、彼は自分の手のひらに視線を落とした。

「私と貴方の何が似ていると言うのですか？」

人間と魔女。皇族と隠者。私たちはことごとく対照的だ。

納得がいかず憤慨《ふんがい》する私に、彼が淡く微笑む。その笑顔も声音も、やはりどこか寂しげだ。

「俺も貴女と同じく魔物扱いされてきた。この髪と瞳のせいで」

「けれど、貴方は人間です」

「無論だ。誰もそうとは思わないらしいがな」

細められた紅蓮《ぐれん》の瞳の中に、私が映り込んでいる。

「だが、貴女はそんな俺をどこまでもまっすぐに見る。ゼノンやクレア以上に。それがとても嬉しいから、俺は貴女に救世を望むのだと思う。俺の国を救う魔女が、貴女であればいいと願っているんだ。……まあ、貴女以外の魔女を見つけられないからというのも理由だが」

「やっぱり曖昧《あいまい》なんですね」

「俺には理由など関係ないからな。ただ貴女が必要だということ、それだけが重要なんだ」

ヴァノッサの言うように、理由など必要ないのかもしれない。

ヴァノッサは私に嘘をつくことなく、たとえ曖昧でも彼にとっての確かな理由を口にした。それで十分だ。だからこそ私には、続くヴァノッサの横暴ともいえる言葉すら心地よく感じられた。

「俺には貴女の過去など関係ないし、それを変える力もない。だが俺と来るなら、これから貴女の身に起こるすべてのことに俺が責任を持つ」

過去ではなく未来を見据える言葉には、人を前に進ませる力がある。

再度、手が差し伸べられた。今度はさっきのように『俺と来い』とは言われなかったけれど、その手は言葉よりも強く私に意思を伝えてきた。一緒に来いと。

何の気負いもなく差し伸べられた手を取りたいと、一瞬だけ思ってしまう。けれどどうしても最後の一線を越えることができず、私は小さく首を振った。

「共に行くつもりなどありません」

私が拒絶の言葉を口にすると、ヴァノッサは渋面を作った。

「いい加減にしろ。どれだけ俺に言わせれば――」

「いい加減にすべきなのは貴方です、ヴァノッサ。貴方が私の過去など関係ないと言ったように、私には貴方の現状など関係ない」

私の過去を関係ないと言い切ったヴァノッサの現在を、今度は私が切り捨てる。

「ですが、何もしないで貴方を帰すのは夢見が悪い。ですから一日だけ時間をください。それだけ時間があれば、せめて地震の原因ぐらいは調べられるでしょうから」

「レイアスティ、では――」

目を見開いたヴァノッサに、私は釘を刺す。

「勘違いされているようですが、私は救世主になるつもりなど毛頭ありません。これは貴方への同情です。その代わり、原因を見つけられなくても文句を言われる筋合いはないですし、見つかったとしてもそこから先は貴方の仕事。後は好きにしてください」

同情程度で屋敷から出る気にはなれないが、このまま彼を放り出してしまうのはしのびない。だから代わりに、他の方法で彼を助けることにする。地震の理由を本当に探し出せるかは疑問だが。

それは彼には十分な提案だったらしく、こちらが驚くほど無邪気に喜んでいた。

「すまない、頼りにしている」

硬質な顔が柔和《にゅうわ》になると、ますますあの人にそっくりだ。思わず「彼」の名を呼びたくなり、私は吐息を零《こぼ》した。幸いにも、それを悟られることはなかったけれど。

動揺を隠してヴァノッサに笑い返そうとした時、急に体から力が抜けた。

「え?」

「おい、どうした!?　レイアスティ!」

ヴァノッサが慌てた様子で呼びかけてくる。その腕に支えられた体は、小刻みに震えていた。いつもより強い。予感ではなく、これは——

「地震、が」

今まさに、モーリス大陸で地震が起きている。私の呟《つぶや》きを聞き、ヴァノッサが「くそっ！」と悪態をついた。彼の苛立《いらだ》ちが、体を支える腕から直《じか》に伝わる。

私は抱き合うように支えられながら、荒く息をつき、意識を集中させる。

もう時間がないというヴァノッサの言葉は正しい。モーリス大陸には、もはや一刻の猶予《ゆうよ》も残されていないのだ。ならば今のうちに、出来ることをしなければ。地震の原因を見つけると、約束したのだから。

「ヴァノッサ、私を庭に連れて行ってください。ここでは大地の精霊と話ができない」

「……何？」

「時間がないのでしょう？　なら急いでください。これ以上具合が悪くなる前に、私は貴方との約束を果たしたいのです」

ほだされたとは言いたくないが、少しぐらいなら協力してやりたいと思えるようになった。その心境の変化には、我ながら驚いている。ヴァノッサが責任は自分が持つと言った瞬間、心が軽くなったからかもしれない。

「お願いです。急いで」

目を閉じると、次第に脱力感が強くなっていく。それでも私は重い瞼《まぶた》をこじ開け、強い口調でヴァノッサを急《せ》かした。

魔術で転移する余裕すらなくて、私はヴァノッサに抱きかかえられて庭に降り立つことにした。その間に多少楽になったので、ふらつかずしっかりと地に足をつけることができた。

「精霊を呼びます。貴方は下がっていてください」

そう言って彼を下がらせ、地面に手をかざす。

突如巻き起こった風がワンピースや髪を揺らす中、ただ前を見据え、私の知る大地の精霊の名を心の中で呼ぶ。すると、頭の中にその精霊の声が聞こえてきたので、私はスペルを紡《つむ》ぎ始めた。声に魔力を込めて、できる限りはっきりと。

《水を生み、花を咲かせ、堕《お》ちゆく世界を支える者。汝《なんじ》、盟主たる我が名の下に――来たれ、アマンティ》

声にした瞬間、目の前の地面が盛り上がり、私の身長のゆうに三倍はあろうかという高さになる。そして盛り上がった大地は、ゆっくりと人の形を取り始めた。

女性の裸体を形作った大地は口から土を落としながら、けらけらと大笑いする。後ろを振り向くとヴァノッサがぎょっとした顔をしていたので、私は大丈夫だと言うように手を振った。

私が召喚したのは、大地の精霊王アマンティだ。世界を支える大地の精霊たちの統率者であり、私と契約を結んでいる精霊のうちの一柱だった。

宵闇《よいやみ》の中で土を散らす大地の精霊は、笑い声を静めながらこちらを見る。それからもう一度噴き出し、腕を組んだ。そして低い声で話しかけてくる。

「こうして召喚されたのはいつぶりかしら。ねえ小娘、どう？　根暗な性格も少しは直った？」

「いちいち嫌味ね、アマンティ」

「あら、事実じゃない。あなたは一体いつ大人になるのかしら。いつまで経っても小娘のままで、じれったいったらないわ。悔しければ、あたくしみたいに花ぐらい咲かせて見せなさいよ」

「何怒ってるのよ」

「あなたがいつまでもあたくしを召喚しないから、待ちくたびれただけよ。地震の度に体調を崩しているくせに、なぜあたくしを呼ばなかったの？　精霊が他の者と関わってはいけないなんてことはないんだから、呼びたきゃ呼べばいいのよ。エイミーもガラナもマーグリスも、あなたに呼ばれるのを今か今かと待っているのにさ」

しゃべるたびに大量の土を落として、徐々に小さくなっていくアマンティ。およそ百年ぶりに話す相手にいきなり嫌味を言う彼女に、私は呆れてしまう。

すでに人間と同じくらいの大きさまで縮んだアマンティは、何を怒っているのかという私の言葉に大げさに眉を上げげた。よほどご立腹のようだ。

彼女が挙げた名前は、私と契約している他の精霊たちのものだった。エイミーは風の、ガラナは炎の、マーグリスは水の精霊王だ。そんな大物の精霊たちを、気軽に呼ぶことなどできない。

「……忙しかったのよ」

「ふん。忙しいだなんて、あの灰猫しか友達がいない暇人の言葉じゃなくてよ。……それはそうと」

アマンティは私の言葉を鼻で笑いつつ、視線をヴァノッサへ向ける。

そして軽口を叩くのを止めてまじまじと凝視《ぎょうし》し、不快そうな表情をした。一体どうしてだろう?

私はアマンティの考えが理解できず、数歩下がってヴァノッサの隣に立つ。そうして彼を見上げると、彼も困惑した様子でアマンティを見ていた。いつまでもこの状態を続けられても困るので、私はふうと息をついて口を開く。

「貴女に訊《き》きたいことがあるのよ、アマンティ。昨今起きている地震の原因は何？」

「……何だって？」

アマンティは目を剥《む》き、やや強めに言った。一瞬怪訝《けげん》に思った私の隣で、ヴァノッサが口を開く。

「モーリス大陸を襲っている地震だ。大地の精霊である貴方なら、原因がわかるのではないか？」

どこか喧嘩腰《けんかごし》だったので、私は慌てて彼の袖を引っ張った。

「一体どこまで不遜《ふそん》なんですか、貴方は。相手は精霊、それも王ですよ？」

そう小声で窘《たしな》める。人間にはわからないだろうが、精霊に接するにはそれ相応の決まりがあるのだ。

私はアマンティと契約を結び同等の立場にあるから気安く振る舞っても問題ないけれど、ヴァノッサはそうはいかない。人間の王であることなど、精霊には関係ないのだから。

アマンティが肩を怒らせたのを見て、私は内心で舌打ちした。こんなことなら、いくら体がだるくても一人で召喚すべきだった。

痛む頭で、どうやって取りなそうかと考える。しかし次の瞬間、その思考は凍りついた。アマンティが思ってもみなかったことを口にしたからだ。

「地震の原因はお前でしょ、ビリオン坊や。それなのに、あたくしに原因を聞くなど茶番もいいところね。あたくしたちに敵《かな》わないからって小娘を盾にするのはおやめ」

土塊《つちくれ》から発せられた怒声は強風を生み、文字どおり私たちに叩きつけられる。

私は愕然として目を見開いた。アマンティの口から出てきたのは「彼」の名前だったから。

「ちょ、ちょっと待ってアマンティ！」

思わず声を上げると、アマンティに睨《ね》めつけられてしまった。だが、怯《ひる》んでなどいられない。

「何よ。あたくしは今、この男と話しているのよ」

「この人はヴァノッサと言うの。ビリオン様じゃないわ！　大体あれから三百年も経っているのにビリオン様が生きてらっしゃるわけがないでしょう！」

驚きで硬直した体を無理矢理動かし、叫ぶように言い放つ。

ビリオン様――ビリオン・ヴァン・ファルガスタは三百年も昔を生きた初代炎帝《えんてい》だ。ヴァノッサの祖先ではあっても、まったく別の人間、しかも故人だ。

だがアマンティは鼻で笑って、私の反論を一蹴《いっしゅう》した。

「柄《がら》にもなく騙《だま》されてるんじゃなくて？　小娘。こいつが嘘ついてるだけでしょ」

「確かに姿形はそっくりだけど、中身はまったくの別人よ。第一、ビリオン様はもっとお優しい方だったもの。間違っても、ヴァノッサみたいな性格じゃなかったわ」

「……どうして貴女はそうも」

私の言葉に肩を落とすヴァノッサを、アマンティが胡乱《うろん》げに見る。

「ふうん……。まあ、確かにあたくしに対する態度も違うといえば違うけど、でもねえ」

「それにアマンティ、貴女なら二人目の炎帝《えんてい》が生まれたことぐらい知っているはずよ。彼はその二人目なの」

そこでようやく冷静になったのか、アマンティは目を丸くしてまじまじとヴァノッサを見た。その挑むような紅蓮《ぐれん》の瞳に何を見たのか、召喚された時と同じくけらけらと笑い出す。

「悪かったね。確かに炎帝が生まれたって話は聞いてたけど、まさかここまで似てるとは。精霊王たるあたくしが見間違えるぐらいだ、きっと魂の本質が似てるんだろうね」

アマンティが笑うのをやめ、やおらヴァノッサに親しげな視線を向ける。そんな彼女に色々訊《き》きたかったが、何をどう言えばいいのかわからなくて、私は口を閉ざす。

それにしてもアマンティは、どうして「彼」の名前を口にしたのだろうか。世界のす

べてを見渡せる精霊が、あの人の死を知らないはずがない。それなのに……

私は凍える指先に、はあっと息を吐きかけた。頭の中を整理しようとするものの、どうしてもうまくいかない。

アマンティは、ビリオン様が地震の原因だと言っていた。

どうしてそう思ったの？　あの人に会ったの？　……あの人は生きているの？

訊《き》きたいことは山ほどある。でも、ありえないのだ。あの人が生きているなんて。

訊こうか訊くまいか悩んだ末、私は手を握りしめてアマンティを見上げた。

「それより、肝心の地震の原因をまだ聞いていないわ」

あの人のことは気になるけれど、ヴァノッサに地震の原因を調べると宣言した手前、まずはそれを聞くべきだ。

二人の視線がこちらを向く。大地そのものの瞳と、炎を宿した瞳に見つめられる。微《かす》かに震える体にはまだ脱力感が残っていたけれど、だからといって地面に座り込むわけにもいかない。私は自分を奮《ふる》い立たせてアマンティの答えを待った。

すると彼女は考え込むように顎《あご》に手をやり、次の瞬間、ため息をついて首を横に振った。そしてヴァノッサの前に移動し、その乾いた土塊《つちくれ》の手で彼の頬に触れる。ヴァノッサが驚きに身を硬くすると、アマンティは「やっぱり別人か」と呟《つぶや》いた。

「大地の精霊は、堕《お》ちゆく世界を支えるもの。でもそんなあたくしたちの目をかいくぐって、地脈を砕き、世界を崩そうとする不届き者がいる」

「地脈を？　でもそんなこと、簡単には——」

「そりゃ簡単にはできないさ。だが、自然災害として片付けるにはあまりに規模が大きすぎる」

地脈とはすなわち、世界に流れる魔力の通り道だと言われている。同時に、精霊の通り道でもあるらしい。それが壊されるということは……

「破壊された場所を通った魔力や精霊たちが、そこから溢れ出てしまうのね」

「そう、そうして溢れた力が、大陸を揺らしている。精霊ならまだいいわ、あたくしたちが注意すればいいだけだから。でも魔力はそうはいかない。あたくしたちと違って意思がないからね。そもそも、世界が生まれた瞬間に完成していた流れを変えるなんて——」

そこでヴァノッサが口を挟んだ。

「壊されたというなら、修復すればいいだけの話じゃないのか？」

「もちろんそうさ。でも、修復するには長い年月が必要だ——あたくしたちはそれでもいいけど、その間に人間は死に絶えてしまうわ」

ヴァノッサの言葉に、アマンティがきっぱりと返した。

地脈はその中を流れる魔力同様、世界が生まれた瞬間に完成したものだという。どうやって生み出されたのかわからないその強大な道筋を直すには、膨大な時間が必要になる。たとえ大地の精霊といえども、簡単にできることではない。

黙り込んだヴァノッサの紅蓮《ぐれん》の髪を横目で見ながら、私は更に質問した。

「この孤島が揺れないということは、地脈の破壊はモーリス大陸の直下で起きているのね」

「そうよ。一番被害が大きいのはモーリス大陸東部だ。だから地震も東部で頻発《ひんぱつ》してる。あの辺りをよく通る精霊たちも、通り道を失って困っているところさ」

その対処に追われているのだろう。アマンティ自身もどことなく疲れているように見える。私はモーリス大陸の精霊たちのことを思い、ますます気が重くなった。地震がファルガスタだけの問題ではないことを思い知らされたからだ。

どうして私は、そんな事態に巻き込まれているのだろうか。しかも救世主とまで呼ばれて。胸中でぼやき、厄介事を持ってきた張本人を見やる。

白《しら》み始めた空の下で、ヴァノッサの横顔が青白く見えた。アマンティの言葉で地震の原因を理解したようではあるけれど、それに対して打つ手が見えないのだろう。

彼はアマンティを見つめ、口を開いた。

「つまり、地脈を直さないことには地震は収まらない、と」

「そうなるね」

「そして地脈を直すには、膨大な時間がかかるんだな」

「少なくとも、お前たちが生きているうちには直せないよ」

「すぐに直す方法はないのか？」

「あれば、あたくしたちがとっくに試してる」

アマンティの言葉を聞き、ヴァノッサの顔にうっすらと絶望の色が浮かぶ。彼は強く拳を握りしめ、唇を噛んだ。

それでもなお、彼は他に手はないのかと考えを巡らせているようだった。諦めず前に進もうともがいている横顔は、魔女の狂宴《きょうえん》が起きた時の自分を思い出させた。

諦めたくない。目の前で苦しむ人たちを死なせたくない。そう思い、ビリオン様と一緒に奔走した日々。それが脳裏に浮かび、今の今まで面倒だと思っていた気持ちが薄らぐ。その瞬間、思わず口を開いていた。

「本当に他の方法はないの？　アマンティ。このまま世界が滅亡するなんてこと、貴女たちは許さないはず。そうでしょう？」

アマンティが瞳に意外そうな色を浮かべて私を見下ろす。私がその視線をまっすぐに受け止めると、彼女は一度目を閉じた。そして姉妹月の沈んだ空の下で、「一つ」と囁《ささや》く。

「一つだけある。あたくしたち精霊にはできない方法がね」

「本当か⁉」

「ただ、その前にやることが二つある」

弾かれたように顔を上げたヴァノッサに、アマンティは土でできた無骨な指を二本立ててみせた。彼女の指を構成する土中の水分が、遠い朝日に照らされきらりと光る。綺麗だと思って見ていると、アマンティはこちらに視線を向けた。その瞳にはどことなく意地悪な光が宿っていたので、私は思わず後退《あとずさ》る。

「まず前提として、精霊は世界の内側——本質に近い場所にいる。それゆえに、人間が自分の力で傷を治すくらいの速度でしか大地を癒《い》やせない」

……一体何を言うつもりなのだろうか？　私が疑問に思っていると、彼女はくすりと笑った。

「だが、世界の本質から遠い人間や魔女ならどうだろうねえ。魔女なら外側から世界に干渉し、大地を癒やす速度を格段に上げられるはず。だからやるべきことの一つは、その小娘の協力を得ることだ」

「なるほど。——レイアスティ」

「すみません、もう眠いので寝てもいいでしょうか」

二人の言葉にまた一歩後退ると、ヴァノッサに腕を掴《つか》まれ逃げられなくなる。

「駄目に決まっているだろう。いや、寝てもいいが、起きたら延々と口説《くど》かせてもらうぞ」

「嫌です。第一、私は地震の原因を調べるだけだとお話ししたはずです」

私が下がった分だけこちらに足を踏み出し逃がすまいとするヴァノッサと、その背後で楽しげに笑うアマンティ。私は彼らを見ながらどうしたものかと考えて、渋々逃げるのを諦めた。そして、アマンティに問いをぶつける。

「一つ目が私の協力を取り付けることなら、二つ目は何?」

「簡単さ、地脈の破壊を止めればいい。幸い犯人はわかっているしね」

アマンティがヴァノッサをひたと見据える。正確には、彼の紅蓮《ぐれん》の髪を。それを見て、彼女が誰を犯人と考えているかを察する。私が察したことを言葉にしたのはヴァノッサだった。

「初代炎帝《えんてい》が犯人だというのか？　だが書物には、病《やまい》で亡くなり、丁寧に埋葬《まいそう》されたと書かれているぞ」

「なら、墓を暴《あば》いてみたらどうだい？　きっと何もないか、偽者《にせもの》の骨があるだけさ。本人は今も生きていて、地脈を破壊するために地下深くに潜《ひそ》んでいるんだから」

「しかし、人間が大地に害をなせるのか？　第一、彼はファルガスタの元皇帝だぞ。祖国のあるモーリス大陸に害をなすとは考えにくい」

「どんな手段を用いているかは、あたくしたちにもわからない。でも現に、地脈でビリオン坊やによく似た男を見たという精霊の目撃情報がある。エイミーたちも、おそらく本人だろうと言っている。捕獲して確かめようとはしているけど、なかなか捕まらなくてね。まあそのおかげでここのところ地脈は破壊されていないんだけど」

二人の言葉に耳を傾けながら、私は更に気が重くなった。四大精霊の王が口を揃えてビリオン様が地脈にいると言ったなら、それは間違いないのだろう。だけどヴァノッサの言うとおり、ビリオン様が地脈を傷つけるとは思えないし、それに――

「ありえないわ。人間は三百年も生きられないもの」

私がそう言うと、アマンティが苛立《いらだ》った声で訊《き》いてきた。

「へえ。じゃああなた、あの灰猫を前にしても同じことが言えて？」

彼女の言葉に、思わず肩が跳ねる。

アマンティはビーを探すように屋敷に目を向け、「留守か」と言って舌打ちした。

「灰猫……ビーのことか。そういえば、あの猫は初代炎帝《えんてい》から預かったと言っていたが」

口にして初めて、その異常性に気付いたのだろう。ヴァノッサが怪訝《けげん》な顔をする。彼から問いかけるような視線を向けられ、脳裏に白い魔導書が浮かんだ。

私に多くの魔術を教えてくれたその本の中には、ビリオン様が生きている可能性が秘められている。それは魔女も魔導士も姿を消した今、世界で私しか知らないはずの魔術。

「不死掛《ふしか》け……」

ビーが三百年もの時を生きながらえたのは、私が犯した禁忌《きんき》――不死掛けと呼ばれる魔術のせいだった。対象者の魂を術者の魂に癒着《ゆちゃく》させ、術者が死ぬまで縛り続ける術。

重傷を負えばどうなるかわからないけれど、対象者は少なくとも病《やまい》に罹《かか》ることはないし、食事や睡眠を取らない程度では死ねない。

「……じゃあ、ビリオン様が誰かに不死掛けを施《ほどこ》されたっていうの？」

自分の言葉に戦慄《せんりつ》して唇を震わせる私を、傍《そば》に立つヴァノッサが気遣わしげに見てくる。けれど、それに笑い返す余裕などなかった。

震える体を両腕で抱きしめ、再びアマンティを見る。アマンティはそんな私を見て溜《りゅう》飲《いん》を下げたのか、小さく俯《うつむ》いた。

彼女は私の言葉を笑いもしなければ、否定もしなかった。首を振って違うと否定してほしい。馬鹿にしてもいいから、笑ってもいいから、とにかく否定してほしかったのに。

「レイアスティ？」

震える私の肩に、ヴァノッサが触れる。その柔らかく温かい指先に、なぜだか縋《すが》りたくなった。見上げた先には紅蓮《ぐれん》の瞳と髪があって、思わず涙が零《こぼ》れそうになる。ヴァノッサの中に、ビリオン様を見たような気がして。

——幸せな人生を歩んでほしいと願っていたのに。

私は涙をこらえるために、ぎゅっと目を閉じた。

たとえ一生会うことが叶わなくても、ビリオン様がマリエル様と幸せに生きてくれれば、それでよかった。髪と瞳の色が他人と違うせいで、陰で化け物と誹《そし》られていたあの人。彼が誰もが認める皇帝となり、多くの人間たちに愛されて生きて、死んでほしいと。

それなのに、どうして今、あの人が生きているなどと聞かされなければならないのか。

肩に置かれたヴァノッサの指先にそっと触れ、私はこれが現実であると実感して荒い息をつく。

そう、これは夢じゃない。現実だ。けれど、すべてが真実というわけでもない。だって、私はまだ何も見ていない。ただ聞かされただけだ。

「……たとえアマンティの言葉でも、私はまだ信じられないわ」

アマンティが「はあ？」と言って顔を歪《ゆが》ませる。

「信じないってあなた、駄々をこねる子どもじゃないんだから」

げんなりした様子で顔を背《そむ》ける彼女。そして更に文句を言いかけたアマンティを、ヴァノッサが「待ってくれ」と制止する。

「まだ、と言ったな。ならば、貴女はどうしたい？　レイアスティ。信じられないと、ただ言いたいだけじゃないんだろう。貴女だって真相を確かめたいと思っているはずだ」

アマンティとは対照的な、とても優しい声で問いかけてくるヴァノッサ。彼を見上げると、紅蓮の髪と瞳が目に入り、もう一度泣きたくなった。けれど素直に泣くこともできなくて、私はふるふると首を振る。

「わかりません。ですが、無視することはもとより、忘れることなどできません。無理矢理なかったことになんてできないでしょう」

ヴァノッサの言うとおり、ただ信じないと言うだけで、終わりにする気はない。それで許されるならそうしたいところだけれど、目や耳を塞《ふさ》いで逃げるわけにはいかなかった。

アマンティの言葉が真実なのか、間違いなのか。もし真実であるなら、なぜそんなことが起きたのか。私は知らなければならない。浅い呼吸を繰り返し、どうにか言葉を紡《つむ》ぐ。

「私はファルガスタへ行きます。震源地に行けば、犯人の手がかりが掴《つか》めるかもしれませんから」

信じるにせよ信じないにせよ、私は私の目で見て耳で聞かなければ、納得なんてできないだろう。今何もせずにいたら、きっとこれから先何百年も後悔するし、安眠できないに違いない。それなら、自分の足でかの国に赴《おもむ》くしかない。嘆《なげ》くのも喜ぶのも、その後でいい。

「そうかい。あたくしたちも、しばらくはファルガスタにいる。何かあったらすぐにお呼び。あなたが納得するまでの間、あたくしたちが大地を支えているから」

アマンティは私から顔を背《そむ》けたまま言い、朝日に溶けるように消えていく。彼女の体を形作っていた土が地面に落ち、やがて元どおりになった。

残された私とヴァノッサはしばし沈黙した後、顔を見合わせた。ヴァノッサはどういう表情をしたものかと悩んでいる様子だったが、やがて優雅に一礼し、おどけてみせる。

「ファルガスタに来るなら歓迎しよう」

「……勘違いしないでください。私はただビリオン様が本当に生きていらっしゃるのか、確認しに行くだけなんですから」

「それでも貴女が来ることが、この事態を解決するための第一歩だということに変わりはない。理由が何であるにせよ」

「私に救世主になる気などなくてもですか？」

「貴女はわかってないんだな」

ヴァノッサは愉快そうな声で言い、それから自信に満ちた声で断言した。

「貴女は決して、俺や民を見捨てたりしない」

「勝手に決めつけないでください」

「いいや、決めつけてやるさ」

あれだけ拒絶されたにもかかわらず、どうしてそう言いきれるのか。呆れ顔の私に、ヴァノッサが笑いながら手を差し出した。

「俺と来い、レイアスティ」

伸ばされた手を、私はまだ取れない。その代わりに訊《き》いてみる。怖いほど真摯《しんし》な瞳でこちらを見据える彼に。

「私の目的は、ファルガスタを救うことではありません。だから救世主になどなる気はありませんし、私が動いても何も解決しないかもしれません。それでも貴方は、これから私に起こるすべての出来事に責任を持ってくださるのでしょうか」

「当たり前だろう。責任を負い、一緒に絶望してやる」

「……そうですか。なら、一つだけ約束してください。それで妥協してさしあげます」

私は彼の手を取らず、少しずれた場所に手を差し出した。その手を怪訝《けげん》な顔で見つめるヴァノッサに、告げる。

「もしビリオン様が生きていることを私より先に知ったら、あの人に会わせてください。それが、貴方と共に行く条件です」

私を動かすのはただ一つ、「彼」の存在だけだ。

「魔女にとって、約束は契約と同義です。言葉は大きな力を持ち、私の心を縛る。簡単に破ることなんてできません。……この条件を呑んでくださるのなら、私はそれだけの覚悟を持って、貴方と共に行きましょう」

ヴァノッサは瞠目《どうもく》した後、私の手を取り微笑んだ。

「――承知した」

まるで取引のような私の言葉に対する返答はどこまでも真摯《しんし》で、触れた手のひらもどこまでも熱かった。


話を終えた後、私たちは空間転移の魔術を使ってノースポートへ渡った。ノースポートからやって来る不定期船を待つ時間が惜しかったからだ。

ファルガスタまで空間転移で戻ろうと提案したが却下された。待機中の近衛騎士たちと合流しなければならないらしい。合流地点は知らない場所なので、うまく転移できそうになかった。それにヴァノッサは、短期間とはいえ炎帝《えんてい》と銀髪の魔女が連れ立って歩く姿を民に見せておきたかったようだ。

ノースポートからは、モーリス大陸行きの定期便が一日に何本も出ている。それに乗り込んだところでヴァノッサが口を開いた。

「……やはり目立つな」

私を見ながらそうぼやいた彼に、半眼《はんがん》を向けてやる。

「貴方が私にこのままの姿でいいと言ったからでしょう」

「その上、俺自身もこんな髪と瞳だしな」

最果ての魔女と勘違いされがちな容姿の私と、炎帝の色を持つヴァノッサ。そんな二人が、その特徴的な風貌を隠しもせず船上にいる。「魔術で作り出した幻影で隠しますか？」と言ってみたのだけれど、いらないと一蹴《いっしゅう》されてしまった。

腕組みをして肩をすくめるヴァノッサに釣られて、私も嘆息する。ちなみにヴァノッサの骨折は、ここに来る前に治しておいた。彼は「怪我が治ったら貴女がかまってくれなくなる」と言って嫌がったが、怪我人と一緒に旅をするのは面倒だからだ。

「レイアスティ」

説得するのが大変だったと思い返していたら声をかけられた。見ると、ヴァノッサが手のひらに何かを載せてこちらに差し出している。

「これを貴女に」

金縁のある台座に翡翠《ひすい》が埋め込まれたそれは、結界解除の首飾りだ。でも、どうしてこれを私に？

黙ったまま首を傾げる私の手に、ヴァノッサが首飾りを載せる。怪訝《けげん》な顔を向けると、笑みを含んだ声が返された。

「俺には必要ない。貴女が俺の傍《そば》に在《あ》る以上はな」

「常に貴方の傍に在ると言った覚えは――」

「もう結界の中にこもりはしないのだろう？」

「それは、そうですが……」

「なら、やはり俺には必要ない。貴女だって、自分の結界を解除してしまえるものを俺が持っているのは落ち着かないだろう」

手のひらの上に載せられたそれを見下ろす。太陽の光を反射する翡翠が眩《まぶ》しくて、私はすぐに目を逸《そ》らした。

そして首を振ってヴァノッサの手を取り、押しつけるようにして返す。

「元より私には必要のないものです。有事に備え、貴方が持っていてください」

そうきっぱり言うと、燃える炎のような色の瞳でじっと見つめられる。けれどヴァノッサは何も言わずに、首飾りを握りしめた。

そんな彼から視線を外して海に向けると、自分の瞳の色と似た深い蒼《あお》が見える。ゆらゆらと揺れる海面を眺めるのも、濃い潮の匂いをかぐのも久しぶりだ。なのに、不思議と懐《なつ》かしい気持ちにはなれなかった。

あまりに感慨がないことを意外に思っていたら、もう一度ヴァノッサに名前を呼ばれる。

「レイアスティ」

太陽の下では異質に感じられる、黒の外套《がいとう》を着込んだ彼を黙って見返す。すると、ヴァノッサは珍しく逡巡《しゅんじゅん》した様子でこちらを見ていた。何かを言おうか言うまいか、迷っているようだ。

「何ですか？」

私がそう先を促すと、彼の重い口が開かれた。

「レイアスティ、もしも――」

言葉の途中で激しい波が船腹にぶつかり、その大きな音でヴァノッサの言葉がかき消されてしまった。聞き取れなかった言葉が気になり、私は首を傾げる。

「すみません、もう一度言ってもらえませんか?」

そうお願いしたが、ヴァノッサは「……いや、いい」と言う。

そんなことを言われても、こちらは気になるのだけれど。

尚も問うように、じっと彼を見つめる。だが、それも長くは続かなかった。私たちは好奇心を隠しもせずこちらを見ている船員たちの視線に負け、甲板《かんぱん》を去った。そして船室にこもって、人々が寝静まるまで休むことにした。


十分に休息を取った頃には夜になっており、船員や船客は皆寝静まっていた。波の音だけが聞こえる中、宵闇《よいやみ》に溶けるようにして、私は再び甲板に立つ。

今日は花月は出ておらず、少しだけ欠けた華月のささやかな月明かりを浴びながら、私は夜空を見上げる。華月の光が弱いおかげで、満天の星空とまではいかなくても、たくさんの星が見えた。

ドレスをふわりと翻《ひるがえ》して、手すりに背を預ける。目を閉じると潮の匂いと夜の匂い、そして穏やかな波の音がする。清涼な緑の匂いは感じられず、私はついにあの島から出てしまったんだなと実感した。そして、もう戻ることはできない。私は目を開けて、もう一度夜空を見上げる。そこに浮かぶ華月から目が逸《そ》らせなかった。

「貴女は本当に月の下が似合うな」

「――ヴァノッサ？」

声をかけられ視線を下ろすと、目の前にヴァノッサがいた。昼間と同じ黒の外套《がいとう》を着込んだまま、潮のついた髪の毛を軽く払っている。紅蓮《ぐれん》の髪と瞳は闇に映え、太陽の下にいる時よりもずっと艶やかだ。

「その言葉、そっくりそのままお返しします」

ヴァノッサは月の下というより、宵闇が似合う人だと思いながらもそう返した。低く笑ったヴァノッサは私の隣に立ち、同じく手すりに背を預ける。横に並ぶとその長身を余計に実感させられる。

ふとあることを思い出して私は、彼に問いかけた。

「そういえば、昼間は何を言っていたんですか？　気になるんですが」

「……ああ」

あの時は波に邪魔されて聞こえなかったけれど、ヴァノッサは何を言おうとしていたのか。そう思い尋《たず》ねると、彼は珍しくぼんやりとした視線を夜空に向けた。

「もしもすべてが終わり、救世主など必要としない時代が来たら、その時は貴女を救世主ではなく、レイアスティという一人の女性として見たいと。そして少しの下心も打算もなく、ただ普通に話がしてみたいと言ったんだ」

「普通に、ですか」

「目的が果たされれば、貴女はまた北の孤島に帰るんだろう？　その後もたまに、またこうして会いに来てもかまわないだろうか」

その言葉に、私は軽く目を見開く。隣に立っているのは確かにヴァノッサなのに、どうしてだろうか、まったくの別人に……炎帝《えんてい》ではなく、ただの人間に見えた。

決して弱々しいというわけではない。けれど、この男もただの人間なのだと改めて認識する。

「貴方は本当に変わった人間ですね」

「魔女のくせに、人間より優しい貴女に言われたくはない」

「私は優しくなどありません」

「いや、優しいな。だが決して甘くはない――それより、俺にここまで言わせて返事はなしか？　レイアスティ」

何て偉そうな。一瞬でも普通の人間に見えたのは、私の目が悪くなったせいだろうか。

口の端をつり上げてこちらを見るヴァノッサの目には、再び力が戻っていた。

「かまいませんよ。その時は、お茶ぐらい入れてさしあげます」

私がそう答えると、ヴァノッサは「そうか」と言って破顔一笑《はがんいっしょう》した。まるで子供のような無邪気な笑顔だった。驚いて彼を見ていたら、もう一つ頼みがあると言われる。

「ファルガスタへ帰還した瞬間から、俺は炎帝に戻る。だが貴女だけは、俺を名前で呼んでほしい」

「名前、ですか？」

「そうだ。あの国で俺の名を呼ぶ者など誰もいない。だから、どうか貴女だけは俺の名を呼んでくれ」

ヴァノッサの顔は笑っているのに、なぜか今にも泣き出しそうに見えた。その顔を見ていると、居ても立ってもいられなくなる。私はヴァノッサの頬をぱちんと軽くはたき、頬に触れたまま軽く息を吸う。

「貴方が私を救世主と呼ばないのなら、仕方がないので名を呼んでさしあげます。ついでに私に見せるその弱気な態度も皆には秘密にしてあげますから、ご安心を」

目を白黒させるヴァノッサに、私は挑戦的に笑んでみせる。

「……そうか」

ヴァノッサは嬉しそうに呟《つぶや》き、さりげなく私の手を取り軽く握り込んだ。優しく握られた手を見下ろし、私はなんだか不思議な気持ちになる。

互いの利害が一致したから一緒にいるだけなのに、どうして私はヴァノッサの嘆願《たんがん》を聞き届けたのだろうか。こうして触れられるのも拒絶せず。

「ありがとう」

その囁《ささや》くような声を聞いて、こんなにも穏やかな気持ちになるのはなぜだろうか。

――きっと、ヴァノッサが珍しく弱音を吐いたせいだ。そしてきっと、彼が救世主としてではなく私個人を見てくれるからだ。

数々の違和感の原因をそう結論付けると、私はそれ以上何も言うことなく黙っていた。

第二章　氷の魔女、紅蓮《ぐれん》の皇帝

船酔いに悩まされることもなく船旅を終え、私たちはついにモーリス大陸に足を踏み入れた。

そこはもうファルガスタの領地だったので、船乗りたちの言葉にはモーリス大陸の共通語に混ざって、ファルガスタ独特の訛《なま》りがあった。

私は港に立ち、周囲をぐるりと見渡した。次いで空を仰ぎ、最後にヴァノッサを見やる。私の視線を受け、ヴァノッサが低く囁いた。

「これが地震の爪痕《つめあと》だ。帝都はこれより更にひどい」

その言葉に驚き、私はもう一度港に目を向けた。

港から見える景色は惨々《さんさん》たるものだった。

魔女が体調を崩すほどの大地震が頻発《ひんぱつ》しているのだ。ヴァノッサから復興が進んでいないとは聞いていたが、まさかここまでとは……

子どもなら簡単に落ちてしまいそうなほど大きな亀裂が入った道、指でつつけば崩れてしまいそうなほど傾《かし》いだ家々、折れ曲がった木々に落ちた桟橋《さんばし》。足元に視線を落とすと、石造りの波止場にもあちこち亀裂が入っていた。

あと数度地震に見舞われたら、この波止場も使えなくなるだろう。ぼろぼろとしか言いようのない港の姿を見ていると、無事な場所などどこにもないのではないかと思える。

それでも人々は、地震に負けるわけにはいかないとばかりに、声を張り上げて立ち働いている。私にはそれが、この港町の唯一の救いに思えた。

目を閉じると、海鳥の甲高《かんだか》い鳴き声に混じって人々の声が聞こえる。それを聞いているだけなら平和に思えるのだが、目を開けば、波に抉《えぐ》られ地に揺さぶられた町が、嫌でも目に入ってしまう。

「……想像以上、ですね」

吐き出す息が、震えているのがわかる。

私の記憶の中のファルガスタは、長きに渡る繁栄を約束された地だった。最果ての魔女が護り、かつての炎帝《えんてい》が治めた大国。それが今はどうだ。まるで百年戦争の直後のように壊れている。

「行くぞ」

ヴァノッサが外套《がいとう》を翻《ひるがえ》して進む。言葉がそっけないのは、苛立《いらだ》っているからだろう。

私は潮の匂いがすっかりしみついたドレスの上にショールを羽織《はお》り、彼の後に続く。コツコツという聞き慣れない足音を響かせながら歩いていたら、ヴァノッサがぽつりと呟《つぶや》いた。

「貴女が目を背《そむ》けていたものが何であるか、わかったか」

責めるような口調で問われ、静かに答える。

「貴方が背負っているものが何であるかはわかりました」

もっとも、わかったところで私にどうにかできるとも思えないが。

振り返ったヴァノッサの表情は、怒りを帯びていた。島にいた時や船上で見せた余裕ぶりから一転、今の彼は焦っているように見える。その気持ちが痛いほどわかるから、怒りに怒りで返すことはしなかった。

私が冷静だったことで我に返ったのか、ヴァノッサは息をつき、紅蓮《ぐれん》の髪を軽く掻きむしった。

「……すまない。貴女を責めるのは筋違いだな」

「かまいません。この光景を目《ま》の当たりにしたら、苛立つのも仕方ないでしょうから」

それに、ファルガスタの惨状《さんじょう》に苛立ちを募《つの》らせるヴァノッサを、私は好ましく思っていた。国や民をどうにかして救いたいと、心から思っている証拠なんだろうから。

　私はヴァノッサの肩をぽんぽんと優しく叩いて先を促した。

　歩いていたら潮の匂いに混じって、微《かす》かに魚の焼ける匂いがする。どこか温かなその匂いを吸い込んでいると、彼にひどく驚いた顔をされてしまった。

「何ですか？」

　そう尋《たず》ねると、「いや」という小さな声。

「随分丸くなったものだと思ってな」

「……私は今でも刺々しくしているつもりですが」

「勘弁してくれ」

　あら、貴方からそんな言葉が聞けるだなんて意外です。

　そう返そうかと思ったけれど、げんなりしているヴァノッサに微笑んでみせるだけに留めた。

　丸くなったというのは少し違うと思う。私は覚悟を決めただけだ。ビリオン様が生きているかもしれないという現実を前にして、逃げられなくなっただけ。ヴァノッサに優しくしているのはまあ、ただの同情だ。

　ショールを胸元でかき合わせ、そっと息を吐く。冷たい空気が吐息を乳白色に染めた。

「冬が来る前に、決着がつくといいのですが」

秋の気配を感じてそう呟《つぶや》くと、隣を歩くヴァノッサの紅蓮《ぐれん》の髪が軽く上下に揺れた。

「そのために俺たちは動いている」

「けれど、全力を尽くせば必ず結果がついてくるわけではないでしょう？」

私の意地の悪い問いに、ヴァノッサは即答した。とても強い声で。

「それでも俺は炎帝《えんてい》である限り、いついかなる時でも全力を尽くして国と民を守る義務がある」

私はびくりと身をすくませる。瞬間的に怖いと思ったのだ。彼の答えがあまりに若く青く、危ういと感じたから。石よりも硬くまっすぐなその想いが、もし折れたらどうなるのだろう。

そんな不安が胸を過《よぎ》ったが、私は「そうですね」と同意しておいた。今からそんな心配をしても仕方がない。そう思って歩きながら不安を振り払っていたら、隣を歩いていたヴァノッサがふと足を止めた。

「そうだ、レイアスティ」

「なんでしょうか」

私も立ち止まって彼の言葉を待つ。だがヴァノッサは苦しげに眉を顰《ひそ》め、何度か口を開閉するのみだった。

何か言いたいことがあるのだろうか。その顔を怪訝《けげん》そうに見つめていると、やがて彼が首を横に振った。

「――いや、何でもない」

あまりに力なく、弱々しい声だった。ますます怪訝に思ったけれど、彼が歩き出してしまったので結局聞けずじまいだった。

そのまましばらく歩くと、港町の出入り口が見えてきた。人が多く通るからだろう。他の場所と比べると、路面がしっかりと舗装されている。そこに、銀の鎧《よろい》を身に纏《まと》った騎士たちがいた。

彼らはヴァノッサの姿を見つけるや否《いな》や、こちらに駆けて来る。そして彼の前で膝《ひざ》を折った。騎士たちの顔が赤いのは寒さのせいか、それとも皇帝の帰還を心から喜んでいるからか。わからないまま眺めていると、ヴァノッサが騎士たちに告げた。

「連れてきたぞ。最果ての魔女殿を」

その低い声は、彼らを安心させようとするかのように柔らかかった。

それだけで、この男がどれだけ民を想っているのかが伝わってくる。だから私は、「自分は最果ての魔女じゃない」という否定の言葉を呑み込んだ。今、それを言うのは野暮だろう。

騎士たちはヴァノッサの言葉に体を震わせ、おずおずと私を見上げる。彼らの目はまず私の髪に向けられ、それから瞳に向けられた。誰もが持ちえぬ銀髪を見て、私が魔女であると確信したらしい。いかにもモーリス大陸の民らしい空色の瞳をした彼らは、苦しげな表情で深く深く頭《こうべ》を垂れた。

本当は頭など下げたくないのだろう。私も苦々しい気持ちになった。

同時に自分に向けられた期待の大きさを痛感して、柄にもなく助けを求めるようにヴァノッサを見る。だが、そこで絶句してしまった。なぜなら彼が、冷え冷えとした表情で私を見ていたからだ。

「氷の魔女」

……なに、これ。

名を呼ばれても、応えられないまま胸中で呟《つぶや》く。ヴァノッサの目は、先ほど騎士たちに向けていたものとはまるで違っていた。

「お前は転移の魔術が使えると言ったな」

「言いました、けど」

「ならば使え。急ぎ皇城へ戻る」

そういえば直接ファルガスタへ転移せず船でここまで来たのは、騎士たちと合流するためだったと思い出し、得心する。けれど、理解できないこともあった。

風の冷たさなど感じなくなるほど冷たい声と、視線。私を嫌悪する騎士たちと変わらぬ態度をとられ、わけがわからなくなる。

皇帝なのだから、尊大な態度をとっても不思議ではないのだけれど……

「ヴァノッサ……？」

彼にだけ聞こえるように小さな声で呼びかけると、彼は片眉を上げて「ふん」と鼻で笑った。

「図々しい」

「え？」

「俺の名を呼ぶなど図々しいと言ったんだ。魔女は欲深い化け物だと聞いてはいたが、どうやら性根だけでなく耳も悪いと見える」

そう言って私を斬り捨てたヴァノッサは、隣に立てと言って手を伸ばした彼と同一人物とはとても思えなかった。いや、あの時の彼の方が偽《いつわ》りで、今の彼こそが本来の姿なのかもしれない。

私はかつての炎帝《えんてい》ビリオン様が、公務中に見せていた冷たい視線を思い出す。そして、やはり二人はそっくりだと、こんなことで実感してしまった。もっとも、ビリオン様は私にこんな態度をとりはしなかったけれど。

嫌悪感を露《あら》わにされて思わず怯《ひる》んだが、そこでふと気付く。

なぜ、私が怯《おび》えなければならないの？　あまりにひどい手のひら返しではないか。私に信用の種を植え付けておいて、他の人間たちと合流した途端にこれだ。こんな男に私が怯える必要などない。

だがここまで急に態度を変えられると、さすがに違和感を覚える。

何か裏があるのかもしれないと思ったけれど、とにかく今は勝手に居丈高《いたけだか》な態度を取られて腹が立つ。だから唇をつり上げ、慇懃《いんぎん》無礼《ぶれい》に言ってやる。

「それはそれは、申し訳ございませんでした。耳はいいつもりなのですが」

ヴァノッサは顔色一つ変えない。代わりに騎士たちが気色《けしき》ばんで、剣の鞘《さや》に手をかけた。だが私に、その程度の威嚇《いかく》は通用しない。

――どんな事情があるのか知らないが、そっちがその気ならこっちだって。

子どもみたいな意地だとわかってはいたけれど、衝動に突き動かされるまま、私は両手のひらを空にかざした。

玉座こそ皇帝のいるべき場所であり、堂々と帰還するのに相応《ふさわ》しい場所だ。ならばファルガスタの皇城にある玉座の間に転移してやれば、彼も満足するだろう。それで文句を言われたら、今度は攻撃魔術を浴びせてやる。

そして転移魔術のスペルを心の中で呟《つぶや》きながら、ふと思う。ここにビーがいなくてよかったと。彼がいたら、今頃ヴァノッサにあらん限りの罵声《ばせい》を浴びせていただろうから。

騎士たちがどよめく中、体中の血が逆流するような感覚を覚え、潮風の匂いが次第に薄れていく。目を閉じて体が転移しつつあることを実感しながら、私は願う。

あの場所が、どうか昔と変わりすぎていませんようにと。


転移し終えて目を開いた時、真っ先に視界に飛び込んできたのは、ヴァノッサの後ろ姿だった。黒の外套《がいとう》を脱いで、騎士に渡している。

ふわりと浮き上がっていたドレスの裾《すそ》が落ち着いていく。それに合わせて腕を下ろすと、畏怖《いふ》と嫌悪の視線が四方八方からぶつけられた。

かつて何度も訪れたことのある玉座の間は、造りこそ変わっていなかったけれど、印象ががらりと変わっていた。敷物の色が蒼《あお》から黒になっていたからだ。

ヴァノッサはいつ戻るか連絡していなかったはずなのに、玉座の間にはすでに側近らしき人間たちの姿もある。いつヴァノッサが戻ってきてもいいよう、待機していたのかもしれない。ご苦労なことだ。私は呆れと感心の入り交じる思いで、彼らを観察してみる。

側近たちが身に着けている衣服は、昔より薄いのに暖かそうに見えた。昔の人間たちは薄い衣服を何枚も重ねていたのに、今はそんなことをしなくても暖をとれるらしい。

観察を続ける私をよそに、ヴァノッサが足音を響かせて玉座へ向かい、腰掛けた。騎士や側近が、次々と脇によけて膝《ひざ》をつく。やがて彼の正面に立っているのは私だけになった。

私は玉座に座るヴァノッサを見据える。けれど彼の紅蓮《ぐれん》の瞳は、周囲にいる臣下たちにのみ向けられていた。

密度の濃い沈黙が部屋を満たす。ヴァノッサは、万感の思いをこめて臣下を労《ねぎら》った。

「……よく耐えてくれた。少し手こずったが、最果ての魔女を連れてきた。これでファルガスタも救われよう」

堂々としていながら包み込むような声と、厳しそうに見えて柔らかい表情。人間には見せて、魔女である私には見せないのであろう、皇帝らしい態度だった。嫌悪感がこみ上げてきて、私は馬鹿にするように小さく笑った。

そんな私の態度に、側近たちが色めき立つ。「陛下の御前《ごぜん》で無礼な！」と聞こえた気がしたけれど、私は無反応を貫《つらぬ》いた。

――ええ、そうね。

心の中で同意する。確かに無礼なのだろう。でも私はヴァノッサの臣下ではないし、今の彼には頭を下げたくない。こんな、何を考えているかわからない男になんて。

だが、当のヴァノッサは腹を立てたりしないどころか、笑ってみせたのだ。それはまるで蜜のような、甘ったるい笑顔だった。

「ああ、どうやら魔女殿は、皇族への接し方も知らないらしいな」

「……っ」

わざとらしく細められた彼の瞳を見て、やはり何か裏があると確信する。けれど、こんな態度をとられる理由が思い当たらず、ますます強い怒りがこみ上げてきた。

私の手を取り隣に立てと言ったくせに、手の内を見せてもくれないなんて。一人でできないなら二人でやればいいなどと大口を叩いておいて、一人で勝手に離れていくだなんて。そんなの、腹が立たないわけがない。

だが、今は人の目がある。もし彼が「魔女嫌いの皇帝」を演じているのなら、合わせてやろうと思った。彼を問い質すのは後でもできる。

私は姿勢を正してヴァノッサを見据えた。玉座に座る、別人に成り下がってしまった男を。

そして、冷然たる態度で言い放つ。

「私に頭を下げろとでも？　貴方が約束を違《たが》えないうちは、私も全力を尽くして事態の解決に努めましょう。けれど、頭を下げるつもりなど毛頭ない」

そこで私は周囲の者たちにも良く聞こえるよう、精一杯声を張り上げる。

「私は氷の魔女レイアスティ。救世主になることを乞われて最果ての島からやって来た。私には頭を下げる義務などない。むしろ頭を下げるべきなのは貴方の方だ。皇帝ヴァノッサ」

嘲笑しながら、普段とは違う口調で言った私を見て、ヴァノッサは不快そうに目を細めた。けれど、それ以上は何も言わなかった。

人間たちの怒声を全身に浴びながら、私は考える。私が自ら氷の魔女と名乗った意味に、彼は気付いただろうかと。

「氷の魔女」

ヴァノッサが頬を歪《ゆが》めたまま、凍えるほど冷たい声で私の二つ名を呼んだ。

「我が国のために死力を尽くせ。それがお前に求めるすべてだ」

ああ、なんて嫌な顔をしているんだろうか、ヴァノッサは。

心底そう思いながらも、その顔を見つめる。そして羽織《はお》っていたショールをふわりと宙に浮かせ、側近たちから見えないように自分の顔を隠した。

「──承知」

かつて、歩くだけで周囲の温度を下げるとさえ言われた私の、自分でもわかるほどに冷たい笑み。それを、ヴァノッサにだけ見せた。これで私の怒りが伝わればいいと思いながら。

「そうか」

ヴァノッサはそれだけ言って立ち上がった。そのまま辺りをぐるりと見回し、臣下や騎士を黙らせる。まるでその炎を孕《はら》んだ瞳で、私が放つ冷え冷えとした空気を払拭《ふっしょく》したかのようだった。

そして今度は、何かを吟味《ぎんみ》するように、じっくりと見回した。そして一人の騎士に目を留める。

「リズ」

ヴァノッサに声をかけられたのは、麦色の髪を短く刈り込んだ長身の男だった。他の騎士と同じ、銀の鎧《よろい》を身に纏《まと》っている。

「魔女殿の世話を頼む。有事の際には守ってさしあげろ」

「御意《ぎょい》」

リズと呼ばれた騎士は、下された命令に顔色一つ変えなかった。

魔女の世話など誰もが嫌がる役目だろう。だから、彼の淡々とした態度に私は違和感を覚える。だが、それは恐れを感じていないからではなく、もっと別の理由があるように思えてならなかった。あくまで直感だけれど。

ヴァノッサは満足気に頷《うなず》いた後、こちらを一瞥《いちべつ》する。

「魔女殿を冬宮《ふゆみや》へお連れしろ。これ以上ここにいられても迷惑だ」

随分と失礼な言い分だ。

顔を顰《しか》めた私に背を向け、ヴァノッサがちらりと振り返って告げる。

「お前には暖炉《だんろ》のある部屋を与える。そこを拠点とし、事態の解決に努めろ」

そして、彼は玉座の後ろにある扉から出て行く。最後に見た紅蓮《ぐれん》の瞳には強い光が宿っており、嘘など微塵《みじん》も感じられなかった。

ヴァノッサがいなくなった途端、一気に肩の力が抜けた。そのままため息をつこうとした私の目の前で、側近たちが狼狽《ろうばい》しながらヴァノッサを追いかけていく。

「お待ちください陛下！」

「なぜ冬宮へなどと――陛下⁉」

彼らは慌ただしく部屋から出て行った。騎士の何人かもヴァノッサの護衛としてついて行ったので、玉座の間はたちまち閑散としてしまった。

ところで、一体どこに連れて行かれようとしているんだろうか、私は。

不安に思いながら、どうしたものかとリズを見やる。すると、思いきり顔を背《そむ》けられてしまった。

「陛下の温情に感謝するんだな。魔女ごときに冬宮など、破格という言葉では済まされないほどの待遇だぞ」

「……はあ、そうですか」

吐き捨てるように言われ、私は気のない返事をする。そうして、ようやく違和感の原因を理解した。なるほど、私はこの騎士に嫌悪されているのね。

先ほどまでここにいた者たちの目や声には畏怖《いふ》が混じっていたけれど、リズは違う。彼はただ、私を憎悪しているだけだ。

麦色の髪と銀色の鎧《よろい》を揺らして勝手に歩き始めた男を見ながら、ヴァノッサがこの男を選んだ理由が何となくわかった気がした。そして、私がこれからどのような扱いを受けるのかも。

一瞬だけ嫌悪を露《あら》わにしたリズだったが、その後は何の感情も見せずにすたすたと歩いていく。その後を五歩分ほど離れてついて行くと、一つの建物が徐々に見えてきた。

私はそれに、釘付けになる。

「この先は……」

私は立ち止まり、吐息のような声を漏らした。

皇城の最奥にあるその建物は、何百年の時を経てなお、清らかな純白を保っている。

そして何度も大陸を襲った地震にも負けず建ち続けていた。

それをじっと見ていると、前を行くリズが振り返った。

「呆けてないでさっさと歩け」

「この先にあるのは、月宮ですか？」

リズの言葉を無視して尋《たず》ねると、リズに怪訝《けげん》な顔をされた。

「月宮？」

……どうやら今は、月宮という呼び方はしていないらしい。

リズの言葉でそう気付き、私は小さく首を振る。

「なんでもありません」

そのまま、彼を追い抜いて前を歩く。

一歩ずつ近付く、どこまでも白い建物。恐らくあそこが冬宮だろう。そして、あの頃と用途が変わっていなければ、ここは——

「後宮に魔女を入れるだなんて、ヴァノッサは何を考えているんでしょうね」

「魔女の分際で陛下を呼び捨てにする貴様の方こそ、何を考えているのか知りたいものだな」

鋭く切り返され、そこで初めて自分がヴァノッサの名を口にしたことに気が付いた。

あれだけひどい態度を取られておきながら、まだ名で呼ぶことをやめないとは。

あの船上での約束を律儀に守っている自分に腹が立ってくる。

苛立《いらだ》ちを振り払うように、勢いよく振り向く。すると視線の先には嫌悪感たっぷりのリズの顔があった。その顔を見た瞬間、一気に疲労を感じたけれど、同時に安堵もする。

嫌悪された方が気が楽だ。笑顔で手を伸ばされ後で裏切られるよりも、ずっと。

「私が何を考えているかですって?」

私はリズに冷笑して見せる。

どうせ嫌われているなら、とことん嫌われてしまえばいい。どう接したってリズの態度は変わらないだろうし、だからといって言われっぱなしでいるのも癪《しゃく》だった。だから私は彼らが思い描くとおりの魔女を演じてやる。

「そんなことを訊《き》かれるなんて心外ね。呼び捨てにしたのはヴァノッサがそう望んだからよ。あの男が、私に名を呼んでくれと乞うたの」

「戯言《ざれごと》を」

「あら、私を冬宮に置くくらいなのだから、呼び捨てを乞うてもおかしくないのではなくて？」

わざとアマンティそっくりの口調で話すと、リズが剣の柄《つか》に手をかけた。私は肩をすくめて見せる。

それにしても、どうしてヴァノッサは私を冬宮に入れようなどと考えたのだろうか。冬宮は私が知るかつての月宮――つまり後宮だ。そんな場所に魔女を住まわせるなんて、どうかしている。臣下が困惑するのも当然だ。

リズは顔を険しくしながらも、主君の命令がある手前、剣を抜けないでいるらしい。しばし逡巡《しゅんじゅん》していたが、結局柄から手を放した。

お互い無言で歩き出し、やがて冬宮の入り口に辿《たど》り着く。その建物を見上げると、脳裏に懐《なつ》かしい声が響いてきた。

『月宮という名がどういう意味を持っているか、君は知っているはずだ』

そう言った時の「彼」の真剣な声と表情を思い出す。

――もう一度ここに来ることになるなんて。

かつてこの国を出た時には、考えもしなかった未来。私は事態の滑稽《こっけい》さに哄笑《こうしょう》したくなったが、その衝動をぐっとこらえる。代わりに胸元で両手を組み合わせ、自分の手の冷たさで平静を保った。

そしてリズを振り返らぬまま別れを告げる。

「もういいわ、下がりなさい。それとも、皇帝以外の男が入ることの叶わぬ後宮で、私を監視するつもりかしら?」

背後でリズが歯噛みする音が聞こえる。ひどく悔しそうな顔をしているに違いない。

私は冬宮に一歩足を踏み入れ、暗がりの中に身を浸《ひた》す。そしてもう一歩踏み込んだところで鋭い殺気を感じ、咄嗟《とっさ》に結界を張った。スペルもなしに生み出したその結界が、甲高《かんだか》い音を立てる。見るまでもなく、背後から剣で攻撃されたのだとわかった。誰がやったことなのかも。

「何の真似かしら」

私は振り向き、平静を装《よそお》って尋《たず》ねる。すると、これみよがしに舌打ちされてしまった。

結界を解くと、今度は首筋にぴたりと刃が当てられる。

その冷たさを感じてもなお私が表情を崩さずにいると、リズはゆっくりと剣を下ろして鞘《さや》に収めた。不意打ち程度で私を殺せないことは理解したらしい。

「今のは警告だ。陛下を惑わすつもりなら、容赦はしない」

「あら、その陛下はわざわざ最果ての島まで魔女たる私をかどわかしに来たわけだけれど、それについてはどう思っているのかしら？」

「国のためだ。そうでなければ貴様など……魔女など迎えるはずがない」

失礼な。「堕《お》として連れ帰ろうと思っていた」――そう言っていたのはヴァノッサの方なのに。

少しだけかちんと来たので、私はさらに言い返す。

「だとしたら随分と可哀相ね、ヴァノッサも貴方たちも。憎き魔女に頼らなくちゃならないだなんて」

それは本心だった。私なんかに救いを求めないといけないこの国の人間たちが、本当に気の毒だった。どうせなら、もっとやる気のある魔女が良かっただろうに。ヴァノッサの言ったとおり、他を当たる時間がなかったらしい。

首筋にそっと触れると、微《かす》かにぬるりとした。痛みはないものの、皮を切られたようで、血が滲《にじ》んでいる。寸止めが下手なのか、殺す気だったのか。……答えは何となくわかっているけれど。

私が首から手を離すと、リズは再び剣の柄《つか》を握りしめた。無表情を装いながらも感情を隠しきれないその男の前に、私は血のついた手をかざす。

「まあいいわ。それはそうと、私の世話を頼まれているのでしょう？　せいぜい尽くしなさい」

「――っ、誰が！」

「ヴァノッサの命令なのでしょう？」

そう言うと、リズは黙って私を睨《にら》みつけた。ヴァノッサの前では冷静だったのに、私の前だと驚くほど激情家だ。私の何が、彼をそんなに激昂させるのだろうか？

私はそんな彼に再び背を向け、冬宮の奥へと進む。すると、後ろから声がかけられた。

「このファルガスタで氷の魔女と名乗ったことを、いつか後悔させてやる」

その言葉で私は、リズの本心を知った。

彼は氷の魔女を憎んでいるのだ。魔女の狂宴《きょうえん》の元凶とされ、人間たちを殺す毒を振りまいたと言われる魔女を。さすがに、目の前にいるのが本人だとは思っていないようだけれど。

私はリズに、背を向けたまま返した。

「魔女の狂宴は起きないわ。私は毒なんて撒《ま》かないもの」

皇帝が魔女を連れてきた――その事実は、人間たちに三百年前の出来事を思い起こさせるのだろう。だが、たとえどれだけ昔と状況が酷似《こくじ》していても、この先魔女の狂宴は起こらないのだ。

　リズはそれに対しては、何も言わなかった。

「冬宮には今、誰もいない。ここは貴様専用の牢獄《ろうごく》だ。……逃げ出そうなどと思うなよ。俺は常に貴様を監視し、必要とあらば殺す覚悟もできている」

「護衛対象を殺すだなんて、不穏な話ね。安心なさい、逃げたくなったら空間転移の魔術でいつでも逃げられるから。貴方が私を斬れる日なんて来ないわ」

　私たちが先ほど玉座の間に転移してきたのを思い出したのか、リズが口を噤《つぐ》む。それを無視して前に進むと、ややあって彼が冬宮の外壁に背を預ける気配がした。そしてリズは、ぽつりと呟《つぶや》く。

「貴様の部屋は最上階の奥、暖炉《だんろ》のある部屋だ」

　どうやら本当に監視するつもりらしい。私はリズの言葉どおり、階段を探して最上階まで颪に乗って上昇した。

　――そういえば、最上階の奥の部屋って……

　嫌な予感を覚えつつ、最上階奥の扉を開ける。そこには確かに暖炉があり、薪《まき》がくべられていた。

　ぱちぱちと薪が爆《は》ぜる音を聞きながら部屋に入ると、室内には寝心地の良さそうなベッドや、地味だけれど質のよい家具が一通り揃っている。そのどれもが真新しいことに、まず驚いた。次いで、懐《なつ》かしさがこみ上げてくる。嫌な予感は的中した。置かれている家具や寝具はもちろん当時とは違うものだけれど、この場所だけは三百年経った今でも忘れられない。

私は暖炉の前に立ち、途方に暮れた。

「まさか、マリエル様の部屋だなんて」

額に手を当て、脱力しながら口にした言葉は、薪《まき》が爆《は》ぜる音にかき消されてしまう。そのことにも何だか疲労を感じて、私はそのままベッドに身を投げ出した。もう立っているのも面倒だったのだ。体が沈んでいきそうなほど柔らかいベッドに全身を預けて力を抜くと、情けない息が漏れる。

「疲れた……」

強烈な眠気に襲われる中、一体何なんだと心の中で呟《つぶや》く。

あのリズとかいう騎士から向けられた憎悪といい、ヴァノッサの態度の変わり様《よう》といい、私が彼らに何をしたというのか。

魔女の狂宴《きょうえん》については、完全なる冤罪《えんざい》だ。ヴァノッサはそれを知っているわけだから、彼の態度が豹変《ひょうへん》したのは別の理由だろう。けれど、それが何なのかはまだわからない。こんなことになるんだったら、もう一発ぐらい攻撃魔術を浴びせておくべきだったか。

そんな黒いことを考えながら、私は眠気に負けて目を閉じた。

そして眠りに就《つ》く直前、あることを思い出して呟く。

「どうしてヴァノッサは、私を救世主って呼ばなかったのかしら……」

私が約束を守ってヴァノッサの名を呼び続けているように、彼もまた約束どおり、私を救世主とは呼ばなかった。彼は私がもっとも嫌うその言葉だけは、使わなかったのだ。

本当に、不可解なことだらけだった。

それでも今は、様子を見るしかない。真意がわからない以上、いくら相手の態度が悪くても、勝手に約束を反故《ほご》にはできない。

……次にヴァノッサに会った時、私は一体どんな態度を取ればいいんだろう。

胸に小さな痛みが走る。急に心細くなり、そこで気付いた。心の奥底で、ヴァノッサに頼る気持ちがあったのだと。この先起こるすべてのことに責任を持つと言った彼の言葉を、心から信じているということも。だから急に背を向けられて、一人ぼっちでいるような気持ちになっているのだ。……実際一人ぼっちだけれど。

手をのろのろと胸元に持ってきて、ぎゅっと握りしめる。次いで暖炉《だんろ》の炎で温《ぬく》もった空気を吸い込み、ゆっくりと吐き出した。

何にせよ、ここまで来たら引き下がれない。屋敷を出た時に覚悟したのだから、このまま先に進むしかない。私は私だ。誰が何と言おうと、誰に悪意を向けられようと。

私は力の抜けた体を無理矢理動かして、寝返りを打つ。そしてゆらゆらと揺れる炎を見て心を落ち着かせ、ベッドの周りに薄く結界を張ってから、もう一度目を閉じた。今度はちゃんと眠れそうだった。


懐《なつ》かしい夢を見ていた。

秋の夜空に、満天の星が煌《きら》めいている。私はその下に立ち、冬の訪れを予感させる寒さに身を震わせながら、呟《つぶや》いた。

『この建物が、私に見せたかったものですか？　ビリオン様』

私の隣に立つビリオン様が微笑する。

『そうだよ。百年戦争の際に後宮が壊されて以来ずっと建てずにいたんだけど、そろそろ建ててもいいんじゃないかと宰相に言われてね』

宵闇《よいやみ》に映える紅蓮《ぐれん》の瞳を柔らかく細めた彼が、そう言いながら前を見る。私も釣られてそちらを見ると、息を呑むほど綺麗な白い壁があった。姉妹月に照らされて淡く光を放つその建物は、本当に美しかった。

完成したばかりだからか、中には誰もいない。誰もいないからこそ、無機質な美しさがあったのかもしれない。私は両手のひらを合わせ、寒さも忘れて興奮していた。

『綺麗ですね。マリエル様も、きっとお喜びになりますよ！』

脳裏に、ふんわりとした金髪と穏やかな空色の瞳を持つ女性が浮かぶ。この数月前に西の大国ツヴァイから嫁いで来たその女性は、ビリオン様の正妃マリエル様だ。同時に、一人ぼっちだった私に優しく手を差し伸べてくれた大切な人でもあった。

彼女が喜ぶことは、私にとっても嬉しいことだ。これからは皇城内で三人が揃うことはなく、マリエル様とビリオン様は後宮で二人、仲睦《なかむつ》まじく過ごされるのだろう。……それを思うと、少しだけ寂しくもあったけれど。

でも、自分がそんなことを言える立場でないことは嫌というほど理解していた。

私はビリオン様に保護され、彼の温情で皇城に居候《いそうろう》させてもらっている。だからこそ私はこの人がくれる優しさを、勘違いしてはいけないと思っていた。常に数歩引いた所に立ち、何度も何度も自分を律していたのだ。

けれど、この人とマリエル様が一緒に歩いているのを見て胸が痛くなるのはどうしてだろうと思ってもいた。大好きな人たちが幸せそうにしているのに、どうしてこんなに切ないのだろうと。

そんな理解不能な感情を抑え込んで言った言葉に、答える声はなかった。私は不思議に思いながら彼を見て、そして固まった。

いつから見ていたのだろうか。あの人は紅蓮《ぐれん》の髪を夜風に揺らして、こちらを見ていたのだ。そしてその表情は、とても硬かった。

『違うんだ』

彼の指先が、そっと私の頬に触れる。私の体よりずっと冷たい指先を私の頬に滑《すべ》らせた彼は、小さく首を振った。

『ビリオン様?』

『違うんだ、レイアスティ』

何かを押し隠しているような、けれど隠しきれずに歪《ゆが》むその顔から、目が離せなくなる。今度は、手のひらで頬を包まれる。思わず逸《そ》らしたくなるほど熱い視線を何度か彷徨《さまよ》わせた後、彼ははっきりと言った。

『後宮は、月宮と名付けようと思う。この名がどういう意味を持っているか、君は知っているはずだ。華月の魔女』

華月の魔女。それは彼がくれた名前だ。後宮にその名をつけるということは――

『い、いけません！　それでは口さがない者たちから何と言われるか！』

『かまわない。自分が何をしようとしているのか、私はちゃんと知っている。結果、国中の民に愚帝《ぐてい》と言われても仕方がないし、事実そうなんだろうと思っているから』

彼はマリエル様を退位させるか、もしくは側室に降格させて、私を正妃に迎えようとしていた。

それを知り、私の鼓動が大きく跳ねた。

それまで感じていた寂しさが消え、代わりに嬉しい気持ちがこみ上げる。けれど同時に、私は強い恐怖を覚えていた。私に優しくしてくれた、大切な女性。彼女の笑顔が失われてしまうかもしれないと気付き、身が凍る。

側室に迎えられるならまだしも、正妃となれば話は別だ。側室と違い、正妃になれるのは一人きり。私と彼女が並び立つことはできないのだ。それに、マリエル様は……

私は思わず大きく首を振っていた。

『百年戦争の後、先代の皇帝陛下が築き上げたツヴァイとの絆《きずな》を壊すおつもりですか？』

マリエル様は、先の百年戦争で敵国だったツヴァイの第一王女だった。親交の証《あかし》として遣わされた使者とも言える人を、ないがしろにすることはできないはず。

そう思い、ビリオン様の目を見据えて問うと、彼は瞼《まぶた》を閉じた。

『それでも』

再び開かれた瞼の奥で、炎が揺らめいている。公務の際に見せる冷たさなど微塵《みじん》も感じさせない熱い視線が、私を射抜く。

心が溶かされるほどの熱が怖くて後ろに下がろうとしたら、腕を掴《つか》まれてしまった。

『や……っ』

『逃げないでくれ』

私の小さな悲鳴に、彼の懇願《こんがん》が重なる。その必死な声音を聞き、私はもがくのをやめた。そして彼の顔を見た瞬間、動けなくなる。

彼の顔は、泣きそうに歪《ゆが》んでいた。触れたら燃えそうな紅蓮《ぐれん》の瞳が揺れている。そこで私の頬に触れている彼の手が、震えていることに気付く。

『ビリオン様、手が』

その言葉を遮《さえぎ》り、彼が私を強く抱き寄せる。体が軋《きし》み、ひどく痛かった。

『それでも私は――』


「――っ!?」

甲高《かんだか》い音で、私は夢から覚めた。

結界が傷つけられた!?

目を見開き、ベッドから飛び起きる。すでに暖炉《だんろ》の炎は燃え尽き、室内は真っ暗だった。その濃い暗闇の中に、銀の光が鋭く一閃《いっせん》する。そしてもう一度、甲高い音がした。

月明かりに照らされ、ぼんやりと浮かび上がる人影に必死に目を凝《こ》らす。すると、その人物が今にもこちらに斬りかかろうとしているのがわかり、私は咄嗟《とっさ》に手のひらを突き出した。

《風姫エイミーの名の下に、風よ！》

思いついたままスペルを口にし、風の精霊を召喚する。手のひらが高い熱を持ち、そこに風が集まってくる。球体となりぐるぐると回り続ける風を制御しながら、私は手を振り上げた。そして反動で転ばないよう両足に力を入れ、こちらに剣を向ける人影に思いきり手を振り下ろす。

物を投げつける要領で、力一杯風の球《たま》を投げたのだ。相手は持っていた剣で身を守ろうとしたが、そんなもので防げるほど甘い攻撃をした覚えはない。

魔力で生み出した風ならまだしも、精霊が起こした風だ。人間はもとより、魔女にすらどうこうできるものではない。剣はあっけなく折れ、人影はまるで紙くずのように飛ばされる。

「がぁっ！」

壁に強く体を打ちつけたその人物は低く呻《うめ》き、気絶した。

近づいてよく見ると、大柄な男だった。無論、会ったことなどない。

「……誰かしら、これ」

それよりも、この男をどうするべきか。思案していると、後ろから声がかけられた。

「さすがは魔女。俺の出る幕などなかったな」

鎧《よろい》の揺れる音、こちらを小馬鹿にしたような態度。尋《たず》ねるまでもなくリズだとわかる。

「何をしに来たのです。護る気がないのなら、ここに足を踏み入れるべきではないでしょう」

「護ろうとしたら貴様が先に曲者《くせもの》を倒してしまっただけだ。もっとも、死んでくれればありがたいと少しは思っていたが」

——本当に、私が何をしたっていうのよ。

「出て行きなさい」

私が吐き捨てるように言うと、リズは肩をすくめた後、男を担いで出て行った。

扉がぱたんと閉じられ、誰もいなくなったのを確認してから、私は壁にもたれて座り込んだ。今頃になって体が震えてくる。がたがたと震える体をきつく抱きしめ、窓の外に浮かぶ姉妹月を見上げた。

魔術を使った直後は熱かった体が、今はすっかり冷えている。私は涙腺が緩《ゆる》むのを、必死で止めた。

力があればそれでいいというわけではない。戦う覚悟のない自分を罵倒《ばとう》したかった。怖いのは襲われたことじゃなく、襲った相手を容赦なく打ち倒した自分自身だ。

ビリオン様はきっと、それでいいと言ってくれただろう。だが今、私を許してくれるあの人はいない。彼のように優しい人も、彼のように私を守ってくれる人もいない。ならばどれだけ怖くても、自衛のために戦い続けるなり犯人を捜すなりしなければ。けれど、あてなどあるはずがなかった。

私がファルガスタに来たことを知っているのは、今日玉座の間にいた者たちぐらいだろう。刺客《しかく》を差し向けたのは、あの中の誰かに違いない。

そこまでは推測できるが、では誰が刺客を差し向けたのかと言われると答えは出ない。誰がやってもおかしくはないのだから。

「……はあ」

私は深く息をつき、改めて実感した。

『死んでくれればありがたいと少しは思っていたが』

この国のどこにも味方などおらず、それどころか死すら願われているという事実を。

ファルガスタに来てから、もう六日が経つ。その間、私は毎晩同じ夢を見ていた。完成したばかりの後宮。それを見せてくれるビリオン様、そして——

《風姫エイミーの名の下に、風よ！》

いつも同じ場面で、結界が傷つく音で目を覚ます。こんな夜を、あと何度過ごせばいいのか、見当もつかなかった。おまけに寝不足のせいで、調査にもなかなか出られない。

食事をとろうにも、運んで来る者もいなかった。一度だけ女官が食事を届けに来たけれど、あまりに怯《おび》えていたから「もういいわ」と言ったら帰ってしまった。それきりだ。せめて、ドアの前に置くぐらいしてほしかったのだけれど……

ビーを連れて来なくてよかった。私一人なら数日食べなくとも平気だけれど、ビーはそうはいかない。

だけど、さすがの私でも、六日も何も食べていないといい加減体がつらい。体内にある魔力のおかげで身体機能に影響はないものの、普通の人間なら死んでいるんじゃなかろうか。

それに魔力に頼るのも、そろそろ限界だった。人間も魔女も、何か食べなければいずれは死ぬ。

このまま身動きが取れないとなると、地脈の破壊に関する調査もまったく進展しない。

いっそ空間転移の魔術で屋敷に戻り、休養して来ようか。調査はその後でもできる。

そう思ったのだけれど、ヴァノッサと約束してここまで来た手前、勝手には帰れない。

では一体どうするか。

ベッドで寝返りを打ちながら悩んでいると、こつこつと窓を叩く音がした。

「レイアスティ様、いらっしゃいますか？」

涼やかな女の声だ。なぜ、窓の外から？

身を起こして窓を開けると、その隙間《すきま》からするりと入り込んだ風が乳白色に変わり、ゆっくりと人の形をとっていく。

「エイミー、どうしたの？　私喚《よ》んでないわよ」

体に竜巻を内包する美貌の女は、風の精霊王エイミーだった。アマンティの言うとおり、ファルガスタにいたようだ。でも、いつもなら召喚しない限り現れないのに……

彼女は優雅に一礼し、私の問いに答える。

「レイアスティ様がお腹を空《す》かせていらっしゃると、精霊たちから聞きましたの。それでこれを」

そう言って、エイミーは体内から木の実や果実、よく焼けた肉を取り出した。

「ガラナに焼いてもらったものですわ。ちょうどいい焼き加減のはずです」

「……よりによって炎の精霊王に、肉を焼いてとお願いしたの？」

「レイアスティ様のためだと言ったら、快《こころよ》く焼いてくれました。レイアスティ様は、私たち皆の盟主ですもの。それからこれは、マーグリスからです」

にこにこ笑顔でとんでもないことを言ったエイミーは、次いで透明な丸い玉を取り出した。風に舞って飛んできたそれに触れると、小さな玉の中で波紋《はもん》が広がる。

「水を固めたものだそうです。口に入れると中から水が出てくるので、喉が渇《かわ》いた時に食べてください。あ、木の実は私が、果実はアマンティが採ってきましたの。そちらもちゃんと食べてくださいませね」

「ああ、はい。ありがとう……」

饒舌《じょうぜつ》なエイミーに気圧《けお》されつつ、私はこくこくと頷《うなず》き、もらったものを皿に載せていく。

まさか精霊が食料を持ってきてくれるとは思わなかったけれど、よく考えたら屋敷に住んでいた時に何度もこういうことはあった。それに、食料があると助かるのは事実だ。

ありがたくいただき、お礼を言う。するとエイミーは「どういたしまして」と淑《しと》やかに微笑んだ後、ぷりぷりと怒り出した。

「ヴァノッサ帝は何をしているんですの？　レイアスティ様の扱いが全然なっていませんわ。私が今日ここに来たのだって、他の精霊だと大事《おおごと》になるからですのよ」

「皆が何？」

「マーグリスは笑顔のまま槍をかまえて皇城に行きたがっていますし、アマンティはヴァノッサ帝を一発殴りたいと言ってますわ。ガラナに至っては、万死《ばんし》に値《あたい》すると言って殺気を放っている有り様です」

「……そう。じゃあエイミーが来てくれてよかったわ」

私もそんな彼らを宥《なだ》めるのはお断りだ。ただでさえ、気力が低下しているのだから。

だが、エイミーもよほど腹に据えかねているらしく、憤懣《ふんまん》やるかたない様子で身の内の竜巻を荒ぶらせた。

「本来ならこんな暴挙、許されることではありません。だから本当は、ヴァノッサ帝を皆で懲《こ》らしめたいところなんですけれど……今の私たちには、ヴァノッサ帝にかまっている時間などないのです。残念でなりませんわ」

彼女が心底残念そうに言ったので、私は首を振る。

「いいのよ、そんなこと。それより食事を持ってきてくれてありがとう。ただでさえ大変な時なのに」

「それこそお気になさらないでくださいませ。だって私、レイアスティ様にお会いできるのが嬉しいんですもの。何か理由がないと、なかなかお会いできませんし」

彼女を長らく召喚していなかったことに罪悪感を覚える。謝罪しようとすると、そこでエイミーが「あら」と言って口元に手を当てた。そんな彼女の様子を訝《いぶか》しんだ私も、すぐにその理由を察する。

「――貴女の食料事情がなんとなくわかった」

部屋のドアが開かれ、背後から声をかけられる。振り向くと、薄笑いを浮かべた黒衣の男が立っていた。

「ヴァノッサ……」

「気分はどうだ？　氷の魔女」

ヴァノッサは我が物顔で――本当に彼の物なのだけれど――私の部屋に入るなり、そう口にした。

エイミーが、まるで親の敵《かたき》を見るような目でヴァノッサを睨《にら》む。だけどヴァノッサは、ただ受け止めるだけだった。

私は意外にも冷静でいられた。どんな態度を取られても私は私らしくあればいいのだと、覚悟を決めたからかもしれない。

エイミーが風になって消え、その風の中から「レイアスティ様」と声がした。

「ビリオン帝の調査はこちらでも続けます。何かありましたらお伝えしますので、どうかお体を大事にしてくださいませね」

そして、テラスに続く窓が風で勢いよく開け放たれた。外に飛び出して行った風を見送っていた私に、ヴァノッサが「で？」と言う。

「気分はどうなんだ。あまり顔色が良くないようだが」

彼の方を見ると、後ろにリズが立っていた。その口の端が意地悪く上がっているのを見て、私が毎晩襲撃を受けていることをヴァノッサに報告していないのだと察する。

この期《ご》に及んでまだ助けを求めないこちらの心情さえ、読まれているに違いない。毎夜襲撃者を撃退する度にふらりと現れては、それを担いで出て行くだけという役立たずの騎士だが、悪知恵だけは働くようだ。私は考えた末、嫌味を返した。

「あまり良くありません。音が私の眠りを妨《さまた》げるもので」

「音？」

「貴方には一生わからない音です」

詳細は明かさない。いくら腹立たしい騎士を打ち負かすためでも、自分は襲われていておちおち眠れやしないなどと言うのは癪《しゃく》だった。

それに話した瞬間、馬鹿にされるに決まっている。魔女のくせに、そんなことに悩まされているのかと。もっとも私をここに招いた手前、犯人ぐらいは突き止めてくれるだろうけれど。

「そういうわけですので、今は貴方の顔など見たくありません。眠いんです」

私が突き放すと、ヴァノッサは紅蓮《ぐれん》の瞳を不快そうに細めた。

炎のような色をしているのに、その瞳には北の孤島にいた時の熱さはなく、ただただ冷たい。

一体何が彼を変えたのかはわからない。けれど、訊《き》いたって答えてはくれないだろう、私が今こうして隠しごとをしているのと同じで。

自分から視線を逸《そ》らしたくなくて、私はヴァノッサを見つめ続ける。そうやって彼の顔を凝視《ぎょうし》していると、やけに青白いことに気付いた。目の下には、うっすらと隈《くま》まででてきている。徹夜で復興活動の指揮を執っているせいかもしれない。

華やかな意匠が施《ほどこ》された、けれども少しだけ窮屈《きゅうくつ》そうな服を着たヴァノッサは、背筋をまっすぐに伸ばしてこちらを見ていた。私の意図を読み取ろうとするかのように。しかし、やがて諦めたのか、視線を逸らす。

「何かあれば言え。冬宮に滞在する者に不自由な思いをさせたとあれば、国の威信《いしん》に関わる」

「あいにく私はこの国の威信になど興味はないですし、そもそも本来ここにいるべき立場でもありません」

「ならこんな場所、壊してしまえばいいでしょう。滞在者を守りたいのなら、このような場所でなく、貴方の傍《そば》に置いて目を光らせておきなさい」

ヴァノッサの側室、もしくは正妃となるのは、周辺国や西のツヴァイの姫だろう。私がこの冬宮で襲われたとあらば、各国の王は娘をファルガスタに嫁がせるのを渋るかもしれない。彼はそれを心配しているのだろう。

だから解決策を言ってあげたのに、思わぬ言葉が返ってきた。

「お前を傍に置く気などない」

その言葉にかちんと来て、私は冷ややかに言い返した。

「何を勘違いしているのか知りませんが、私のことではなく貴方が後々妃を迎える時の話です。今は私しかいませんし、その私が襲われたところで外に洩《も》らしたりはしません」

「ほお、お前が襲われるようなことがあると？」

「……例えばの話です」

しまった。短気を起こして、言わなくてもいいことまで言ってしまった。

内心で自分を責めていると、ヴァノッサは私の言葉を毛ほども信じていなさそうな声で「そうか」と返してきた。それどころか、何やら勝利者の笑みを浮かべている。思わず手近な物を投げつけたくなったけれど、そんなことをしても墓穴を掘るだけだ。

「それより、用件は何ですか？　貴方が用もないのに来るとは思えませんが」

話を逸《そ》らすべく、そう訊《き》いてみた。まさかこの男に限って、ただ私の様子を見に来ただけなんてことはないはずだ。

そして返ってきたのは、実に意外な言葉だった。

「城下へ行く気はないか」

「城下？」

「そうだ。状況は港より更に悪いが、お前にはそれを知る義務がある」

何が義務だと思ったけれど、確かにそれは悪くない。

ここに引きこもっていても事態はまったく良くならないし、動きもしないのだ。城下の様子を見たところですぐに策を思いつくわけではないだろうけど、何もしないよりはいいだろうし、何より気分転換になる。

「わかりました。すぐに行ってきます」

命令ではなく、提案として受け止めよう。

そう考えて私が提案に乗ると、ヴァノッサは満足そうに頷《うなず》いた。

「だが、お前は今のフェンネルの事情に明るくないだろう。昔とは道も随分と変わっているはずだ。迷子になられても困るからな。俺が案内しよう」

「……あの、今何て？」

「だから、俺も行くと言っている」

ヴァノッサは壁に寄りかかり、事もなげに言った。

ちょっと待って。何で貴方も来るの？　仮にも皇帝なのに。

内心でそう突っ込んだけれど、心の声など聞こえるわけもないので口に出す。

「皇帝は皇帝らしく、城で大人しくしていてください。貴方について来られては迷惑です」

「めいわ……!?」

遠慮会釈《えんりょえしゃく》もなくきっぱり言ってやると、ヴァノッサがこめかみに青筋を立てた。

「相変わらず口の減らない魔女だな」

「お褒めに与《あずか》り光栄です」

「褒めてはいない。だが、随分と――」

私が笑顔で文句を受け流すと、ヴァノッサもどこか楽しそうに何か言いかけた。

「随分と、何です？」

「……いや、何でもない」

彼は「しまった」と言わんばかりに口元に手を当て、舌打ちした。

その後は貝のように口を閉じてしまったので、私は面倒になり「そうですか」とだけ返してドアを指さした。

「では、また後で。私は用意がありますから」

「すぐに行くと言ったはずだが」

苛立《いらだ》ち混じりの声に、たっぷりと嫌味を込めた笑みを返す。

「せっかくいただいた食事を食べずには出られません。そういうわけですので、外で待っていてください」

ついてくるのは認めるとしても、食事の機会を奪うのは許せない。

私はドレスの裾《すそ》を翻《ひるがえ》し、ヴァノッサとリズを追い出しにかかる。まさか追い出されるとは思っていなかったのか、ヴァノッサは慌てたように「ああ」と頷《うなず》き、出て行った。

それを見て、ここに来て初めて自分が場の空気を制したのだと知る。

何だ、こんなに簡単なことなのか。頑固でも意地っ張りでも何でもいいから、私らしく接すればよかったのだ。下手に気を遣ったり、色々考えたりしたのがいけなかった。

ただそれだけのことなのだと思うと何だかおかしくて、私はくすくすと笑い声を漏らす。そして、エイミーが持ってきてくれた食事を味わった。

護衛の騎士を引き連れ、ヴァノッサと二人で城下を歩く。短気を起こしたり思い悩むことがなくなっただけ、幾分か心が軽くなっていた。鼻歌でも歌いたい気分だったけれど、そんな軽やかな気持ちはすぐに吹き飛んだ。

私の目の前に広がる光景は、あまりに凄惨《せいさん》なものだった。

「何ですか、これは」

亀裂が入った道とがれきの山を前に、呆然とする。

世界そのものが歪《ゆが》んでしまったのではないかと思うほどに、傾いた家々や道。

一歩足を踏み出すたび、亀裂に足を取られそうになる。子どもならたやすく呑み込まれそうなほど大きくて深い亀裂が、あちらこちらにあるのだ。

人が歩くと砂塵《さじん》が舞うのは、地面が脆《もろ》くなっているからだろう。国内でもっとも道が整備されているはずの帝都では、ありえない光景。こんな状況の中で、人々は暮らしているというのか。

外套《がいとう》の端を口に当て、砂塵を吸い込まないようにする。そうしなければ、私ですら体を壊してしまいそうだ。群青色の外套が、すっかり白っぽくなってしまった。ヴァノッサが着ている毛皮も砂まみれになっている。

危ないと大人たちに怒鳴られながらも、無邪気にはしゃぎ回る子どもたち。その間をすり抜けて歩いていると、ヴァノッサの刺々しい言葉が飛んでくる。

「言っただろう。城下は港よりひどいと。だからこそ、予言の魔女に救いを求めた。この現状を打破するためにな」

一刻も早く事態を収拾せよと言外に命じられたように感じたが、私は沈黙を貫《つらぬ》いた。

いつも小綺麗な屋敷にいたせいか、どうにも砂塵に慣れない。我慢して歩いていたら、仮設テントが見えてきた。いくつもの仮設テントが立ち並んでいる様は、まるで稜線《りょうせん》のように見える。

髪を隠しているおかげで私は誰にも見咎《みとが》められなかったが、ヴァノッサはそうではない。

炎帝《えんてい》の証《あかし》である髪や瞳を堂々と露出したまま歩く彼に、多くの民が膝《ひざ》をつき、頭《こうべ》を垂れた。彼らは畏怖《いふ》ではなく、純粋な尊敬の念からそうしているように見えた。

ヴァノッサは平伏する民の一人ひとりに状況を訊《き》いて回る。食料について、衣服について。怪我人は出ていないか、新たに崩れた箇所はないかなど。

城で暮らしている彼にはわからないことを、城下で暮らす人間に直接訊いているのだ。皇帝自ら。

――ああ、だからなのね。この男が尊敬されているのは。

どんな人間だって、きちんと自分たちのことを見て、助けてくれる王を選ぶだろう。自ら人々の意見を聞き、手を差し伸べるこの男を、民が選ばないわけがなかった。ただビリオン様と同じ紅蓮《ぐれん》の瞳と髪を持っているだけという認識は、改めた方がいいかもしれない。

ヴァノッサの問いかけに答える民の瞳に、みるみるうちに光が戻る。地震の前はあったのであろう、輝きが。

彼がどれだけこの国を愛しているかはわかっていた。けれど、それと同じ分だけ彼は民に愛されているのだ。――初代炎帝《えんてい》ビリオン様のように。

「行くぞ」

話し終わったらしいヴァノッサが、居丈高《いたけだか》な態度で先を促してくる。

少し前までの私なら文句の一つでも言っただろうが、今日は逆らわないことにした。大人しく後に続く私を見て、ヴァノッサが意外そうに片眉を上げる。

平伏したままの民から離れ、私はヴァノッサより先に一人開けた道に出た。そこでふと殺気を感じ、足を止める。

振り向くと、そこには先ほどヴァノッサと話していた人間たちの姿があった。だが外套を纏《まと》っている私を、彼らは魔女とは思っていないはずだ。だから私はそこから視線を外し、今度はゆっくりと周囲を見渡す。

やはり殺気を隠そうともしない視線を、ひしひしと感じる。

私が魔女であると知っている者――毎晩私の眠りを妨《さまた》げている襲撃者一味の者が、ここにいるということか。

せっかくここまで来たのだから、今夜安眠するためにも捕まえておきたいところだが、他の人間たちが巻き添えになる危険性があるため攻撃スペルも唱えられない。

その間にヴァノッサが追いつき、私の隣に並ぶ。

彼は私が周囲を警戒しているのに気付いたのか、詰問《きつもん》してくる。

「何をしている」

「……別に」

顔を上げると、勝手に先に行くなと言わんばかりに不快そうな表情をしている。私は内心辟易《へきえき》しながら彼に背を向けた。

私に向けられていた殺気が薄れていく。どうやら彼らの標的は私一人で、ヴァノッサを殺す気はないらしい。

「何でもありません」

振り返らずに、突き放すような言葉を返して先に進もうとすると、腕を掴《つか》まれた。

「ほお。あれだけの殺気を向けられておいて、何でもないと言い切れるのか、さすがは魔女殿だな」

耳元で、低い声が響く。私が状況を呑み込めずに目を丸くしていると、ヴァノッサは私の腕から手を離した。

「ついて来い」

有無を言わさぬ態度で彼が先へと歩いていく。私はそれをしばらく目で追っていたが、渋々後に続く。

歩きながら、彼に掴まれた部分に触れる。触れられたのはほんの一瞬なのに、ひどく熱く感じた。その熱が、なぜだかとても懐《なつ》かしかった。

ヴァノッサは皇城からどんどん離れ、帝都フェンネルの外れまで歩いていく。時折近衛騎士たちが、馬車に乗るよう後ろから進言するものの、ヴァノッサは聞く耳を持たなかった。

徐々に仮設テントが少なくなり、人の気配も希薄になる。亀裂の入った道を避けて進んでいくと、やがて墓地に辿《たど》り着いた。入り口の石柱には、「帝都第三墓地」と書かれていた。

元はよく手入れされていたのだろう。辺りには木がたくさん植えられており、紅葉した葉が風に乗ってはらはらと飛んでいる。だがその木々はおかしな方向に折れ曲がり、風に舞っていた葉は、そのほとんどが大地の亀裂の中へ消えていく。

草も枯れ、墓石には砂塵《さじん》がこびりついている。砂塵が降り積もった地面は、踏みしめれば奈落の底に落ちてしまいそうなほど脆《もろ》い。その惨状《さんじょう》を見ていると、世界の叫び声が聞こえる気がした。

墓地だからという事実以上に死を強く意識させられると同時に、大地の傷の深さを思い知らされる。港町でも帝都の中心部でも、同じように凄惨《せいさん》な光景を目撃してきた。だが、それだけではない。

「モーリス大陸のすべてが、こうなっているのですか……」

今はどこまで歩いても、同じような光景が続いているんだろう。大陸にあるすべてのものが軋《きし》み、歪《ゆが》み、瓦解《がかい》している。精霊の力では防ぎきれないほどの速さで、世界は崩落の一途を辿《たど》っていた。

「ああ。魔女殿が己《おのれ》の殻にこもってすべてから背を向けている間に、多くのものが失われたんだ」

私の問いに、ヴァノッサが淡々と答えた。

ええ、そうでしょうとも。でも、何もそこまで言わなくてもいいでしょうに。

私はそう胸中で呟《つぶや》く。港町で八つ当たりされた時には許せたのに、思わず短気を起こしそうになった。

砂塵《さじん》で黄色く染まった空を見上げ、それから何気なく近くにあった墓を見る。私たちから一番近い墓には、『クレア』という名前が刻まれていた。

この名前は、確かヴァノッサの乳母《うば》の……

「魔女殿」

「なんですか」

急に声をかけられ、私は動揺を悟られないよう苦心した。

「結界を張ってほしい。俺たちの声と姿が周りから見えなくなれば、それでいいんだが……できるか？」

「できますけど……」

「ならば今すぐやってくれ。理由はその後わかるはずだ」

早口で命じられ、怪訝《けげん》に思いながらも頷《うなず》く。元々人気《ひとけ》のない場所なのに、自分たちの姿を見えなくする意味はあるんだろうか。とはいえ、わざわざ言うぐらいなのだから相応の理由があるんだろう。

そう思い、私はスペルも唱えず結界を展開した。結界を張るのは精霊の召喚以上に得意なのだ。

魔力の糸を織り上げて作り出した結界は、柔らかな乳白色の光を放つ。この光が、私たちの姿を他者から隠してくれるだろう。

「これで私たちの姿も声も、他者からは感知されないはずです」

ヴァノッサは、私がスペルの詠唱もなしに結界を張ったことに驚いているらしい。しばし結界を凝視《ぎょうし》してから、彼は軽く息を吸い込んだ。それから一歩こちらに近付き、射抜くような眼差しを向けてくる。

「なぜ帰らなかった」

忌々《いまいま》しげに放たれた言葉の意味が、私には最初わからなかった。

「この六日間、襲撃され続けたんだろう」

そう付け足されて、ようやく彼の言いたいことを理解する。彼は私が襲撃を受けていたことなど、とうに知っていたのだ。

「なぜ帰らなかった」

もう一度言うと、ヴァノッサは右手で私の肩を掴《つか》む。骨が軋むほど強く掴まれ顔を顰《しか》めた私にかまわず、彼は続ける。

「貴女は空間転移の魔術を使えるだろう。その力で夜の間だけでも北の孤島に戻り、翌朝ファルガスタに戻ることだってできたはずだ」

それを聞いた瞬間、頭に血が上った。

ヴァノッサの言うことは正しい。私だって、そう考えたのは一度や二度じゃない。けれど、それでは何のためにここへ来たのかわからなくなってしまう。

覚悟して屋敷を出たのだ。真実を知るまで帰らないと。そして私はその覚悟とともに、ヴァノッサの手を取った。約束などという、自分で自分を縛るような真似までして。

だからこそ私は帰らなかった……いや、帰れなかったのだ。それなのに、この男はなぜ帰らなかったのかと言う。ファルガスタに来るように私を説得し、望み、手を差し伸べることまでしたくせに、だ。

「帰ってほしかったんですか？」

気付けば、そんな言葉を発していた。髪や顔を隠していた外套《がいとう》を脱ぎ、魔術で生み出した風で宙に浮かす。そして正面から彼を見据え、私は激情に身を任せた。

「今日まで十三人もの刺客《しかく》に襲われました。更に、あのリズという騎士にも。そして私を殺すようにと命を下した者が最低一人はいます」

「……何を言っている」

「少なくとも十五人の人間が、私の死を願っている。確かに安眠したいなら、北の孤島に帰るべきでした。朝になったら戻ればいいのですから。ですが、そうすれば私は、私の覚悟をないがしろにすることになる」

私は自分よりも遥かに高い位置にある、ヴァノッサの顔を睨《にら》みつけた。すると、彼が息を呑む。

そう、彼の言うことは正しい。それでも私は許せなかった。私を求めた事実そのものを覆《くつがえ》すような言葉だけは。

腹立たしく、そして悔しかった。どれだけ冷たくされても心のどこかでヴァノッサを信じようとしていた自分が。きっと何か理由があるのだと思っていた自分の甘さが。

熱が冷めやらぬまま、私は彼に言葉を叩きつける。

「勘違いしないでください。私も私なりに譲れない想いがあってここにいます。たとえファルガスタの国民すべてに死を願われても、私はただ初代炎帝《えんてい》陛下の行方を知るため、そして貴方の手を取り、約束を交わした自分を裏切らないためにここにいます」

私の死を望む者は多いだろう。その人数はこれから先、増えることはあっても減ることはない。だが、そんなことはファルガスタに来る前からわかっていた。わかっていて来たのだ。モーリス大陸を襲う大地震の原因を知るために、ビリオン様の行方を知るために、そしてヴァノッサとの約束を果たすために。

……頑固にここに留まり続ける必要があるのか、わからなくなっていたのは事実だが。

「私は私自身の想いのためにここにいるんです。帰れと言われたところで、聞く気はありません。――ですが」

私は一歩後ろに下がり、彼に背中を向ける。そして結界に手を触れ、ぱりんぱりんと音を立てて壊していく。結界の割れる音が響く中、彼に背を向けたまま呟《つぶや》いた。

「私を求めた貴方がその想いをないがしろにするなら、今日にでも皇城を離れ、自分一人であの人を探しに行きます」

求めた人間に帰れと言われたなら、ここに留まる理由などない。

やがて結界が完全に壊れると、北風が吹きつけてくる。今までいた温かい空間で起きた出来事が、すべて夢だったように思われた。

ヴァノッサは何も言わなかった。私も振り返らなかった。彼がどんな顔をしているかなんて、知りたくなかったから。

その後、私たちはいくつかの仮設テント集落を訪れ、民の状況を一通り見た。その間一度も目を合わさぬまま城へ戻る。

城門をくぐった後、ヴァノッサは皇城に、私は冬宮に向かった。別れの言葉すら交わさずに。

結界を壊してすぐに空間転移の術で北の孤島へ帰らなかったのは、冬宮に魔導書を置きっぱなしだったからだ。それにせっかくなので、今宵《こよい》もやって来るだろう襲撃者から黒幕を聞いておきたかった。

誰かわかったところで報復するわけじゃないけれど、このまま泣き寝入りするのも癪《しゃく》だった。せめて犯人の名前を書いた紙をヴァノッサの執務机に置いておくぐらいのことはしたい。それが済んだら出立しよう。

暖炉《だんろ》のある部屋に入ると、リズがいた。どうやら火の番をしていたようだ。

女官が怯《おび》えてこの部屋に近づかないので、ここの管理はリズに一任されている。男なのに後宮の部屋を管理するなんて気の毒に思えてならないが、当然態度には出さない。向こうもそれを嘆《なげ》いている様子はなく、ただ私の姿を見て舌打ちしただけだった。

「帰ってきたのか」

「ええ、帰ってきました」

もうすぐ出立するけれど、と心の中で付け足す。

しかし、人の顔を見るなり舌打ちするなど失礼もいいところだ。普段なら嫌味を言い返していただろうが、やめておいた。今日で最後なんだから、わざわざ面倒なやりとりをする必要はない。

私と同じ空間にいるのは耐えられないのか、単に火の番が不要になったからか、リズは部屋を出て行く。誰もいなくなり、がらんとした空間は、鬱屈《うっくつ》した気分を晴らしてくれた。誰の気配も感じなくなったことで、とても気持ちが落ち着く。

ベッドに座り込むと、帝都を歩き回って疲れた足が悲鳴を上げる。その痛みを紛《まぎ》らわすため、私は真っ白な魔導書をぱらぱらとめくり、不死掛けについて書かれたページを眺めた。そして、そのまま寝転がる。

窓から空に視線を移せば、夕暮れ時の赤らんだ空が見える。それがヴァノッサの色を思い出させてあまり見たくなかったから、目を閉じた。

夜までは時間がある。少し眠っても大丈夫だろう。

この部屋での最後の仮眠をとるため、心持ち強めの結界を展開する。目を閉じてから眠りに落ちるまで、さほど時間はかからなかった。

この日もビリオン様の夢を見て、いつもと同じところで目が覚めた。けれど目覚めた理由は結界が壊れる音を聞いたからではなかった。何か生温かいものが頬に触れたからだ。

私は息を呑み、反射的に上体を起こして手のひらを前に突き出す。するとすっかり宵《よい》闇《やみ》に包まれた室内に「落ち着け」という静かな声が響いた。

それと同時に、結界が解けた音がする。壊れたのではなく、解けたのだ。この感覚を、私は知っていた。ヴァノッサが持つ、結界解除の首飾りの力だ。

声の主はもう一度「落ち着け」と言い、私をゆっくりとベッドに押し倒す。

すると今度は生温かいものが、ぽたりと唇に落ちた。鉄さびに似たこの味は――血だ。次いで、凄まじい血の匂いが鼻をつく。部屋中に充満したそれは、人間一人分以上の血が流れたことを示していた。

私は身を捩《よじ》って、自分を押さえつける力から逃げようとする。と、血まみれの人間が倒れているのが見え、強烈な吐き気に見舞われた。喉までせり上がってきた胃液をなんとか飲み下し、私は自分を押し倒している人物――ヴァノッサを鋭く睨《にら》む。すると彼は血まみれの、恐らくはすでに息絶えている襲撃者をちらりと見て謝罪してきた。

「ああ、すまない。慌てていたので上手く斬れなかった」

「そういう問題ではありません！　ヴァノッサ、貴方という人は何てことを！」

この襲撃者は今宵《こよい》、私が生み出した風に叩きのめされ、雇い主の名を吐く予定だったのに。だからこそ、わざわざこんなところに留まっていたのに。それをすべて無駄にするなんて。

ありったけの恨みを込めて睨みつける私に、ヴァノッサが淡々と答える。

「俺が手を下さなければ、死んでいたのは貴女だ」

「私には結界があります！　それに私なら、生かしたまま捕らえるぐらいのことはできた！」

そうだ、私なら相手を殺さずに済んだ。なのになぜ――なぜ殺したの？

頭に血が上った私は、風の力を借りて彼の体を突き飛ばす。そしてすぐに立ち上がり、襲撃者に近づいて胸に触れてみたが、鼓動を感じることはできなかった。残念ながら、魔女には死者を蘇《よみがえ》らせる力はない。

強い血臭に再び吐き気を覚えて、思わず膝《ひざ》を突きそうになった。だがそれを堪《こら》え、頬や唇についた血を手の甲で拭《ぬぐ》って、魔導書をたぐり寄せる。

もうここには一秒だっていたくなかった。人間の死は、かつての悲劇を連想させるから。

ショールも羽織《はお》らず、私はヴァノッサに背を向ける。そして襲撃者に心の中で黙祷《もくとう》を捧げ、駆け出そうとして――

「行くな！」

その強い声とともに腕を引かれ、私は再びベッドに押し倒された。大きな手で、腕を押さえ込まれる。昼間、肩を掴《つか》まれた時以上の痛みに目一杯顔を顰《しか》めると、ヴァノッサの影で視界が暗くなった。

血の匂いが漂《ただよ》う中、ヴァノッサの炎のような夕日のような――血のような紅蓮《ぐれん》の髪が、私の頬に触れる。彼はその瞳で、私をまっすぐに射抜いた。

「行くな」

泣きそうな顔でもう一度そう言い、顔を近づけてくる彼。頬に触れた乾いた唇からも、血の匂いがした。私はといえば、何がなんだかわからなくなって、不覚にも涙を滲《にじ》ませていた。

手を伸ばされたからその手を取ったのに、勝手に態度を変えられた。それに悩まされた日々もようやく終わりだと思っていたのに、またしても急に態度を変えられる。

一体私が何をしたっていうの。ヴァノッサは一体、何がしたいの。

もう一度、頬に口付けされる。その口付けはとても優しかったけれど、この陰惨《いんさん》な状況にあまりにもそぐわなかったせいで、私の混乱に拍車をかけた。

潤《うる》む目をぎゅっと閉じて涙を一筋流すと、今度は眦《まなじり》に口付けされる。涙をすくい取るように、宥《なだ》めるように触れた唇は、やがてゆっくりと離れた。

暗がりの中に見えた顔は、やはり泣きそうだった。

「……だ」

ふいに聞こえてきた小さな声。彼は深く息を吸い込み今度は、しっかりと言葉を紡《つむ》ぐ。

「貴女は何なんだ……」

心底困惑した声で、彼はそう言った。

思わず目を見開くと、私とは反対に瞼《まぶた》を固く閉ざしているヴァノッサが見えた。

「出て行きたいというなら、それはそれでかまわん。だが、命を狙われているからとか、そういう理由を言えないのか貴女は」

「どういう、意味ですか」

「命を狙われているから、憎まれているから、怖いから！　だから出て行くと言うのなら、俺だって許せた！　アマンティの言うとおりなら、貴女がこの大地震を解決する唯一の希望であることに変わりはない。だから、何としてもこの国にいてほしかったが、かといって無理強いする気もなかった！」

「……」

「なのに貴女は、貴女を求めた俺がその気持ちをなかったことにするなら出て行くと言った。……他の理由じゃなくて、何で、そんな」

今、私たちを覆《おお》い隠す結界はない。いつ誰が来るかわからないし、リズが聞いているかもしれない。それなのにヴァノッサは、そんなことはおかまいなしに声を荒らげている。

　いつもは傲慢《ごうまん》で強引で冷徹な彼が、今は子どものように見えた。

ヴァノッサは落ち着きなく髪をかきむしり、ため息をつく。その後、彼が静かに開いた瞳には、困惑する私の顔が映っていた。

お互い無防備な状態で、相手の瞳に映る自分が見えるほど近くにいるのに、それでもなお私には、ヴァノッサが何を言いたいのかわからなかった。けれど彼の困惑と、私に対して抱いている疑問は伝わってくる。

言われてみれば、確かに不思議かもしれない。ファルガスタに来てから多くの人々に憎悪され、その上お腹は空くし睡眠不足になるしで、散々な思いをしてきた。なのに今日まで、私は一人でビリオン様の情報を探しに行こうなんて、考えもしなかった。

どうしてだろうか。

ヴァノッサの目を見返しながら考える。先ほど彼の唇が触れた頬が、なぜかひどく熱かった。私は冷たさを求め、指先をベッドシーツに這《は》わせる。その手がふと彼のそれに触れた瞬間、答えを見つけた気がした。

「きっと」

そう呟《つぶや》いてから後悔する。頭に浮かぶ答えは曖昧《あいまい》すぎて、口にするのは躊躇《ためら》われた。そんなことを言うぐらいなら魔術で彼をベッドに縛りつけ、その間に皇城を去る方がいいのではとも。でもヴァノッサは、言葉の続きを催促した。

「きっと、何だ」

小さいが強い声で求められて、もう一度逡巡《しゅんじゅん》する。そうして自分にとってはたくさんの長い時間をかけて悩んだ後、私は口を開いた。

「きっと貴方との約束がなければ、皇城に来ることはなかったからだと思います」

ビリオン様を探すだけなら、わざわざヴァノッサと共に来る必要なんてない。ただ、彼が手を差し出し隣に立てと言ったから、その手を取ったから、ここにいるだけ。だからその彼が、ここにいる必要がないというなら私も出て行くまでだ。

私の答えを聞いたヴァノッサは苦笑した。

「随分曖昧な答えだな」

「ええ。……けれど今のところ、これしか答えを知りません。これしか答えがないと言われればそうかもしれないと思いますし、否定されれば違うかもしれないと思うでしょう。けれど私には、答えを探す義理もなければ時間もない」

ヴァノッサが眉間《みけん》に皺《しわ》を刻む。だが、それは不快そうな表情ではなく、怒っているような拗《す》ねているような、そんな顔だった。

ヴァノッサの腕から抜け出したくて上体を起こそうとしたが、無理矢理押さえつけられる。

「出て行く気か」

「だからそう言ったでしょう。まさかもう忘れたんですか？」

「忘れてはいない。……いや、忘れたいからそういうことにしておいてくれ」

彼は焦っているのか早口で言った。

「何を馬鹿なことを」

相変わらず無茶苦茶な。

私は内心呆れながらも、今までこんなことがあっただろうかとふと思う。

慇懃無礼《いんぎんぶれい》な態度で近付いてきたかと思えば急に誠実になったりと、彼は態度をくるくると変える。けれど、こんな風に焦っているのを見たのは地震があった時ぐらいだ。とはいえあの時とは違い、苛立《いらだ》っているわけではない。昼間のやりとりをなかったことにしようとする彼は、何だか滑稽《こっけい》ですらあった。

「貴女はさっき、俺が貴女を求めなければ出て行くと言った理由を、これしかないと言われればそうかもしれないと言ったな」

　ヴァノッサは、今度はとても真剣な表情で訊《き》いてくる。

　私の体を閉じ込めている両腕の間隔が狭まり、彼の着ている服が肩に触れる。その服に血がこびりついているのを視界の端で捉えた時、「なら」と続ける声がした。

「その答えがすべてだと、俺が断言する。そして、それが貴女の出せる唯一の答えであるなら俺は貴女を強く求める。約束を反故《ほご》にもしない」

　……なぜ帰らなかったのかと言ったくせに、今度は強く求めてくる。結界の中でしかまともに話をしないかと思えば、自ら結界を壊してまで強引に話をしてくる。本当に、ヴァノッサは一体――

「一体、貴方は何がしたいんですか」

　私が困惑しながら問うと、ヴァノッサはくくっと笑った。彼の髪が頬に触れ、とてもくすぐったい。

「そうだな。本当に、俺は何がしたいんだろうな」

「……自分でもわかっていないんですか？」

「いや、わかっているさ。わかっているから行動に移した。だが六日しかもたなかった」

　苦笑とともに紡《つむ》がれた言葉に、怪訝《けげん》な表情をしてみせる。六日しかもたなかった？

もしかすると、こちらに来てから見せるようになった、あの冷たい態度のことだろうか。だとしたら一体、何が目的であんなことを。

私が目で追及すると、ヴァノッサが観念したように喋《しゃべ》り出す。

「リズだけではない。ファルガスタの人間は、総じて魔女嫌いなんだ。いくら救世主と予言された魔女でも、何をされるかわからん」

「だから」と彼が続ける。

「魔女嫌いの皇帝を演じようと思ったんだ。そんな俺が仕方なく、本当に仕方なく魔女に助けを求めたのだから、お前たちも文句を言うなと無言で示したつもりだった。今のファルガスタには、どうしても予言の魔女が必要なのだからと」

「……何でまたそんなことを」

「魔女嫌いの民が暮らすこの国で、俺一人が貴女を歓迎したらどうなる？　どこかの馬鹿者どもが、俺が魔女に誑《たぶら》かされたと吹聴《ふいちょう》するだろう。北の孤島にいる間に籠絡《ろうらく》されたんだとな。そして俺が庇えば庇うほど貴女の評価は落ち、いつか貴女に刃《やいば》を向ける者も出てくる」

「まあ、確かに王を色に溺れさせた魔女もいますから」

「だが貴女は違う。とはいえ、それを知っているのは俺だけだ。だから俺は、魔女嫌いの皇帝を演じたんだ」

ヴァノッサが饒舌《じょうぜつ》に語るのを聞いて、次第に彼が何を言わんとしているのか理解できた。

理解はできたのだけれど、これだけは言いたい。

「それでも、結局初日から命を狙われましたが？」

皇帝がどう振る舞おうと、襲われる時は襲われるのだ。ヴァノッサもそれが十分わかっているのか、がっくりと肩を落とす。

「そうだな。本当に馬鹿みたいだ」

力ないその姿に、噴き出す寸前で我慢する。

「そうですね」

「――貴女は本当に」

「辛口ですか？　ですが、貴方が私に取った態度よりは可愛げがあると思いますけど」

「……悪いと思っている」

はっきり答えてやると彼が更に肩を落としたので、私はヴァノッサで遊んでいるような気分になった。

「貴女を振り回して、傷つけて、出て行かれそうになって……何をしているんだ、俺は」

「更に襲撃者の命を奪ったことで怒らせて……大変ですね貴方は」

私が尚も言いたいことを言うと、ヴァノッサは「後悔はしていない」ときっぱり言った。

人を殺してから後悔しても遅すぎるけれど、まったくしないのもどうか。そう思って私が目をつり上げると、彼は静かに呟《つぶや》く。

「人の命を奪おうとすれば、自分も命を奪われるかもしれない。向こうもその覚悟をした上でここへ来たのだろうから、俺は迷わず斬り捨てた」

ヴァノッサがすっと視線を動かして、血だまりに倒れる襲撃者を見る。その目は決して冷たいだけではなく、どことなく哀れむような色も含んでいた。

人を斬ってまで、自分が望むものを得る覚悟――それを持つヴァノッサの目は、どこまでも強くて静かだった。その覚悟はきっと、今の私に一番必要なものだ。

とはいえ、今後も人を殺したりすることはないだろうし、仮に傷つけてしまったとしても、きっと治してやると思う――ヴァノッサと初めて会った時のように。

けれど、もしビリオン様が生きていたら、私は彼の不死掛けを解除して――殺してあげるべきなのかもしれない。そう考えた時、その状況において一番必要な覚悟が、今目の前にある気がした。だからといって、襲撃者を殺したヴァノッサへの怒りは消えないけれど。

「貴女を失うぐらいなら、俺は人を殺してもかまわん。だがそんなに誰かの命が失われることが嫌なら、貴女が狙われないようにすればいい」

「無茶なことを。それとも暗に、北の孤島に帰れと言っているのですか？」

「いいや、違う」

私の言葉を否定し、ヴァノッサがとんでもないことを言い出した。

「俺がここに移ればいい」

「……は？」

「もちろんここで公務を執り行うのは無理だが、夜ぐらい共に過ごしてもおかしくはないだろう。皇帝が後宮で夜を明かすのは当たり前のことだ」

驚く私を見て笑いながら、うんうんと頷《うなず》くヴァノッサ。

私は反論しようとしたが、それを制するように笑い混じりの声が降ってくる。

「守りたいなら傍《そば》に置いて目を光らせておけと言ったのは、貴女だ」

「お前を傍に置く気などないと言ったのは、どこのどなたですか？」

「覚えがないな」

白《しら》を切るつもりか。そう思ってヴァノッサを睨《にら》みつけたが、まったく効果がないらしい。

「レイアスティ」

久しぶりに名を呼ばれ、一瞬きょとんとしてしまう。直後、居心地が悪くなってふいと顔を背《そむ》けた。

「氷の魔女で結構です」

「そうはいかない。それに、どうせ魔女と呼ぶなら華月の魔女と呼ぶ」

「だから氷の魔女で結構ですと――」

「国中から反感を買っても、耐えられるか？」

ヴァノッサの言葉は、相変わらず残酷で自分勝手だった。ヴァノッサは私にここにいろと言うのだ。誰に憎まれても、死を願われても、自分の傍にいろと。彼が私の事情などおかまいなしに、自分の思いを通そうとする人間であることは知っていた。それでも、やはり聞いた瞬間酷いことを言う、と心の中で呟《つぶや》いた。

だが彼は、魔女を傍に置く覚悟を決めている。

さすがに今の私には、ヴァノッサの傍にいるための覚悟を持つことは無理だ。けれど、答えはすんなり口から出てきた。

「愚問です。その程度のこと、恐れたりしません」

誰になんと言われようと、私は私だ。

真実は私の中にあり、ヴァノッサの中にもある。嫌悪にも憎悪にも畏怖《いふ》にも殺意にも、もうずっと昔から慣れている。私が怖かったものはただ一つ、戦う覚悟のない自分自身の弱さだ。

私の覚悟を認め、ヴァノッサが相好《そうごう》を崩す。それを見て、こちらからも問う。

「ヴァノッサ」

「何だ」

「国中の民から愚帝《ぐてい》と呼ばれても、耐えられますか？」

私を傍《そば》に置くヴァノッサを見て、民が「愚帝が魔女の色香に惑わされた」と騒ぐのが容易に想像できた。だからこそ訊《き》いておきたい。

ヴァノッサの唇が、緩《ゆる》やかに弧を描く。

そうして目を細め、小さく声を上げて笑った。

「愚問だ。その程度、恐るるに足らん。真実など、自分の中にだけあればいい」

堂々と答えるヴァノッサの声からは、強い覚悟が窺《うかが》えた。顔も、まるで憑《つ》き物が落ちたかのようにすっきりしている。だが、彼はその顔に、少しの後悔を滲《にじ》ませた。

「こんなことになるのなら、最初から普通に接しておけばよかったな」

「まったくです」

「……本当は、貴女に告げようと思っていたんだ。貴女にわざと冷たい態度を取ることを。先に謝罪もしておきたかった。だが、結局言えないままだった」

すまない、と続けられた言葉に、私はとうとう堪《こら》えきれなくなって噴き出す。そうしてくすくすと笑っていると、ヴァノッサが呆気に取られたような顔をしたので更に笑う。

皇帝としての彼は驚くほど冷ややかな表情をしているのに、ただのヴァノッサに戻った時、その表情はとても豊かだ。複雑で面倒くさくて温かで、見ていて飽きない。

笑い続ける私に、ヴァノッサは何と声をかけたものかと悩んでいるようだった。だからこちらから先に言葉を発する。私なりの許しの言葉を。

「貴方は、これから私に起きるすべての出来事に責任を持つと言いましたね」

「……言ったが、それが何だ」

「ですが、これはあくまでも私の人生です。だから貴方は一人で思い悩まず、私に相談する義務があります。私の立場や命が危ういという理由でも、行動に移す前に私に話す義務があります」

「……」

「そして私の方も、言いたいことがあれば言えばよかったんです。どう接したらいいか悩む前に、文句を言うべきでした」

そう、きっとそうすればよかったのだ。一人で悩んで勝手に答えを見つけた気になって、その実《じつ》こうやって安易に振り回される。だがそんなもの、誰かと接していれば当たり前のことだ。ならば接する相手に、正面からぶつかるべきなのだ。

北の孤島に来たヴァノッサを追い返そうとした時と同じだ。ビーや精霊たちともそうして来たように、黙っていないで言いたいことを言えばよかった。

「私たちは別々の存在です。だから、言葉にしなければ何も伝わらない。そうでしょう？　ヴァノッサ」

今の私も彼と同じく、憑《つ》き物が落ちたような顔をしていることだろう。

ヴァノッサはゆるゆると笑みを浮かべ、体から力を抜いていく。そして私の手に触れ、指を絡めて優しく握った。更に、空いた方の手で私の頬を撫でる。大きな手に頬を包まれ、その熱さに私は動揺した。夢で何度も見たビリオン様の仕草に、あまりに似ていたから。

「あの、ヴァノッサ……」

「レイアスティ、やはり貴女は——」

その時、彼の声に混じって微《かす》かに猫の鳴き声が聞こえた。私ははっとして、窓に目を向ける。

「どうした？」

「今、猫の鳴き声が聞こえませんでしたか？」

ヴァノッサの腕の力が弱められる。私はこれ幸いと急いで立ち上がり、テラスに出て下を覗《のぞ》き込んだ。にゃあ、ともう一度猫の鳴き声が聞こえた。

テラスの手すりから身を乗り出して、目を凝《こ》らす。冬宮の庭の、花壇の脇に見える影。小さな猫の形をしたそれはゆらりと動き、月光を浴びて私のよく知る灰猫の姿になる。それを見た私は、あらん限りの声を上げた。

「ビー！」

「にゃあ」

呼ぶと、ビーが嬉しそうに尻尾を振りながら鳴く。数日ぶりに見る彼の元気そうな姿に、自分でも驚くほど気分が高揚する。気付けば私は、魔術で風を起こしていた。

そして満面の笑みで、ふわりと体を浮かせた瞬間、ヴァノッサがぼやく。

「俺は猫に負けるのか……」

それに答えている暇はないので、無視しておく。

冬宮の最上階から飛び降り、地面に足をつけた私に、ビーが駆け寄ってきた。その小さな体を抱き上げ、温かい体毛に顔を埋める。すると、わずかに土埃《つちぼこり》の匂いがした。

「やっと会えた」

ビーを抱きしめると、首筋にざらりとした舌が触れる。リズにつけられた傷について、咎《とが》められているようにも感じた。それにかまわず頬ずりしていたら、背後からがちゃがちゃと鎧《よろい》の揺れる音がする。

見れば、そこに立っていたのはリズだった。外に控えていたのだろう。

「貴様の猫か」

さすがに猫を斬る気はないのか、その手に剣は握られていない。私はビーに会えたことで安堵し、緩《ゆる》んだ顔のまま頷《うなず》く。すると、盛大な呆れ顔をされてしまった。

「何だ、その腑《ふ》抜《ぬ》けた顔は」

「……喧嘩《けんか》を売っているんですか」

私はリズの言葉に目を細めた。それでも声がつい上擦ってしまうのは、確かに彼の言うとおり、腑抜けているからかもしれない。

やっぱり、一人でいるよりビーといる方がいい。私が腕の力を緩めると、ビーが金色の瞳でリズを睨《にら》みつける。軽く毛を逆立てているビーを凝視《ぎょうし》するリズに、私は「貴方には渡しません」と言って身を捩《よじ》った。

まだ自制心が働かず、口元が緩むのを止められない。

「貴様がそんなに猫好きだったとは意外だな」

「猫なら何でもいいというわけではありません。ビーだからです」

断言すると、横から肯定の声が上がる。

「それはそうだろう。何せ北の孤島でずっと一緒に暮らしてきたんだからな」

「……陛下」

宵闇《よいやみ》の中から姿を現したヴァノッサを見て、リズが膝《ひざ》をつく。一方、ビーはひときわ強く威嚇《いかく》した。

私にとってはリズの方が危険人物なのだけれど、ビーはヴァノッサの方が気に食わないらしい。ゆったりとした動作でこちらに歩いてくるヴァノッサは、そんなビーの態度に苦笑を漏らしながらそっと手を伸ばしてきた。

「久しぶりだな」

ビーの頭を撫でようとする彼に、一応警告する。

「手を出さないでください。咬《か》まれますよ」

「その時は、貴女が手当てしてくれるのだろう？」

「自業自得で怪我をされても面倒は見れません」

そう冷たく突き放したが、彼はどうやら本気で私に手当てをさせようと思っているらしかった。ビーもそれは理解しているようで、ヴァノッサが伸ばした手に咬みつくことはしない。

彼の手が灰色の体毛に触れると、ビーは居心地悪そうに身を捩《よじ》った。だがヴァノッサはいい機会だとばかりに、ビーの頭をぐりぐりと撫でている。

「こうして素直に撫でられていると可愛いものだな」

「あまり触らないであげてください。機嫌が悪くなります」

「もう遅いだろう。……それにしても、やけに汚れているな。おい、リズ」

「はい」

宵闇《よいやみ》の中、深紅《しんく》に光る瞳を細めてヴァノッサがリズを呼ぶ。そうして私の手からビーを奪い取り、首根っこを掴《つか》んでリズの腕の中へ投げ入れた。

「ぎにゃあっ⁉」

「風呂に入れてやれ。言っておくが、そいつはかなり凶暴だからな、心してかかれ」

ビーの抗議を無視して、ヴァノッサがリズに命じる。

突然命令されたリズは、腕の中でもがくビーを途方に暮れた顔で見つめていた。その間にヴァノッサは、私の手をがっしりと掴む。そしてそのまま引き寄せた。

私の肩を抱き、彼は怒ったような声でビーに言い放つ。

「せっかくここまで来たんだ。お前はファルガスタ皇帝たる俺が特別待遇で迎えてやるが、今宵《こよい》この魔女は俺が預かる」

その言葉を聞くや否やビーがじたばたと暴れたが、リズに力で押さえ込まれていた。私としてはビーにヴァノッサを引っかいてもらいたかったけれど、そうなったら手当をしなければいけないと思うと、それはそれで面倒くさい。

子どもの我儘《わがまま》みたいなヴァノッサの言葉にため息をつくと、更に強く抱き寄せられた。彼の胸元に頬を押し付ける形になり、服を通して鼓動が伝わってくる。眠気を誘うような、穏やかな鼓動。けれどその鼓動とは裏腹に、彼は早口で言った。

「――俺より猫を選ぶからだ」

「……え？」

今、なんて？

目を丸くしていると、ふいと顔を逸《そ》らされた。そして鼓動が速くなる。私のではなく、ヴァノッサの鼓動が。

「何でもない。それより、俺はまだ貴女に話があるんだ。話の途中で抜け出すな」

「はあ……すみません」

ぽかんとしながらとりあえず謝ると、ヴァノッサは私を引きずるようにして歩き出した。

後ろから、ビーの鳴き声が聞こえてくる。それが何だかとても悲しそうで、首だけでも振り返ろうとしたが、ヴァノッサに止められた。

「一晩くらい放っておいても、問題ないだろう」

「問題はないでしょうけど、でも」

彼に早足で歩かれて思わず前につんのめりながら反論したが、ばっさりと斬り捨てられた。

「明日には綺麗になって帰ってくる。それまで待て」

ひどい態度だ。だけどなぜだろう。その言葉が、ただの照れ隠しに聞こえたのは。目を細めてじっとヴァノッサの横顔を見つめていると、彼も自覚があるのか更に顔を背《そむ》けられた。

紅蓮《ぐれん》の瞳で冬宮を見据え、大きな歩幅で歩くヴァノッサについて行きながら、こっそり背後を振り返る。

すると、すでにこちらに背中を向けていたリズの肩越しに、ビーが私を見ていた。

不安げなその瞳に、大丈夫というように笑ってみせる。

その時にはもう冬宮の入り口が目の前にあり、私はヴァノッサに肩を抱かれたまま、彼の横顔を見上げた。

……ところで、これ以上話すことなんてあっただろうか。

そう考えながら階段を上って部屋に戻ると、薪《まき》の爆《は》ぜる心地よい音が聞こえてくる。

最後まで抵抗していたビーの鳴き声も遠ざかり、今は何も聞こえない。

暖炉《だんろ》の前の椅子に、私たちは向かい合って座る。するとヴァノッサが、窓の外を眺めて言った。

「ようやく静かになったか」

「貴方が連れて行かせたからでしょう」

「ビーがいないのが不満か」

「いえ、そうではありませんが、一体貴方が何の話をしたいのか気になって……話は終わったものと思っていたので」

そう言って首を傾げて見せると、大きくため息をつかれた。

「なんですか」

「いや、自分の狭量《きょうりょう》さに少し呆れていた。皇帝ともあろう者が、猫相手に張り合うなど」

テーブルに肘をつき、首を傾げて炎に似た髪を揺らす彼。まるで今の私と同じような仕草だ。その姿勢のまま、彼が苦笑する。

「それでも、今夜だけは貴女と二人でいたかった。せっかく貴女に許された夜なんだ」

溶かされそうなほどの高温を宿した瞳が私を見つめ、長い腕が伸ばされる。彼の手が私の頬に触れ、優しく撫でられた。

「貴女にみるみるうちに嫌われていった時は、本当にどうしたらいいものかと頭を抱えていた」

「別に嫌ってはいません。怒ってはいましたけど」

「俺にとってはどちらも同じだ。貴女が笑ってくれないのならな」

笑わせないようにしていたのはヴァノッサだろうに。そう文句を言おうとしたところで、彼が目を閉じて弱く息を吐いた。

「思っていた以上に、きつい六日間だった。……まさか自分がこんな気持ちを抱く日が来るとは思わなかった」

「こんな気持ち？」

そう尋《たず》ねると、ヴァノッサは目を閉じたまま「いや」と言って首を横に振った。彼にしてはやけに歯切れの悪い答えだ。彼自身、何か自分の気持ちを持て余しているのだろうか。

しばし沈黙が落ちる。次に紡《つむ》がれた言葉には、深い感謝の気持ちが込められていた。

「レイアスティ、貴女はどんな時でも俺の名を呼んでくれたな。俺が嘲笑《あざわら》っても、手ひどい言葉で傷つけても」

「そう約束したでしょう、あの船で」

それにヴァノッサも、私を救世主と呼ばなかった。だから私も様子を見ようという気になれたのだ。

私の言葉に、彼が頷《うなず》いた。

「ならば、俺も約束を果たさなければならないな。こちらは船ではなく、屋敷での約束だが」

それこそが本題だったんだろう。彼は真剣な声で告げる。

「最近、帝都のいたるところで俺によく似た人物が目撃されているらしい」

その言葉を聞き、私は息を呑む。頬を撫でる手に自分のそれを重ね、無言で催促すると、彼が続けた。

「だが、俺は北の孤島から戻ってきて以来、ずっと皇城にこもりきりだ。だから確実に俺じゃない。となると」

私は震える息を吐き出す。

「――ビリオン様かもしれない、と？」

「俺に似た人物など、初代炎帝《えんてい》くらいしかいないからな。今のところ、接触したという報告はない。だから確かな情報ではないが……」

顔を強張《こわば》らせた私を見て、ヴァノッサが少し不安げな表情をした。

「これで少しは、この六日間の貴女の苦労に報いることができただろうか」

彼の手を優しく握り、私は頷いた。

「十分です。……ありがとうございます、ヴァノッサ」

ヴァノッサは、私との約束を果たしてくれたのだ。ビリオン様の生存を先に知った時には会わせてほしいという約束を、彼なりの形で。

ならば次は私の番だ。噂の真偽を確かめ、今度こそ地脈を修復する。それこそが、ヴァノッサが私に求めたたった一つのことなのだから。

第三章　焔《ほむら》のいとしき

ヴァノッサが襲撃者を殺害した夜から、彼は自分で宣言したとおり、夜になると必ず私のいる冬宮へやって来る。

おかげで襲撃はぴたりと止《や》み、食事もきちんと女官が持ってきてくれるようになった。

「俺がいるのに食事を持ってこないわけにはいかないだろうからな。近衛騎士たちも、ここを警備せざるを得ないだろうし」

まったくもってそのとおりで、皆魔女を恐れてはいたけれど、ヴァノッサのためにと気持ちを奮《ふる》い立たせて職務に励んでいる様子だった。

一度だけやって来てそれ以来会っていない女官と、私の護衛任務を放棄し続けたリズには罰が下されたらしい。皇帝直々の命令を破ったわけだから、当然だろう。

女官は任を解かれて実家に戻され、リズはなぜか直属の上司である近衛騎士隊長の個人訓練を受けることになったと聞いている。最初に話を聞いた時はなぜ女官の方が罪が重いのだろうかと疑問に思ったが、ヴァノッサ曰《いわ》く「リズは今頃、死ぬより辛い目に遭《あ》っているはずだ」とのことだった。

一度訓練内容を聞いてみたけれど「言えば貴女が止めに行くだろうから言えない」と断られてしまった。私ですら止めてあげたくなるほどの訓練と聞くと余計に気になるが、それ以上追及するのはやめておいた。

新しく私の護衛に就《つ》いたのは、別の騎士たちだ。彼らはリズと同じ目に遭うのは嫌だと思っているのか、必死の形相《ぎょうそう》で仕事にあたっていた。それを見るだけでもリズの苦労が窺《うかが》えるが、ここは一つ、ざまあみろと言わせてもらいたい。

襲撃者たちの雇い主については調査中だそうで、そちらはヴァノッサにすべて任せている。いつか話のついでにでも、犯人の名前を教えてもらえれば嬉しいけれど、別に聞かなくてもいい気がしていた。私自ら罰することにこだわってはいないから。

ヴァノッサは今夜も例に漏れずやって来て、暖炉《だんろ》の傍《そば》に座ってなぜか不敵に笑っている。

「誰も彼も、俺がここに来ようとすると驚く」

「それはそうでしょう」

ヴァノッサは笑いが止まらないようだが、私はため息が止まらない。

「貴方は、こともあろうに襲撃者たちの雇い主に宣戦布告したんですから。私の命を狙う者は国賊だと、朝議で言ったのでしょう？」

「黒幕が外部の者であるはずがないからな。ああした方が早い」

城下の職人に作らせたという木製の揺り椅子を、ゆらゆらと揺らしながら笑うヴァノッサ。

「早いというより、早計です」

私がもう一度ため息をつきながら言うと、失礼だなとでも言いたげに目を細められた。

私はヴァノッサが座るものより幾分か質素な椅子に座り、彼の整った顔を見る。そこに濃い疲れの色が見て取れたので、同じように目を細めた。

「溜まっていた公務を一気にこなしているのでしょう。私のところに来る暇などないのでは？」

「甘いなレイアスティ。どこの世の王も、公務を理由にして後宮通いをやめたりはしないものだ」

「……一体どこでそんな無駄な知識を得たのですか、貴方は」

呆れた。堂々と言い放たれた言葉のあまりの情けなさに、頭を抱えたくなる。そんな私をよそに、深く椅子に腰掛けたヴァノッサが目を閉じた。このまま眠るつもりだろうか。

「そこで寝たら風邪をひきますよ」

そう声をかけると、彼は片目だけ開けて訊《き》いてくる。

「なら貴女のベッドで眠らせてもらえるとでも？」

「……寝具ぐらい、別に用意させればいいでしょう」

「仮にも後宮の一室であるここに？　それこそ愚《ぐ》の骨頂《こっちょう》だ」

否定はしない。とはいえ、皇帝を椅子で寝かせるわけにもいかない。

「私が椅子で寝ます。元々あれは貴方のベッドですし」

「馬鹿を言うな」

「貴方の馬鹿さ加減に比べたら可愛いものでしょう」

目を閉じ、眠そうな声で呟《つぶや》くヴァノッサに鋭く返す。これは毎日のように繰り返している問答だった。

私の言い分を聞く気などまるでない彼は、毎日勝手に寝入ってしまう。寝つきの早さは子ども並みで、少しでも話が途切れるとすぐに気持ちよさそうな寝息を立てるのだ。

はあ、と息を吐き出し、私は仕方なくベッドから毛布を取り出した。それをヴァノッサの肩に掛けてやると、薄く目を開いた彼が小さく笑う。

「穏やかな夜だな」

そのままヴァノッサは、深い眠りに入ってしまった。

私は彼の向かいの椅子に腰掛け、傍《そば》に寄ってきたビーを抱き上げる。リズによく洗ってもらって毛並みの色艶《つや》がよくなったビーも、ヴァノッサの眠気に当てられたのか、すぐに寝入ってしまった。

二人が寝静まってしまった室内から、私は窓の外に目を向けた。

薪《まき》の爆《は》ぜる音以外、何も聞こえない冬宮の夜。暖かな空間に満ちるこの心地良い静けさは、ヴァノッサの言うとおり穏やかだ。しかし――

「……問題はこれからでしょう」

私たちを取り巻く問題は何も解決していないどころか、そもそも始まってすらいなかった。

変化があったとすれば私たちが普通に会話できるようになり、お互いの存在を隔《へだ》てる壁が壊れ始めたというぐらいだ。

壊れるといえば、まだ大地の修復は終わっていない。地震も次またいつ来るかもわからない。一つだけ確かなのは、このまま地震が続けばやがて大地は分断され、海の底に沈んでしまうだろうということだ。

夜空の星が、ちかちかとささやかな光を放っていた。その永年変わらないと思われる光を見て、私は気を紛《まぎ》らわせる。まだ何も解決していないことに、正直少し焦っているのだ。

やがて深呼吸し、眠るヴァノッサを魔術で浮かせてベッドに運ぶ。その体をそっと横たえて毛布をかけ直し、今度は自分の分の毛布を椅子まで持ってきた。

その毛布を体に掛けて、私も目を閉じる。ヴァノッサを椅子で寝かせて、自分はベッドで寝るということはできない。寝るなら私が椅子だ。

しばしうとうととして意識を手放しかけた時、椅子が軋《きし》む音と共に私の名を呼ぶヴァノッサの声が聞こえた気がした。けれど、どうせ寝言だろうと思い、それに返すことなく今度こそ意識を手放した。本当に、私にはとことん学習能力がないらしい。

毎朝、起きたらなぜかベッドに寝かされているというのに——


ヴァノッサがビリオン様に関する情報を私に教えてくれて、十日あまりが経つ。

最初こそ意気込んで情報を集めようと思っていた私だけれど、実はまだ、冬宮の外に一歩も出ていなかった。

理由は二つある。一つはヴァノッサに頼まれたからだ。

『もうじき俺の手が少し空く。その時に一緒に行くから、それまでここで大人しくしていてくれないか』

　襲撃者たちの雇い主がもうじき判明しそうなのだが、追い詰められた相手がどんな行動に出るかわからないから大人しくしていろと言うのだった。

　あくまで頼まれたからであり、強制ではない。だが、幸い地震については、精霊たちが抑え込んでくれている。ひと月程度なら、私が急いで行動しなくても問題ないだろう。そう思い、私はヴァノッサの時間が空くのを待っていた。

　困ったのは、もう一つの理由だ。退屈を持て余した私が部屋の外に出ようとするたび、ビーがドレスの裾《すそ》を踏んづけて「絶対だめー！」とわめくのだ。これにはほとほと困り果てている。

　今日も、部屋から出ようとしただけで止められてしまった。

　冬宮の外に出ると言っているわけじゃないのに、どうにも不安で仕方ないらしい。私はドレスの裾を四肢で踏みつけ毛を逆立てるビーを見下ろし、彼と目線を近くするべくしゃがみ込んだ。

「あのね、ビー。私はビリオン様のことを調べるためにファルガスタに来たんだから、ずっとこの部屋にいても意味ないじゃない」

「でも駄目」

「それに、何も外に出るわけじゃないの。冬宮の中を散歩するだけよ」

「駄目」

何でこの猫はこんなに頑固なのか。飼い主に似たのかとも思ったけれど、ビリオン様はこんなに頑固ではなかったはず。私が閉口していると、ビーが前肢《まえあし》で地面を叩いた。

「ヴァノッサは外に出るなって言ったよね。じゃあもういいじゃん、外になんて出なくてもさあ！」

「へえ、ビーったらヴァノッサのことを名前で呼ぶようになったのね。美味《おい》しいご飯でも食べさせてもらったの？」

「はぐらかさないでよ！　確かに美味しいお魚は食べたけど！」

そう律儀に答え、ビーはなおも文句を言う。

「レイアってば、ヴァノッサが本当に炎帝《えんてい》かどうか僕が調べてる間に、勝手にファルガスタに行っちゃってさ。屋敷に戻った時に誰もいなかったから驚いたよ。その上、ここに来たのはあいつを探すためだったなんて……僕がいたら絶対止めたのに！」

「ビリオン様をそんなに嫌わなくてもいいじゃない」

「大っ嫌いだよあんなやつ！　レイアに会わせたくないの！」

いきり立つビーは、すっかりご機嫌斜めだ。どうしたものかと思っていると、我に返った彼が咳払《せきばら》いをしてから提案した。

「外がいいんだったらテラスに出なよ。そこなら許してあげる」

高飛車に言われ、私は苦笑しながらビーを抱き上げテラスに向かう。そして扉を開けて外に出ると、数日前より幾分か砂塵《さじん》が薄くなっており、空の青色がよく見えた。

空を見上げる私とは反対に下を見ていたらしいビーが、「あ」と呟《つぶや》く。

「リズだ」

そう言われて下を見てみれば、麦色の髪が目に入る。向こうも気付いたらしく、私を見て顰《しか》め面《つら》をした。

「訓練は終わったんですね。お疲れ様でした」

任務に戻れたということは、訓練が終わったのだろう。そう思って労《ねぎら》うと、ますます顰め面をされる。……せっかく労ってあげたのに。けれど、顰め面は私のせいだけじゃないらしい。よくよく観察してみると、身動《みじろ》ぎするたび痛そうに顔を顰めている。筋肉痛にでもなったのかもしれない。

気の毒にと思いはしたが口にせず黙っていると、珍しく彼から話を振ってきた。

「貴様、陛下に何をした。陛下を惑わしたら容赦しないと言ったはずだ」

「……いきなり喧嘩《けんか》を売る癖は、直した方がいいと思いますよ。私は何もしていません」

「うるさい。貴様が何もしていないと言うのであれば、陛下のあの態度は何だ」

あの態度？

リズの言葉の意味を理解できずにいると、問う前に彼が教えてくれた。

「氷の魔女に害なす者は、すべてこの国に害をなし、破滅を望む者と判断す。――先日の朝議《ちょうぎ》で陛下が仰《おっしゃ》った言葉だ。俺や襲撃者たちへの皮肉をたっぷりと込めて、な」

腕組みしてこちらを睨《にら》みつけてくるリズの言葉で、私はなるほどと納得する。

例の宣戦布告のことか。ヴァノッサから事前に聞いていたけれど、こうやって他人の口から聞かされると余計に突拍子もない話に聞こえてくるから不思議だ。

私は手すりの上にビーを座らせ、ひょいと身を乗り出す。

「ならばせいぜい私を守りなさい。今や、私の身が傷つくことは貴方の身の破滅と同義なのでしょうから。それに、訓練をもう一度受けたくはないでしょう？」

大袈裟に言ってやると、痛いほどの憎しみがこもった視線をぶつけられた。

「それだけならまだいい。だが妃とはどういうことだ」

「――はい？」

思いも寄らぬ言葉が耳に飛び込んできて、声が裏返りそうになる。

「今、なんて？」

「陛下が貴様を妃にすると宣言した話だ。だから毎夜冬宮に通うことを止めるなとも命じられたぞ」

いや、それは私も初耳なんですけど。憎々しげな声に嫌味を返すこともできず、ただ困惑する。

……確かにヴァノッサは冬宮に移ると言ったし、私もそれを許可した。

私を守るという名目でなされた提案は、彼が多大な誤解を受けるという危険も孕《はら》んでいたけれど、それを承知の上でお互い納得したのだ。しかし、まさかヴァノッサ自ら私を娶《めと》ると言ったとは。

言いたいことは色々あった。私を守るための建前が欲しいのはわかるけど、そこまでする必要があるのかとか、そもそも私に嫁ぐつもりはないとか。だけど、今それを言ったところでどうにもならない。

考えた末、私はヴァノッサに文句を言いたい気持ちをとりあえず横に置くことにした。そして手すりに肘を置き、できる限り艶《つや》やかに笑ってみせる。

「そう、私は妃にと望まれているのね。けれど仕方のない話でしょう？　ヴァノッサは、私以外の女はいらぬと話していたもの」

こう言えば、この短気な騎士は私がヴァノッサを籠絡《ろうらく》させたものと勘違いしてくれるだろう。

　案の定、誤解したらしいリズは私に殺意を向けてくる。

「貴様が来てからファルガスタの状況は更に悪くなっているのに、陛下も何をお考えなのか……」

「悪くなっている？　地震は起きていないはずですが」

　それとも、何か私が知らないことが起きているのだろうか。

「この季節に山火事が頻発《ひんぱつ》するのは例年のことだが、竜巻や豪雨まで起こっているのはおかしい。今までこんなことはなかったんだ。貴様のせいだと思わない方がどうかしている」

　私のせいだと断言する方がどうかしている。そう言い返したいところだけれど、異常気象が起きているとは初耳だ。私が考え込んでいると、リズは強い決意がこもった声で言う。

「いつか必ず、貴様をファルガスタから放逐《ほうちく》してやる」

　懲《こ》りてないね、とビーが呆れて囁《ささや》く。だが彼の言葉はリズに届かず、別の声が空から降ってきた。

「おや、それは困りましたね」

　次の瞬間、水で形成された槍が四本、リズを取り囲むように地面に突き刺さった。彼は為す術《すべ》もなく、水でできた檻《おり》に閉じ込められる。

　空を仰ぐと、水の精霊王マーグリスが、にこにこと笑いながら浮遊していた。自身の体を構成する水を、空色に染めて。その隣にはエイミーが楚々《そそ》と佇んでおり、体を構成するものが水や風でなければ、二人は人間の美男美女に見える。ただ、表情はにこやかながら、二人はその実、ちっとも楽しそうではなかった。

「何だ、あれは……」

　見開かれたリズの薄青色の瞳が、強い驚きと畏怖《いふ》の色を浮かべている。自身が今見上げているものの正体を、掴《つか》みあぐねているのだろう。

　当然だ。今彼は、本来人間が見ることのない存在を目の当《ま》たりにしているのだから。ヴァアマンティの存在をすんなりと受け入れ、あまつさえ不遜《ふそん》な態度で会話してのけたヴァノッサが異常なのだ。

　私はマーグリスに、突然リズを攻撃したことを責めるような目を向ける。するとマーグリスは微笑んだまま、「失礼」と言った。

「その騎士が僕らの盟主に失礼なことばかり言っていましたので、つい」

「私が先に攻撃しようとしたのにひどいですわ、マーグリス」

　エイミーはぷんぷんと怒っていた。放っておけば彼女までリズを攻撃しそうだったから、私は話題を変える。

「風と水の精霊王が召喚もしていないのに現れたんだから、何かあったんでしょう？」

そう問うと、マーグリスはすいと空を滑《すべ》ってこちらに近づいてくる。そのまま申し訳なさそうに一礼した。

「はい。先ほどその騎士が話していた件で、お願いに上がりました」

「お願い？　貴方たちがわざわざ来るなんて……」

先ほどの話というのは、近頃フェンネルが立て続けに自然災害に見舞われているということだろう。

そこで、エイミーがふうと吐息した。

「その騎士が話していたことは事実です。今、フェンネルのある地域で自然災害が頻発《ひんぱつ》し、人間たちは混乱しています」

「そしてこの問題には、お恥ずかしながら精霊が関係しているんです」

そう言って困ったように顔を歪《ゆが》ませたマーグリスに、私は訊《き》いてみる。

「これは私の推測に過ぎないのだけれど、地脈を通ろうとした精霊たちが、地脈の穴から地表に溢れ出ているんじゃない？　それが局所的な竜巻や大雨に繋《つな》がっていると……」

地脈には、魔力の通り道であると同時に多くの精霊が行き来している。彼らは地脈を通ることで大地を支えたり、命を芽吹かせる力となったりしていた。

その力も量も膨大なものだ。それが地表に溢れ出てしまったのなら、自然災害が起きるのも頷《うなず》ける。

私がそう指摘すると、エイミーが両手のひらを合わせてはしゃいだ。

「さすがレイアスティ様ですわ。大正解です！」

「補足しますと、それ以外にも火災や植物の異常成長などが見られます。このまま放っておくには、少し問題が大きくなりすぎているのです」

「それで、私に穴を塞《ふさ》いでほしいと？」

精霊が穴を塞ぐには、長い時間がかかる。その点、世界の本質から遠い魔女や魔導士であればすぐに対処可能だと、以前アマンティも言っていた。

だがそこで、はしゃいでいたエイミーが肩を落とす。

「はい、それも可及的速やかに。本来、これは私たち精霊の問題です。ですからレイアスティ様のお手を煩《わずら》わせることなく、私たちだけで対処したいのですけれど……」

もう精霊ではどうにもできないところまで来ているということか。私は頷き、即決した。

「わかったわ。行きましょう」

そう言い、一度部屋に戻ってショールを羽織《はお》った。そして髪の毛に触れ、変化のスペルを唱える。外に出るのに銀髪のままというのは問題だし、外套《がいとう》を羽織《はお》っていては動きにくい。だから髪の毛の色を変えることにしたのだ。

微《かす》かに発光した髪の毛が、銀から金へと徐々に色を変えていく。瞳の色はモーリス大陸の人間たちとは少し違うけれど、この程度なら目につかないはずだ。

「レイア……」

ビーが支度を整える私の後ろにやってきて、悲しげに名前を呼ぶ。私はしゃがみ込んで彼の頭を撫でた。

「ごめんね、ビー。でもあの二人に頼まれたのに、断るなんてできないわ」

「いいけど、僕もついていくからね」

落ち着きなく尻尾を振る彼に、私は頷《うなず》く。

髪の色が変化しきってからテラスに戻ると、リズが軽く目を見開いた。金髪になった私を見て、本当にあの氷の魔女なのかと訝《いぶか》しむように眺め回す。初めから金髪にしていたら、彼との関係も変わっていたのかもしれない。ふとそう思ったが、後の祭りだ。

潔《いさぎよ》く諦めて、私はリズに声をかけた。

「リズ殿、私は城下へ行ってきます。帰りはいつになるかわからないので、ヴァノッサが来たらそのように伝えてください」

声を聞いて本物だと確信したのか、リズが低い声で言った。

「おい待て、まさか貴様一人で行く気か」

「ビーもいますよ」

そう言うと、「猫は頭数に入らん」と返されてしまった。

精霊がいると言っても、頭数に入らないと言われてしまいそうだ。そもそも、一人で出かけては駄目なのだろうか。ヴァノッサは冬宮に留まるかどうかは任意だと言っていたし、私が外に出ても問題はないはずだけれど。

あれこれ考えていると、ややあってリズが深々と息をついた。

「俺も行く。貴様を一人にしたら、何をしでかすかわからんからな」

「はあ、お気持ちはありがたいんですが結構です。危険ですし、精霊と一緒に行くので貴方がいると面倒ですから」

自然災害の中心に人間を連れていくのは危険だし、何より精霊の力で空を飛ぶつもりだから人間がいたら邪魔だ。猫ならともかく。

そう思って告げたのだが、リズから抜剣しそうな勢いで睨《にら》まれる。

「貴様……！　人がせっかくついて行ってやると言っているのに」

そんなことを言われても。胸中でそう呟《つぶや》くと、「ふむ」とマーグリスの声が聞こえた。

「まあまあ、レイアスティ様。いいじゃないですか。騎士から仕事を奪うのは感心しませんよ」

リズを囲むように突き刺さった槍はそのままに、彼はそんなことを言う。何だか怪しいと感じて、私はじっとその顔を凝視《ぎょうし》した。

「マーグリス、何を企んでいるの？」

「大したことではありません。ただ、人間が一緒に来てくれた方がありがたいんですよ。そうすれば、レイアスティ様の活躍を、人間たちの間に広めてもらえるわけですから」

「ねえ？」と同意を求められ、リズがぐっと言葉を詰まらせる。誰が広めるかと言いたかったのだろうが、水の槍で囲まれた状態で、逆らうことはできないと判断したらしい。

散々逡巡《しゅんじゅん》した挙句、彼は自棄《やけ》になったような声で言った。

「……自分の目で見たものぐらいは、嘘偽《いつわ》りなく周りに話してやってもいい」

そうして結局エイミーにまで説得された私は、リズを連れて行くことになってしまった。

半刻後、私たちはエイミーとマーグリスに先導され、皇城で一番質素だという馬車で城下を移動していた。飛んで行こうかとも思ったのだが、リズに馬車を使えと言われたのだ。

質素とはいえ、平民が乗れるような物ではない。貴族がお忍びでどこかへ行く際に使うものらしく、外装こそ質素だが、内装はなかなかに豪奢《ごうしゃ》だ。椅子も適度に柔らかく、座り心地がいい。だからだろうか。御者台《ぎょしゃだい》に座るリズは、落ち着かない様子だった。

馬車は地面に轍《わだち》を作りながら、なるべく人通りの少ない道を選んで進んでいる。そうするように、エイミーに事前に頼んだのだ。復興作業をしている人々の邪魔になりたくなかったから。

強烈な北風が吹きつける窓を見ると、雪でも降り出しそうな曇天《どんてん》が見えた。激しい風で砂塵《さじん》が強く舞い上がり、人々が咳《せ》き込んでいる。

この時期に仮設テント住まいというのは相当辛いだろう。これから本格的に冬に入って寒さは更に増し、暖を取るのはいよいよ難しくなる。

砂塵に悪態をつく人々の間を縫って進んでいくと、ふいに何かが崩れるようなぱらぱらという音が耳朶《じだ》を打つ。私は慌てて窓を開けて、御者台にいるリズに命じた。

「いけない、馬車を止めて！」

強風のせいか、それとも元々脆《もろ》かったのか——恐らくはその両方なのだろうけれど、今私たちが通り過ぎたばかりの家から石の破片がこぼれ落ちている。その中でも一際大

きな石の塊が、咳き込む人間たちの頭上に落ちていくのが見え、私はお忍びだというこ
とも忘れて窓から顔を出した。
「エイミー！」
その呼びかけに、エイミーが素早く応じる。
「承知いたしました」
全身に力を漲《みなぎ》らせたエイミーが、その石の塊に体当たりして、大きな音と共に石を粉
砕した。細かな石片は砂塵を絡め取り、遥か上空へと舞い上がっていく。
刹那《せつな》の出来事に、人間たちも空を見上げ、今のは何だったんだと口々に言っている。
私はその隙に馬車の中に戻って、窓を閉めた。
とりあえずは、これで大丈夫だろう。一気に疲れた体を背もたれに預けると、向かい
側に座っているビーが不満げな顔をしていた。助けなくてよかったのにと、その目が告
げている。とことんファルガスタを嫌っているらしい彼の背中を、機嫌をとるように撫
でてやった。すると、ビーが渋々体を伏せる。
私が顔を上げると、リズが意外そうな顔で御者台からこちらを覗《のぞ》き込んでいた。そし
て、困惑しながら言う。
「なぜ助けた。人間の命など、貴様にとっては価値のないものだろう」

不思議で仕方がないと言いたげな彼に、私は至極当然という風に答える。

「人の命に価値がないと思うなら、私はこの国に来てなどいません」

やがてリズは無言のまま、手綱《たづな》を握って馬車を進めた。

しばらく外の景色に注意しながら、エイミーたちが目指す場所に着くのを待つ。

馬車が細い路地を抜けて大通りに出ると、白いテントで作られた簡易な露店がひしめいていた。野菜や果実、装飾品の露店が立ち並ぶ一角を何とはなしに眺めていた時、私はまたしても窓を開けて、外を覗き込んだ。

大通りは砂塵が多いようだったので、私はショールで顔を覆《おお》いながら目を凝《こ》らす。

果実を取り扱う露店の後ろには、細い路地があった。その奥に、陽炎《かげろう》のように揺らめく紅蓮《ぐれん》を見て、私は思わず身を乗り出していた。

もしかしてあれが、ヴァノッサが言っていた噂の――

「エイミー、あの炎を追うわよ！」

前方に声をかけると、エイミーが戻ってきてくれた。優雅に浮遊している彼女に露店の奥を示すと、彼女は「まあ」と言って細い腕をこちらに向ける。

エイミーの腕は、小さな竜巻を内包していた。彼女はその竜巻を、私に軽く投げつけた。こちらに向かいながら体積を増す風は、やがて私の全身を取り込む。それと同時に、足が地面から離れた。

「ちょっとレイア、駄目だよ！　馬車はまだ動いてるんだよ!?」

「ごめんね、ビー。すぐ戻ってくるから！」

ビーの制止の声を振りきり、私は走り続ける馬車のドアを開けた。それを見てリズがすぐに馬車を停めようとしてくれたけど、待っている時間はない。

私は風に乗って、大通りに飛び出る。驚いてこちらを見る露天商の女性たちと目が合ったけれど、それもやはり気にしていられなかった。

エイミーと一緒に、大通りから路地へと疾走する。いったいどんな術を使っているのか、その間にもどんどん遠ざかる紅蓮を追う。時折闇に溶けては再び現れるその姿を、見逃さないよう注意した。

路地の暗がりに見える紅蓮が揺らぐ。しかしゆらゆらと揺らめくそれが炎じゃないのはわかっていた。炎ならば辺りを照らすはずが、路地は暗いまま。となると、あれは別のものということになる。

「レイアスティ様」

この状況に似つかわしくない朗《ほが》らかな笑顔のエイミーに呼ばれる。

「なに？」

「あれがビリオン帝だったら、レイアスティ様はどうなさるおつもりなの？」

ぎくりと心が音を立てる。正直言って考えていなかった。あの人が不死掛けなんて施《ほどこ》されているはずがないと思っていたから。けれど、もし彼が本当に生きていたのなら。

「……話をしたいわ。地脈破壊の犯人がビリオン様なのか、直接訊《き》いてみたい」

そして、地脈破壊を止めたい。

私がそう素直に答えると、エイミーは少し沈黙した後「そうですか」と返してきた。

話が終わったからか、彼女はぐんぐん速度を増す。

すると追いかけられているのに気付いたのか、紅蓮《ぐれん》が唐突に動きを止めた。そしてゆらりと動いた後、こちらに何かを放り投げてくる。この香りは——

「リィズネイション？」

一瞬、屋敷の匂いと勘違いした後で、それが屋敷にある花の匂いであることに気付いた。

放り投げてよこされた青い花は、摘《つ》んだばかりのような瑞々しい香りを振りまいていた。だがヴァノッサの言葉が正しければ、これはすでに絶滅した花だ。

目を凝《こ》らして見ると、炎のように揺れているのは髪の毛だ。私がよく知る、紅蓮の髪。噂どおりヴァノッサにそっくりの姿をしているが、決して彼じゃない。となると、今日の前にいるのはビリオン様をおいて他にいない。

——あの人は生きていたんだ。

ぼんやりする頭の中で、そう呟《つぶや》く。アマンティの言うとおりだった。あの人は生きていたんだ。

頬に力が入り、顔が歪《ゆが》む。自分が笑っているのか泣いているのかすら、よくわからなかった。

三百年前、ファルガスタから出奔《しゅっぽん》したあの冬の日から、私はもうビリオン様に会うことはないのだと思い続けてきた。会いたいと思ったことは数知れないけれど、それが叶う日は来ないのだと思っていた。彼が幸せなら、それでよかったから。

そう、私はビリオン様に会いたかった。どうしようもなく。けれど、こんな風に再会したくはなかった。不死の力など、彼には持ってほしくなかったのに。

「……ビリオン様」

私は目の前の人影に呼びかけ、受け取ったリィズネイションの茎をくるりと回す。そのまま相手に近づこうと一歩踏み出したところで、強烈な眩暈《めまい》に襲われた。

「レイアスティ様!?」

倒れそうになった私を、咄嗟《とっさ》にエイミーが支えてくれる。それでも耐えきれず、私はずるずると座り込んだ。内臓がかき回されているかのような、激しい吐き気を堪《こら》える。

地震が起きた時と似ているが、それより遥かに気分が悪かった。

炎が、いやそう見えるだけの人間が、私の不調の原因が自分だと感じたのか一歩後ろに下がる。そのまま静かに遠ざかっていく。気遣ってくれているのだと思うと嬉しくて悲しくて、何て言葉をかけたらいいのかわからなくなった。

口元を押さえて必死に吐き気に抗《あらが》っていると、更に強烈な眩暈《めまい》が襲ってくる。

「は……っ」

息をするのもままならない。必死に空気を体内に取り込もうとするものの、口を開けば胃の中のものをすべて吐き出してしまいそうだった。

地震の予兆でないとしたら、これは一体何なの。胸元をかきむしるように強く指先を食い込ませ、石造りの冷たい地面に倒れ込む。その時、何かを倒してしまったのか、がたんという音が聞こえた。

「どうして……貴方が生きているんですか」

意識が薄れゆく中、涙混じりの声で呟《つぶや》く。ひび割れた壁、風が吹くたび舞い上がる砂塵《さじん》、そして先ほど人間たちの頭上に落ちてきた石。

地脈が破壊されなければ地震は起きず、このような事態になることもなかった。

ビリオン様が愛したはずの、この国で。

「本当に貴方が地脈を破壊しているんですか……？」

考えれば考えるほど、否定したい気持ちが強くなる。

だからお願い。どうか地脈の破壊などしてはいないと、まだこの国を愛しているのだと言ってほしい。

だが、私の問いには答えないまま、彼は遠ざかってゆく。それが苦しくて悲しくて、私は最後の力を振り絞って手を伸ばした。

「待っ、て」

お願い、どこにも行かないで。私、まだ何も訊《き》いていないのに。誰が貴方に不死掛けなんて施《ほどこ》したのか、どうして私を見て何も言ってくれないのか、訊いていないのに。

「待って、ビリオン様……っ！」

彼に触れようとした瞬間、その手を別の誰かに掴《つか》まれた。がっしりとした手で強く掴まれ、閉じかけた瞳を開く。すると大通りから細く差し込む光の中に、麦色の髪が見えた。

「おい、どうしたんだ！　氷の魔女！」

リズが取り乱したところなど初めて見たと、自分の状況を無視してぼんやりと考えた。

同時に、エイミーが私の体を浮かせたのがわかる。険しい表情でマーグリスを呼ぶ彼女の声を聞きながら、私の意識は暗転した。

——私は暗闇を彷徨《さまよ》っていた。

一歩進むごとに、色々な光景がちらちらと垣間《かいま》見《み》える。帝都フェンネルでビリオン様と出会った時。マリエル様と初めてお会いした時。魔女の狂宴《きょうえん》が始まった時。そして北の孤島に移住してからの、飽きるほど退屈で穏やかだった日々。

まるで自分の人生を巻き戻して、もう一度見直しているようだ。そうして進んでいくと、最後にヴァノッサが立っているのが見えた。

鮮やかな笑顔の彼に、手を差し伸べられる。これは、北の孤島で見た光景だろう。

この暗闇の中でなら、あの手を迷わずに取れるのだろうか。そう考えた時、私とヴァノッサの間に光が生まれる。目の前に立つ彼が、その光の中で私の名前を呼んだ。

『——レイアスティ』

北の孤島で聞いたのとは違う、今にも泣き出しそうな声。その声が、私の意識を闇から引き上げていった。この闇の中ではない別の場所で、私を呼ぶ声に答えなくてはいけない気がして。

ぱちりと目を開くと、柔らかな照明の光が見えた。頬のすぐ傍《そば》には自分の手があり、その手を誰かが握ってくれているのも見える。ゆるゆると視線を動かすと、ベッドに腰掛けているヴァノッサが案じるようにこちらを見つめていた。

「レイアスティ?」

「……はい」

返事をすると、ヴァノッサが大きく息を吐き出す。

「肝が冷えたぞ。……頼むから、もう倒れてくれるな」

彼の手に力が込められる。私の手を痛いほどきつく握る彼の手が震えていた。

ぽたりと、ヴァノッサがいる方とは逆の頬に水滴が落ちる。何事かと思ってそちらを見ると、ビーが金色の瞳に涙を溜めて私を見下ろしていた。私が空いている方の手をビーの頬に当て、指先で涙をすくい取ると、ビーは私の手のひらに顔をこすりつけてきた。

「……ごめんなさい」

二人に向けて、そう囁《ささや》く。掠れた情けない声だったけれど、彼らは深く息をついて安堵の表情を見せてくれた。

寝たまま話をするのもどうかと思い、上体を起こす。もう吐き気や不快感はなくなっていて、眠ったおかげか頭もすっきりしていた。顔色の良い私を見て、ヴァノッサが紙切れを突きつけてくる。

「それで、貴女は倒れるまで何をしていたんだ」

彼の手にある紙切れは、私が彼に残した書き置きだ。

「そこに書いてあるとおりですけど」

ヴァノッサが紙切れをベッドの上に置き、首を傾げる私の髪に触れる。

「それはわかる。問題は、なぜ貴女が倒れるようなことになったのかだ。……髪をこんな色に染めてまで、何をしていた」

そう言われて自分の髪を見ると、昼間変化の魔術を使ったきり元に戻っていないことに気付く。

ぱちんと指を鳴らし術を解いても、ヴァノッサの紅蓮《ぐれん》の瞳は暖炉《だんろ》の炎に負けないくらいの熱を孕《はら》んでいた。間違いなく怒っている。それも、これ以上ないぐらいに。

ビーはエイミーからすでに聞かされているのか、何も言わない。どうして？　と問い詰めるような目はしているけれど。

二人の視線に耐えかねて、私は口を開いた。

「炎を、追いかけていました」

元々の外出理由は違っていたけれど、倒れる寸前までしていたことは何かと訊《き》かれたら、これしかない。握られている手を解《ほど》こうとすると、指を絡められて、更にきつく繋《つな》がれた。その手はまるで、逃げるなと言っているかのようだった。私は仕方なく、手を繋いだまま続ける。

「馬車に乗って帝都を移動している最中、大通りにある露店の間から、炎が揺らめいているのが見えたんです。私はそれを追っているうちに、眩暈《めまい》に襲われて倒れました」

「うちの騎士まで巻き込んでか」

「ほとんど単独行動でしたけど。でも、今思えば危険な場所だったかもしれないのに、貴方の騎士を連れて行ったことは申し訳なく思っています」

あの時は一心不乱に追っていて、冷静な判断ができなかった。

だが、リズは私の護衛として同行していたのだ。私が馬車から飛び出せば、追いかけてくるのは自明。

危険だという考えは皆無だったけれど、もしかしたら怪我をさせていたかもしれない。そう思うと、本当に悪いことをした。私は内心でリズに謝罪し、ヴァノッサに軽く頭を下げる。するとヴァノッサが、苛立《いらだ》ち混じりに舌打ちした。

こんな姿を見るのも久しぶりだ。しかし、今回は何が理由なのだろうか。

「……すみませんでした」

私はもう一度謝罪する。私の独断で彼の騎士を連れて行き、あまつさえ危険に晒《さら》したこと。そして外に出るなと頼まれていたのに、書き置き一つ残して出かけたことを。

背筋を伸ばして頭を下げ、数秒してから顔を上げると、ヴァノッサは眉間に皺《しわ》を寄せていた。完全にお冠《かんむり》だ。……まさか謝罪を受け入れてくれないのだろうか。怪訝《けげん》に思い黙っていると、彼は大仰《おおぎょう》にため息をついた。そしておもむろに腕を伸ばし、私の頬を軽く抓《つま》む。

「何するんですか」

「貴女が馬鹿だから抓んでみた」

「……意味がわからない上に、何で馬鹿だと頬を抓むのかもわかりません」

ふにふにと揉むように、何度も抓まれる。

「意外と柔らかいな」

心なしか楽しそうな声に、私は眉を顰《ひそ》めた。

「硬いと思っていたんですか。それより、私で遊ばないでください」

手をはたいてやると、ヴァノッサの眉間の皺が深くなる。彼は一体、何がしたいのか。黙って答えを待っていたら、はたいた手を掴《つか》まれた。

「どうせ貴女は俺が怒っている理由を、勝手に行動したからだとか、俺の騎士を危険に晒《さら》したからだとか思っているんだろう」

「違うんですか？」

「間違ってはいない。だが肝心なことが抜けている」

ヴァノッサは私の手を自分の方に引き寄せ、手の甲に口付けた。

「ヴァノッサ――？」

「貴女の身を案じていた。結界もあるし、リズもいる。だが、それでも貴女が傷つかないという保証はない。おまけに俺の不安は的中して、貴女は気を失って帰ってきた」

彼の唇が離れる瞬間、その唇が微《かす》かに震えているのがわかり、私ははっとする。

私が目覚めた時と同じだったからだ。彼の怒りは心配の裏返しなのだと、そこでようやく気付いた。

「貴女はこの国を救える唯一の希望だ」

ヴァノッサは視線を落とし、瞼《まぶた》を閉じる。

「他の誰も貴女に取って代わることはできないし、俺でさえも、その役割を担うことはできない。人は誰の代わりにもなれないと言うが、同じ役割を担うぐらいならできる。だが貴女の場合は違う。貴女は貴女しかいないんだ」

「……ヴァノッサ」

「俺が貴女に求めていることは、貴女を危険に晒すことでもあるかもしれない。だが、それは少なくとも今ではないはずだ。貴女が外に出て、初代炎帝《えんてい》を捜し出せたとしても、そのせいで貴女が倒れたのなら、あの噂の話などしなければよかったと心底後悔した」

彼の怒りの理由がわかった途端、先ほどまで向けられていた眼差しが、優しいものに思えてくる。私はヴァノッサの手に触れ、穏やかな声で告げた。

「私は貴方に感謝していますよ、ヴァノッサ」

たとえ私の恐れていたことが、事実だと判明しても。

「私には私の、貴方には貴方のすべきことがあり、それは重なっているようで別々のものです。貴方は他の者では私の役目を担えないと言いましたが、それは貴方だって同じです。だから貴方が自分のすべきことをするように私はこれからも、必要があれば一人で勝手に行動するでしょう。けれど――」

ただ、これだけは伝えておきたい。

「ご心配いただきありがとうございます。伝え方は随分と不器用ですが、貴方のその優しさを嬉しく思います」

昔は、ビリオン様やマリエル様に心配の言葉をかけてもらっても、ただただ恐縮《きょうしゅく》するだけだった。

私のような者が皇族から心配されるのは、畏《おそ》れ多いと。だからこうしてヴァノッサからの心配を素直に受け取れたのは、自分でも意外だった。それも、こんなに穏やかな気持ちになれるだなんて。

彼は自分より、ずっと年下だからかもしれない。言ってみれば、孫にでも心配されている気分だ。子どもを産んだことすらないけれど。

そんな心情を読み取ったのか、ヴァノッサが目を開ける。

「俺は貴女の孫じゃないぞ」

暖炉《だんろ》の炎が爆《は》ぜる音にかき消されそうなほど小さな囁《ささや》き。それは、どことなく拗《す》ねるような響きがあった。

「似たようなものですよ。孫や曾孫《ひまご》では足りないほど歳が離れていますが」

このまま話をしていても子ども扱いされるだけだと思ったのか、彼が話を元に戻す。

「……それで、炎を追いかけた先で何があった」

私も笑みを引っ込め、報告を再開することにした。

「ビリオン様にお会いしました。炎だと思っていたものは、紅蓮《ぐれん》の髪だったのです」

「初代炎帝《えんてい》に？　では、アマンティの言ったとおり……」

「ええ、あの人は生きていました。偽者《にせもの》ではありません」

ヴァノッサが腰を浮かせかける。

緊張と興奮で紅潮したその頬を見つめた後、私は目を逸《そ》らして告げた。

「あの人は本物の初代炎帝《えんてい》陛下、ビリオン・ヴァン・ファルガスタ本人です」

なんとなく、目を合わせることができなかった。あの人と顔が似ているから、というわけではなく。

「こちらを見て答えろ」

私の顎にヴァノッサの指が触れ、強制的に彼の方を向かされる。

すると思いきり不機嫌な顔がそこにあって、別の意味で顔を見たくなくなってしまう。

眉尻を下げた私を見て、彼はもういいという風に軽く首を振った。

「それで、貴女はどうしてそんなに浮かない顔をしているんだ」

「あの人が生きていたことがわかって、地脈を破壊しているのが彼であるという説が有力になりました。喜べるわけがありません」

「初代と話したのか？」

「いいえ、何も」

あの人とは違う、怖いほどにまっすぐな紅蓮《ぐれん》の瞳。視線を逸《そ》らしたいと思いつつそう答えると、ヴァノッサが顔を顰《しか》めた。

「なぜこちらを見ない。俺が何かしたか？」

「いえ……」

「じゃあ何だ」

なぜなのだろう。少し考えてみて、私はただヴァノッサに見られたくないだけなのだと気が付いた。

自分はまだ、現実を受け入れたくないのだ。あの人が生きているという現実を。あの人が地脈を破壊し、祖国であるファルガスタを混乱に陥《おとしい》れていることを。そして、そんな弱い自分を、このまっすぐすぎる男に見られるのが怖かった。

私が現実を認めたくないという思いを、暴《あば》かれたくなかったから。

改めて彼の瞳を見つめると、先ほどより少し優しくなった紅蓮のそれが、一瞬だけビリオン様と重なる。同時に頬と目頭が熱くなり、涙が出そうになった。

その時、ヴァノッサが息を呑む音が聞こえた。私の手を握る彼の手に、力をこめる。

「あの人が本物だと知った時、私は不覚にも嬉しいと思いました。けれど、同時に絶望もしました。地脈破壊の犯人が彼であることを、もう否定できなくなってしまいましたから」

信じたくない。未だに私は何かの間違いであることを願っている。それでも自分の目で見たものは、信じるしかないのだ。たとえ、それがどれだけ自分にとって都合の悪いことでも。

ビリオン様が地脈を破壊しているなら、私は止めなくてはいけない。それはヴァノッサとの約束であり、私自身の想いでもあった。彼が治め、育て、守ったファルガスタを、彼自身の手で崩壊させるわけにはいかない。

心は決まっている。他に道がない状況であることもわかっている。それでも、私は怖かった。

「あの人が今も私を大切に想ってくれていることは、言葉を交わさなくてもわかりました。彼に近づいたことで私が体調を崩したのを見て、あの人は自ら離れましたから」

なぜ彼に近づくと具合が悪くなるのかはわからないけれど、彼は恐らくその理由を知っているんだろう。

「だからこそ、不安でたまらないんです。もしもあの人が犯人だったら、私はあの人を捕まえられるのかと。貴方との約束を守れるのかと」

言葉にすればするほど胸が痛む。

私の独白を聞き終えたヴァノッサが、こちらを見据えたまま口を開いた。

「その者が初代炎帝《えんてい》だという証拠はあるのか？」

それを聞いて、ビーが青い花を口にくわえて差し出してきた。あの時、彼に渡されたリィズネイションだ。

真実は自分の口から告げろとでも言うように、いつも小うるさいビーは黙ってこちらを見ている。

私はリィズネイションを受け取り、ヴァノッサに手渡した。

「貴方はこれを、私の屋敷で見たことがあるはずです」

「あの時庭に咲いていた花だな。確か、リィズネイションという名だったか」

青く美しいその花を受け取り、ヴァノッサが微《かす》かに眉を上げた。

「だが、これは絶滅した花のはずだ。俺はこんな花を一度も見たことがない。貴女の屋敷以外ではな」

「それが、彼がビリオン様であったという証拠です。屋敷に咲いていたリィズネイションも、元はビリオン様が、私が寂しくないようにと種を贈ってくださったものです」

世話は、すぐにやめてしまったけれど。

「それに、リィズネイションはビリオン様が一番好きな花でしたから」

私は懐《なつ》かしさに目を細める。その温かな感情がやがて刺すような痛みに変わり、また涙が出そうになった。

ヴァノッサが腰を浮かせ、覆《おお》い被さるようにして私を抱き寄せる。後頭部と背中に手を回され、ぎゅっと抱きしめられた。

「すまない」

耳元で囁《ささや》かれ、私は思わずため息をついてしまった。

「貴方は謝ってばかりですね」

そう言うと、頬をくっつけられる。

少しの間そうしていた後、私は彼から体を離した。

「謝ることなどありません。謝るべきなのは私の方です。迷っている時間などないというのに」

できる限りの笑顔を見せた私に、ヴァノッサは顔を歪《ゆが》めて言った。

「違うんだ」

小さくも恫喝《どうかつ》するような声だったので、私は思わず肩を震わせる。そんな私を見て、彼は優しく首を振った。

「この国を救ってほしいと言って連れて来たのは俺だ。初代と会わせ、辛い思いをさせたのも俺だ」

「ですが私は――」

彼に不死掛けの術が施《ほどこ》されているなら、それを解こうと考えていた。

そう反論しようとしたところをヴァノッサに制される。

「そして今も、逃げてもいいんだと言えずにいる。この国のために力を尽くせとしか、俺には言えん」

彼はもう一度私を抱きしめて言った。彼が今抱えている苦悩は、恐らく私しか知らないものだ。

私を氷の魔女でなくただのレイアスティとして見てくれるけれど、それでも私に救世を乞うしかない。皇帝として、そうしなくてはならないのだ。だが、彼個人としては、私が辛いならもうやめてもいいと言いたいのだろう。彼はその狭間で揺れている。それは私も同じだった。

現実を受け入れず自分の殻に閉じこもるのか、ヴァノッサの助けになるのか。どちらかを選ばないといけない、その時が目の前に迫っていた。

でも本当は、どちらを選ぶかなんてとうに決まっているのだ。ただ、それを選ぶ勇気がないだけ。そして、もう片方の道を捨てきれずにいる。私もヴァノッサも。

出会って日が浅いというのにそこまで悩んでしまうのは、きっとお互いがお互いにとって大切な存在だからだ。少なくとも、気兼ねせず隣にいられる、遠慮せず文句を言える人間など、私にはヴァノッサしかいなかった。

私は彼の背中に腕を回す。

「いつも謝っておきながら、残酷なことを言うんですね。貴方は」

そう指摘すると、ヴァノッサの肩が小さく跳ねる。そんな彼に、私は「いいんです」と優しく言った。

ヴァノッサは、謝ることしかできないのだ。私にビリオン様を止める道しかないように、彼にも私にビリオン様を止めさせる以外の道はない。そうしなければ、彼だけでなく大勢の民が死ぬ。

責めることはできなかった。彼は多くのものを背負っているのだから。そしてそんな彼だからこそ、私はここまで来た。何度も謝り、その都度私に残酷なことばかり言うヴァノッサの、頑固なまでの一途さに心を動かされて。

救世主になどなれなくとも、何かできることがあるならしてあげたい。地震の原因を探ることが、ビリオン様の生死を確認することが、結果的にヴァノッサを救うことになるなら、私は全力を尽くしたいとさえ思ったのだ。

ビリオン様が生きているという現実に打ちのめされそうになっていた心が、一本の芯を取り戻す。そして今度こそ、覚悟を決めることができた。

「貴方は約束を守り、私にビリオン様の情報を与えてくれました。だから、そんな風に謝ることはないんです。あとは私が約束を守るだけですから」

ビリオン様を、もう一度探そう。

一度会えたのだから、きっとまた会えるはずだ。その時はどんなに具合が悪くなっても、必ず彼と話をしようと決める。そして彼が地脈破壊の元凶であるなら、私は彼に施《ほどこ》された不死掛けを絶対に解く――

ヴァノッサが深く息を吐き出し、体を離す。ベッドの端に座り直した彼に、声をかけた。

「それでも申し訳なく思うのなら、話を聞いてもらえませんか。長い話になりますが、それで許してさしあげます」

ヴァノッサは瞠目《どうもく》し、困ったように眉尻を下げる。

「だから貴女は優しいと言うんだ。……かまわん。話をしてくれないか、レイアスティ」

彼の許可を得て、私は遠い過去の話を始めた。ヴァノッサになら、話してもいいかという気になったのだ。

「三百年前、私は気付けば帝都フェンネルにいました」

目を閉じ、昔を懐《なつ》かしみながら話を続ける。

「自分がなぜフェンネルにいるのか、それまで何をしていたのか、私に知り合いはいるのか。何もわかりませんでした。記憶を失っていたんです。名前と自分が魔女であることと以外、本当に何もわからなかった」

今でもそれ以前の記憶は思い出せていない。けれど、それならそれでいいと思っていた。必要であれば、いつか思い出す日が来るだろうと。

「フェンネルはちょうど今と同じ季節で、とにかく寒いし道行く人たちは変な目で私を見てくるしで、とても怖かったのを覚えています。しかも、そんな時に私は精霊たちと出会い、追い回されることになったんです」

あの時は本当に怖い思いをしました、と言って笑ってみせる。

知らない場所にいたことだけでも驚きだったのに、エイミーたちに追い回されて契約を迫られて、そのくせ彼らは私が記憶を失っていると知っても何も教えてくれなかった。なんだか胡散臭《うさんくさ》く感じて、余計に逃げたくなったのを覚えている。

「その時フェンネルの南地区でビリオン様に声をかけられ、契約を迫る精霊たちから庇《かば》ってもらいました。それから色々あって契約はすることになったんですけど、ビリオン様が私を保護してくださることになって」

「それで貴女は皇城で暮らし始めたのか」

「はい。……多くの者が私を追い出すべきだと言いましたが、ビリオン様は一度も私を追い出そうとはしませんでした。いつもお優しくて、何も知らない私を守ってくれた。記憶がないなら、ファルガスタを故郷にすればいいとさえ仰《おっしゃ》って。それが、私はすごく嬉しかったんです」

身寄りがなくて心細くて、どこに行ったらいいかもわからなくて。そんな時に手を差し伸べてくれたビリオン様は、私にとって救いそのものだった。そしてもう一人、私には救いと呼べる人物がいた。

「それから半年もしないうちに、ツヴァイからマリエル様が嫁いで来られました」

そこでヴァノッサが、手の中の首飾りに目を落とした。

私も翡翠《ひすい》の神秘的な光を一緒に眺めながら、話を続ける。

「周りが魔女である私を彼女から遠ざけようとする中、彼女は自ら私に微笑みかけ、友達になろうとしてくださいました。凛《りん》としていてお美しくて、ビリオン様と同じぐらいにお優しくて、大好きな方でした。そんな大好きなお二人が並び立っている姿は、私をとても誇らしい気持ちにさせてくれたものです」

けれど、と私は沈んだ声で続ける。多分誰にとっても幸せだったのは、この頃までだった。

「すべてが壊れ始めたのは、ビリオン様が新しく後宮を建てた直後でした。彼は後宮に華月の名を与えたんです」

「華月……貴女か」

ヴァノッサが苦虫を噛み潰したような顔をする。

「本当はその前から何かが壊れていたのかもしれません。けれど、私にとってすべてが壊れ始めたのはあの時だったんです。……あの時以来、マリエル様は私に憎悪の目を向けるようになりましたから」

「氷の魔女と呼ばれ始めたのも、その頃か？」

「はい。周囲の温度を下げる冷たい化け物だからと、マリエル様が。以前はそんなこと仰《おっしゃ》らなかったのに」

苦笑混じりに言うと、ビーが口を挟む。

「最低だよね」

それには眉尻を下げて応じ、私は話を締めくくった。

「あとは以前話したとおりです。ファルガスタで魔女の狂宴《きょうえん》が始まり、私は北の孤島に逃亡しました。ビリオン様に保護されてから、一年ほどが過ぎた頃のことでした」

ヴァノッサはしばらく黙り込んだ後、からかうように言った。

「そういえば、貴女から初代炎帝《えんてい》やマリエル妃の話を聞いたのはこれが初めてだな」

「魔女の狂宴に比べれば、些細《ささい》な話ですから」

「だが、貴女たちにとってはかけがえのない思い出だ。そうだろう？」

貴女たちという言葉の中に自分が含まれているのに気付いたのだろう。ビーがそっぽを向く。私はといえば、複雑な気持ちではありながらも頷《うなず》いていた。

「痛くも苦くもありますが、私にとってはかけがえのない日々でした。月宮ができるまでは、自分に記憶がないことが気にならないほど幸せでしたから」

「その割には、寂しそうな顔をするんだな」

ヴァノッサが私同様に苦笑いする。その表情を見て、私は秘めていた気持ちを吐露《とろ》した。まるでビリオン様に語り聞かせるように。

「ビリオン様とマリエル様が並び立っている姿を見るのは、私にとってとても嬉しいことでした。大好きなお二人がいつまでも仲睦《なかむつ》まじくいてくれたらと、願ってもいました。……ですが、どこか寂しく思っていたのは事実です」

いつも、この寂しさが何であるのかわからなかった、今この瞬間でさえ。胸が温かくなるような幸福の中にいながら、胸をつきりと突き刺されるような痛みがあった。この感情に、私は今も名前をつけられずにいる。

ヴァノッサが微《かす》かに口を開き、何か言いかける。そうして何度も躊躇《ためら》った後、私の頬に触れて言った。

「よくわかった。……貴女も、初代炎帝を好いていたんだな」

どこか苦々しい口調だったので、私はきょとんとしてしまう。確かにビリオン様のことは好きだったけれど、あえて今指摘するようなことだろうか。目を丸くする私に、彼が重ねて言う。

「恋をしていたんだ、貴女は。どうやら気付いていなかったようだが」

——恋をしていた？　私が？

まるで三百年前の私たちを見てきたかのような口ぶりで断言され、私は狼狽《うろた》えてしまう。思わず後ろに体を引いたが、ヴァノッサはそれ以上触れてこなかった。

「マリエル妃は貴女が生きていると知り、結界解除の首飾りを隠したんだろう。誰にも……特に初代炎帝《えんてい》の手には絶対に渡らないように。もし彼の手に渡ったら、すぐ貴女に会いに行っただろうからな」

「でも、あいつは来なかった」

私やヴァノッサに背中を向けたまま、ビーがむくれて言う。もしかしたらビーはビリオン様を嫌っていたのではなく、自分たちに会いに来てくれなかったから拗《す》ねていただけなのかもしれない。

「マリエル妃が首飾りを隠し通したからな。……貴女は彼女が首飾りを隠した理由に気付いていたのか？　レイアスティ」

ビーを宥《なだ》めるように言った後、ヴァノッサは私に訊《き》いてくる。

私は少し間を空けてから答えた。

「薄々は。それ以外に、マリエル様が国宝を隠す理由はありませんでしたから」

ヴァノッサが北の孤島にやって来て首飾りの話をしてくれた時、私はマリエル様がどうして国宝を手記の中などに隠したのかと不思議に思っていた。

もしマリエル様が首飾りを隠さなければ、ビリオン様は北の孤島に来ていただろう。だから、ヴァノッサの考えは正しいのだと思う。そしてマリエル様もそれがわかっていたからこそ、必死に隠し通したのだ。

そう結論づけた後で、私は考え込む。

――私は、本当にビリオン様に恋していたんだろうか。

いくら考えても、考えがうまくまとまらない。これからやるべきことが山積みなのに、自分の気持ちと向き合わなければならないなんて難儀な話だ。それでも、逃げられないのはわかっていた。なぜなら私はいずれ、またビリオン様に会うのだから。正確には、彼を探し出して話をするのだけれど。

そこまで考えたところで私は大事なことを思い出し、口元に手を当てる。

「あ」

「どうした？」

「色々心配をかけておいて申し訳ないんですが、私もう行かないと」

はあ？　と言って、ヴァノッサが目を三角にする。

「行かないとって、そんな状態でどこに行く気だ」

「フェンネルで起きている局所的な異常は、精霊たちが地脈から噴出したせいで起きているものです。昼間外出したのは、その現場に向かって大地を修復するためだったんです」

「……なるほど、だが途中で初代炎帝《えんてい》を見つけて倒れたというわけか」

そこだけ強調しないでほしい。情けなさすぎて肯定したくなかったので私が黙っていると、ヴァノッサは少し考えてから言う。

「ならば俺も――」

「いりません、邪魔です」

なんとなく言うことはわかっていたので、即答してやった。ヴァノッサが口を尖《とが》らせる。

「もう少し言葉を選んでくれないか」

「無茶を言う貴方が悪いんです」

私について来るぐらいなら、早く寝て体力を回復してほしい。ただでさえ激務をこなしているのだし、大人しくしてもらいたいものだ。

そう考えていると、ヴァノッサがベッドに座り直した。

ベッドが沈み、体が少し傾く。そのまま肩を抱き寄せられたかと思うと、体をくるりと回されてなぜか後ろ抱きにされてしまった。ビーが「ちょっとくっつかないでよ！」と抗議の声を上げたが、ヴァノッサは華麗に無視する。

「あの、何をしてるんですか」

「貴女を後ろから抱きしめているんだが」

「窮屈《きゅうくつ》なんですけど」

「知っている。だがこうしていれば貴女は一人で空間を渡れないし、精霊と行くにしても俺を置いては行けないはずだ」

ヴァノッサがわざとらしいほどにこやかな顔で言うと、ビーがぴんと耳を立てた。

名案だという言葉が聞こえてきそうなその態度に嫌な予感を覚えていたら、案の定ビーは私の膝《ひざ》によじ登って丸くなった。余計に窮屈になってしまい、身動《みじろ》ぎ一つできなくなる。

「ビー」

「やだ」

「離れて」

「やだもん」

駄目だ、まったく聞く耳を持ってくれない。馬車の中に置き去りにして、エイミーと一緒にビリオン様を追いかけたのを、相当根に持っているらしい。

ビーがいては動けるはずがないと思っているのか、ヴァノッサは喉の奥で笑い、私を抱きしめ直した。

「俺が貴女を一人で行かせるとでも思ったのか？　初代炎帝《えんてい》や精霊相手では、リズなど役に立たないだろう」

「貴方もリズ殿と同じく、ただの人間でしょう」

同じく役に立たないと言外に告げたものの、一蹴《いっしゅう》されてしまう。

「俺はいい。自分で望んで行くのだからな」

「よくありません。それに公務もあるでしょう」

「冬宮にいる俺を、呼びに来られる者がいると思うか？　夜の間は、誰も俺の時間を奪えない。最初からこうしておけば、貴女を一人で外に出すこともなかったんだな」

後悔するように言ったかと思うと、ヴァノッサは真剣な顔で呟《つぶや》く。

「行かせてくれ。俺の知らない場所で貴女に倒れられるのは、応える」

卑怯《ひきょう》だ。そう言われたら、反論できなくなる。ヴァノッサとて、自分が傍《そば》にいたところで何の役にも立たないのはわかっているはずだ。それでもただ皇城で待っているなどできないから、こうやって無茶を言う。

その気持ちは、ビリオン様が生きているかもしれないと聞かされた時に私が抱いたものと同じだ。

だから、折れたのは私の方だった。

「……では、決して私から離れないと約束してもらえますか？　ビー、貴方もよ」

私の近くにいれば、安全だろう。少なくとも、離れているよりは。

ビーが尻尾を揺らし、同意のサインを示す。ヴァノッサも一度ぎゅっと私をきつく抱きしめた後、頷《うなず》いた。

「傍にいることを許してもらえるなら、喜んで」

言葉どおり本当に嬉しいと思っているのが伝わってきたので、しばらく抱きしめられたままでいてやる。その後、様子を見にやって来たエイミーとマーグリスに「お邪魔でしたか」と言われた時は、さすがに離れてもらったけれど。

エイミーとマーグリスに先導されてやって来たのは、フェンネルの南地区の一角だった。

貴族の屋敷が連なるこの地域も、例に漏れず凄惨《せいさん》な様相を呈している。その中でも一際目を引くのが、天に高く伸びる竜巻だった。

「すごいことになっているわね。リズ殿が異常気象だと言った気持ちがよくわかるわ」

「動かないところを見ても、普通の竜巻ではありませんわね」

自分と同じ風の精霊たちが竜巻の原因だからか、エイミーの表情が暗い。気を落とさないでと声をかけつつ竜巻に近づいていくと、すでに他の精霊王たちが揃い踏みしていた。

足を地面に同化させ、仁王立ちで竜巻と市街地の間に結界を張っているアマンティが振り向く。

「来たわね、小娘」

その右側には浮遊しながら結界を張り巡らせる、炎の精霊王ガラナがいた。人型ではなく炎に包まれた小鬼といった風体《ふうてい》のガラナは、他の精霊王たちとは雰囲気が違うが、とても気のいい精霊だ。彼は私を見て相好《そうごう》を崩し、場にそぐわぬ明るい声をかけてきた。

「久しいな嬢ちゃん。具合はどうだ」

「久しぶり。体調は、今はいいわ。大地を修復するぐらいの体力はあるから大丈夫」

「ならいい。……それで、そこの小僧が二代目の炎帝《えんてい》か？」

そういえば、ガラナはヴァノッサと会ったことがないはずだ。私はヴァノッサを一瞥《いちべつ》した後、「そうよ」と答える。するとガラナが炎の奥の双眸《そうぼう》を細めて大笑いした。

「嬢ちゃんを屋敷から引っ張り出したと聞いてどんな小僧かと思っていたが、なるほど確かによく似ている。灰猫も懐《なつ》いているようだな」

「懐いてないよ、こんなやつ」

ガラナの言葉を否定したのはビーだ。毛を逆立てる勢いで怒っている。けれど、ヴァノッサに抱き上げられた状態で言われてもあまり説得力はない。エイミーの背に乗って空を飛んだ時、私よりもヴァノッサが抱いていた方がビーの体が安定するだろうという理由で、抱いてもらっていただけなのだけれど。

空を飛ぶのは当然初体験であるヴァノッサは、どこかふわふわした足取りで私の横に並ぶ。エイミーとマーグリスがするりと私の横をすり抜け、結界を張るガラナとアマンティを手伝い始めた。

これでもう近づいても大丈夫だろうと思って竜巻の根本を覗《のぞ》きこむと、地面が大きくひび割れているのが見える。

「ここから精霊が溢れ、竜巻になっているのか」

「そのようですね。穴自体は、予想していたほど大きくはないようですが」

精霊が大量に溢れるぐらいだから、てっきりもっと大きな穴かと思っていたが、それ自体は意外と小さい。フェンネル中を探せば、もっと大きな亀裂が見つかりそうだ。

私の言葉にアマンティが「そうなんだよ」と言う。

「大きな亀裂ならわかりやすいんだけど、小さいからうっかり通路だと間違える精霊が多くてね。往生しているのさ」

「元々は、もっと小さな穴でしたからね。精霊が溢れたせいで少し広がりましたが」

そう言ったマーグリスの声は、精彩を欠いていた。

「それで、私は何をすればいいの？」

大地の修復などしたことがない私が尋《たず》ねると、彼らは「治癒《ちゆ》のスペルを唱えてほしい」と言った。

「治癒のスペル？　人体じゃないのに？」

「人体と同じようなものですわ。少し大きすぎますが」

エイミーが、ふふっと笑った。……大きさの問題とは思えないが、彼女が言うのなら間違いないんだろう。

私はふうと息をつき、ヴァノッサを数歩下がらせて、両手を突き出す。

そして意識を手のひらに集中させ、精霊たちが纏《まと》う魔力の糸を使って治癒のスペルを紡《つむ》いでいく。

《動くもの、導くもの、還るもの、育《はぐく》むもの、全なるもの。原初の光の名の下に、魔女レイアスティが願う。――綻《ほころ》び消えゆく生命に、今一度祝福を》

私の両手の間に、蒼《あお》い光が生まれる。それは、炎のように熱い。

その光が収束すると、足元に風が巻き起こる。群青色のドレスの裾《すそ》が舞い上がり、蒼い光がその面積を広げていく。やがて光が紙のように四角く薄いものへと変化しきる頃には、手を焼くほどの熱もだいぶ下がっていた。それを見計らい、地面の穴にかぶせるように紙状の光を置く。

すると竜巻が少しずつ細くなり、暴走していた風は天高く昇って消えた。地面に癒着《ゆちゃく》した光は次第に輝きを失い、最後には穴を塞《ふさ》いで大地に同化した。

「……すごいな」

ヴァノッサが感嘆の声を上げる。

「本当に治癒のスペルで大地が癒《い》えたのも驚きだが、異常気象がこれほど早く解決するとは」

「穴さえ防げば精霊たちが溢れ出てくることはないし、人間たちにも危害が加えられないからね。あたくしたちはともかく、人間は異常気象に弱すぎる」

アマンティが結界を解き、肩をぐるぐる回した。エイミーも疲れたような顔で結界を解く。

「地脈の本格的な修復はまだ先になりそうですけれど、応急処置ができただけでも助かりましたわ。ありがとうございます、レイアスティ様」

ぺこりと頭を下げるエイミーに私が「いいのよ」と言うと、マーグリスが珍しく渋い顔をした。

「どうしたの、マーグリス。まだ何か問題がある？」

「いえ……。レイアスティ様が、あのリズとかいう騎士を連れてこられたらよかったのにと思いまして。せっかく大地を修復なさったのですから、あの騎士にも見せてやりたかったですね」

「なんでここでリズの名前が出てくるんだ？」

不思議そうなヴァノッサにマーグリスが事の顛末《てんまつ》を話して聞かせると、ヴァノッサも

「それは惜しいことをしたな」と残念そうに言った。

「リズは大の魔女嫌いだ。あいつが皆に今日のことを話せば、貴女の評価も上がっただろうに」

「いいですよ、別にそんなの」

「よくない。貴女がまた襲撃されては困るからな」

ヴァノッサが顔を顰《しか》めると、彼の腕の中のビーが小馬鹿にするように口の端をつり上げた。

「レイアに手を出した犯人、まだ捕まってないの？　ちょっとトロすぎるんじゃない？」

「見当はついているんだがな……。証拠を集めるのに苦戦している。まあ、それもうじき終わるだろうが」

どうやら、そちらの件も終局に向かっているらしい。詳しい話を聞いてみたくなったが、元々犯人探しはヴァノッサに任せている。それに私が相手の名前を聞いたところで、誰だかわからないに違いない。

私は私にできることをすればいい。そう思って、光で穴を塞《ふさ》がれた地面を見下ろす。とりあえず、これで人々が生活を脅《おびや》かされることはなくなったはずだ。まずは一歩前進といったところか。

「このまま地脈の修復が、無事に完了すればいいんですが」

誰の妨害もなく、これ以上地脈が破壊されることもなく。そうであればどんなにいいか。

そう呟《つぶや》いた時、空を覆《おお》う雲が途切れて月明かりが漏れてきた。そして、聞こえるはずのないものが聞こえてくる。

「困ったな。せっかく穿《うが》った穴を修復されては」

夜空から人の声が降ってきたので、その場にいる全員が揃って空を見上げた。そこには、大きく強い光を放つ花月が――

「――え？」

花月があるはずだった。なのにその花月は見えず、代わりに揺らめく炎が現れた。強い月明かりを背負って浮かぶ炎はまるで紅《くれない》の月みたいで、不吉に感じると同時に背筋がぞわりと粟立《あわだ》つ。

そして私は、強い脱力感に襲われた。その瞬間、紅の月の正体を理解して、反射的にヴァノッサを庇《かば》った。

「どうした、レイアスティ――」

「黙っていてください。私から決して離れないでください」

紅の月から敵意は感じられない。きっと、私たちに危害を加える気はないんだろう。

炎のように紅《あか》い丸と、それが背に負う月明かりがぶれて見える。

吐き気に襲われて口元を押さえる私の背を、ヴァノッサが支えてくれた。

彼を守らなければ。私はヴァノッサを庇うように、震える片腕を上げる。そしてもう片方の腕で、強い結界を張った。

心臓がどくどくと脈打つ。どうしてこんなに警戒するのか自分でもわからなかったけれど、目の前の炎に心をかき乱され、緊張ばかりが膨《ふく》れ上がった。

「――ひどいな」

揺らめく炎がそう声を発した。花月を隠す紅い月は、ゆっくりと人の姿に変わっていく。「あれは」と言い、背後に立つヴァノッサが色を失う。私は黙って炎が人の姿になるのを待った。

炎から腕が伸び、次に足が伸びてくる。それは精霊が召喚される時の光景に似ていたけれど、精霊が風や大地を媒体にするのとは違い「彼」は何も媒体としていなかった。強《し》いて言うなら媒体は魂だ。そしてそれは、やはり精霊の召喚とは異なる。

止めることもできないまま見守っていると、炎から頭が現れ、顔が作られていく。紅《ぐ》蓮《れん》の髪が、ふわりと風に揺れ、炎は完璧に人の形を取った。ヴァノッサそっくりの端整な顔立ちに、優しげな笑みを浮かべている。

「初めまして、二代目炎帝《えんてい》。会うのを楽しみにしていた。――それと」

そう言った後、ヴァノッサなら絶対浮かべそうにないひどく儚《はかな》げな笑みを私に向ける。

「やっと君と話ができる。会いたかったよ、レイアスティ。昼間は何も言えなくてすまなかった。君の顔が青ざめたのを見て、とにかくすぐに離れなければと思ったから」

「ビリオン様……」

私が小さく名を呟《つぶや》くと、ビリオン様は感動にうち震えるように胸を押さえた。私の言葉を宝物みたいに抱く様《さま》は、闇と炎を纏《まと》うその立ち姿には不似合いだった。あまりに幸せそうなので、彼が現世に魂を縛り付けられた不幸な人であることを忘れそうになる。

「ビリオン……!?」

空に浮かぶビリオン様を呼んだのはビーだった。彼はヴァノッサの腕から下りて、金色の瞳でビリオン様を見つめる。すると、ビリオン様が慈《いつく》しむように目を細めた。

「そうか。君も生きていたんだね、ビー。話もできるようになったのか」

「なんであんたがここにいるのさ！」

「塞《ふさ》がれた穴の様子を見に来ただけだよ」

煙に巻くような態度をとられ、ビーが怒りに全身を震わせた。もしかしたら彼は、私以上にビリオン様が生きていることを信じたくなかったのかもしれない。私も、本当は会いたくなかった。こんな場所で、こんな形でなんて。

ヴァノッサがビリオン様に問いかける。

「貴方が、初代炎帝《えんてい》ビリオンか」

ビリオン様は今も、微笑みながら佇《たたず》んでいる。三百年の時を越えて対峙《たいじ》する、二人の

炎帝《えんてい》。私は夢を見ているみたいだった。

「動かないでください」

精霊たちが向かい合う二人の間に入り込み、鋭い声を発する。彼らはそれぞれに武器を構え、ビリオン様を取り囲んでいた。

弓を引き絞る風姫と、拳を突き出す地霊、炎を纏《まと》う剣を向ける炎鬼に、霧に包まれた槍を構える水王。世界を構成する四大精霊の王たちに囲まれ、ビリオン様はやれやれと肩をすくめた。

「ご挨拶《あいさつ》だね、せっかくの再会なのに」

「ああ、そういえばそうだね。……久しぶりだねえ、ビリオン坊や。少し見ない間に、随分いい男になったじゃないか」

アマンティが鼻で笑いながら言った。それに続き、ガラナが彼の喉元に剣を突きつける。

「どの面《つら》下げて我らの盟主の前に現れたんだ？　坊主」

首筋に切っ先を当てられても、身動《みじろ》ぎ一つしないビリオン様。そんな彼に、精霊王たちはにやりと笑ってみせる。その攻撃的な笑みは、決して好意的なものじゃない。

ビリオン様は、穴が塞がれるのは困ると言った。それは、彼がその穴を開けた張本人である証拠。精霊や人間に害をなした以上、彼らはビリオン様を放っておくことができない。

……わかってはいる。今ここで精霊たちがビリオン様に敵意を抱くのは、ある意味とても正しい。なのに私はまだ、ビリオン様を傷つけるのはやめてと言いたかった。

ビリオン様と精霊たちは、三百年前から面識があるのだ。何度も顔を合わせ、言葉を交わし、笑い合っていた。

ビリオン様はいつも礼儀正しかったし、精霊たちもそんなビリオン様を好ましく思っている様子だった。それがどうして、こんなことになってしまったのか。

「離れてください、レイアスティ様。彼は僕たちが始末します」

常ならば相反する力を持つガラナに決して近付くことのないマーグリスが、ガラナの隣で武器を構えながら言う。私が皆を止めたがっていることなど、お見通しなのだろう。

私がビリオン様と戦うのは無理だと、あまりにも酷だと言われているかのようだった。

精霊王に囲まれながら、それでも余裕を失わないビリオン様が、もう一度肩をすくめる。

「何もする気はないよ、今はね」

そう言って柔らかく笑うと、黒い外套《がいとう》の裾《すそ》をつまみ「やっぱりこの衣装は怖かったかな」と首を傾げた。次の瞬間、私はひどい倦怠感《けんたいかん》に襲われ膝《ひざ》を折る。

「レイアスティ!?」

「だい、じょうぶ……です」

私が張っていた結界がひび割れ、音を立てて砕けた。その音を遠く感じながらもどうにか答えたが、ヴァノッサにそんな言葉が通用するわけはなかった。

「どこがだ！　おい、一体どうした！」

労《いた》わるように肩に触れられ、もう一度「大丈夫」と告げる。大きく息を吐くと、若干気分がよくなった。

「……ビリオン様」

私が呟《つぶや》いた声に、彼は答えなかった。そして武器を突きつけられていることなどまるで気にせず、私からすいと遠ざかる。彼が離れた分だけ、気分が楽になっていった。ヴァノッサよりも短い紅蓮《ぐれん》の髪が揺れるたび、炎が揺らいでいるように見える。

「すまない。安易に近付くべきではなかった」

申し訳なさそうに言い、ビリオン様は私の傍《そば》に立つヴァノッサに目を留めた。私たちが並んでいる姿を見て昔を思い出したのか、懐《なつ》かしそうな表情をしている。

「こうやって見ると、ますます不思議だ」

ビリオン様はそう言って、ふっと笑う。

「こんなによく似た子孫が現れるなんて思いもしなかった。先祖返りというやつかな」

その声も表情も穏やかだったが、ヴァノッサは空を見上げて全身を緊張させていた。

私の肩に、彼の指が食い込む。その指先にそっと触れると、彼が息を呑む音がした。

「すまない」

「いえ」

そんな私たちを見て、ビリオン様が紅《あか》い瞳を細める。そこには苛烈《かれつ》なまでの敵意が込められていた。

「二代目、君の名は？」

「……ヴァノッサ・ロート・ファルガスタ」

ヴァノッサの緊張した声が響く。

「ヴァノッサ」

冷淡な声でそう呼んだのは、ビリオン様だ。彼がすっと腕を伸ばすのを見て、私は反射的にヴァノッサを庇《かば》うように立つ。頭で考えるまでもなく、体は何をすべきかわかっているらしかった。ビリオン様を、今ここで止めなければならないと。

慈悲深い笑みを浮かべ、ビリオン様が指先をこちらに向ける。

「彼女をこの国のために利用するつもりか」

その言葉と共に、ビリオン様の指先から眩《まばゆ》い光が零《こぼ》れる。その光は花びらのように舞い、彼の手を覆《おお》った。

指先から零れた小さな光が集まり、輪となって浮遊する。それは実に幻想的な光景だったが、その光がただ美しいだけのものでないことは、見ればわかる。

ビリオン様が指先をすいとヴァノッサに向けた。あまりに自然な動作だったためか、一瞬遅れてエイミーが叫ぶ。

「いけません！　ヴァノッサ帝、離れて！」

その警告とともにビリオン様は精霊たちに羽交い締めにされたが、その手からはすでに光が放たれていた。はらはらと舞い落ちる光の花びらに対抗すべく、私も手のひらをかざす。

《壁よ》

そう呟《つぶや》き、しゃんっと音を立てて結界を展開した。淡い緑の光を放つ結界越しに、ビリオン様が作り出した光を見つめる。すると、それは躊躇《ためら》うようにゆらりと動いた。意思を持つ光——恐らくは、彼の魔力そのものだろう。彼は明らかに、ヴァノッサを攻撃しようとしたのだ。

戸惑いの色を見せるビリオン様に、私は凛《りん》として言い放つ。

「ファルガスタ皇帝に……貴方の子孫に一体何をなさるおつもりですか？　そんなもの

に触れたら、怪我では済まないのですよ！」

　思わず怒鳴りつけると、彼が静かな声で答えた。

「この国が君に何をしたか、忘れたわけではないだろう？」

　三百年前の話を持ち出され、私は頷《うなず》く。

「ええ、思い出そうとすればいくらでも思い出せます。思い出したからこそ、私はここに帰ってきました。ヴァノッサの力となるため、地脈の破壊を止めるため、そして精霊たちの言うとおり、貴方が生きているのかどうかを確かめるために」

「ヴァノッサの力となるため？」

「そうです」

　なぜ、と問うような視線を向けてくる彼を、私は見据える。

「貴方の子孫たる二代目炎帝《えんてい》ヴァノッサは、危険を冒《おか》し、単身で北の孤島にやって来ました。その決意を、私は買っているんです」

　たとえそれが無茶無謀と言われることだとしても。

　私の言葉を聞き、ビリオン様が目を閉じる。すると、ヴァノッサを攻撃しようとしていた光が霧散《むさん》した。

　ビリオン様が、紅蓮《ぐれん》の髪を揺らして首を横に振る。髪の間からは、苦々しく歪《ゆが》められた口元が見えた。

　この人がこんなに落ち着きを失うなんて。いつだって冷静で穏やかだったこの人が、攻撃魔術を使うなんて。……いや、それどころか、彼は魔術を使えなかったはずだ。

「貴方は魔導士だったのか？」

　私の背後から、ヴァノッサが問う。ビリオン様は首を振って否定した。

「元々はただの人間だ。この国の歴史書にもそう書かれているはずだが？」

「ならば、なぜ魔術を扱える」

「私が現れるのを見ただろう。今や私は、ただの人間ではない」

　花が散るように、小さな光がふわりとビリオン様の周りに浮かび上がる。

「――不死掛け、ですね」

　再度現れたその花びらみたいな光を見て、私は反射的に結界の力を強めた。

　結界の緑色が、中にいる私とヴァノッサの視界を染める、私はもはや問いかけではなく確たる事実として不死掛けのことを口にした。

　それはもはや、疑いようがなかった。いくら昔に戻ったような感覚でいても、あれから三百年もの時が経っている。どれだけ信じたくなくても、彼に不死掛けが施《ほどこ》されているのは捻じ曲げられない事実。思わず歯噛みする私の前で、ビリオン様がついとビーを見やる。

「ビー、君が羨ましいよ。私も魂を繋《つな》ぐなら、レイアスティがよかった」

「へえ、じゃああんた、今不本意な相手と繋がってるんだね。僕やレイアの知ってるやつ？」

私たちの知人に魔女や魔導士がいないと知っているはずなのに、ビーはあえてそう尋ねた。術者の正体を暴《あば》こうとしているのだろう。だがビリオン様はそれには答えずに、今度はヴァノッサを見た。

ビリオン様の体を拘束している精霊たちは、私の合図を待っていた。私に彼と話をさせるために彼を生かしてくれている彼らに、深く感謝する。

「君が彼女を連れ出したのか」

自分の命が危機に晒されていることなどまるで気にしない声で、ビリオン様がヴァノッサに問いかける。

ヴァノッサが頷《うなず》くと、ビリオン様は一瞬押し黙った後、深く息を吐き出した。

そして、なぜか微笑んだ。口角が緩《ゆる》やかに上がり、彼が纏《まと》う冷たい空気が霧散《むさん》する。

「よくやった。さすがは我が子孫、とでも言うべきかな。私の望みを叶えてくれたことだけは感謝するよ」

「……望みだと？」

「北の孤島には、彼女の張った強い結界があった。いくら攻撃しても壊せなくて、途方に暮れていたんだよ。私はレイアスティに会うことを、ずっとずっと願っていたのに」

そう言ってこちらを見た彼の目は、先ほどまでヴァノッサを見ていた時とはまったく違う優しい目だった。彼の周りに光が生まれては私の結界を撫で、霧散《むさん》していく。

先ほどヴァノッサを攻撃しようとしたものと違い、攻撃性は感じられない。その光は自ら私に触れることのできないビリオン様が、自分の代わりとして生み出したものではないかと思った。直接触れられない代わりに、彼は自分の魔力で私の魔力に触れているのだ。

そのビリオン様は、どこか拗《す》ねたような表情で言う。

「いくら攻撃しても結界が解除されないから、君に拒絶されているのだと思った」

そんなことを言われても……。子どもみたいなことを言われ、こちらも口を尖《とが》らせる。

「私が誰の目にも触れないようにと望んだのはビリオン様です」

「それはそうなのだけれど、結界を攻撃したら何事かと思って出てきてくれると思っていたのに」

その言葉を聞いて、ビーが半眼《はんがん》になる。

「あのさ、レイア。前に何度か結界が攻撃されたことがあるって言ってたけど、あれって――」

「私だよ」

私が答える前にビリオン様が答えた。

すると、精霊たちがそんな話は聞いていないとばかりに、やはり半眼で私を睨《にら》んできた。

「小娘、あなたね……」

「嬢ちゃん、俺たちはそんなこと聞いてないんだが」

いくつもの視線を向けられて、私は思わずたじろいだ。

「あまり強い攻撃じゃなかったから、無視してもいいかと思って……」

ビリオン様が苦笑する。

「ひどいな。まあ君に比べたら、確かに魔力は弱いけれど」

彼はそう言った後、すぐにまた満ち足りた表情を浮かべた。

「けれど、こうして会えてよかった。そのために私はこの世で生き続け、世界を壊す道を選んだのだから。もし会えなかったらどうしようかと思っていたよ」

「何だと？」

――ああ、それが答えなのですね。

怒りに満ちたヴァノッサの声を聞きながら、心の中で呟《つぶや》く。涙はもう出なかった。あまりにも衝撃的な事実を知ってしまったから。

それが、地脈破壊の理由なのか。ずしりと重く圧《の》し掛《か》かってくる現実に、頭を抱えそうになる。

「ビリオン様が私に会いたいと思ってくださった、そのお気持ちはとても嬉しく思います。たとえその思いを利用されて不死掛けを施《ほどこ》されたのだとしても、ただ昔話がしたいだけなら、私も喜んでお相手しました」

彼がただの被害者だったなら、私の胸はこんなに苦しくならなかっただろう。けれど、彼は『ただの被害者』ではなかった。

「こんなこと、私は望んでいませんでした」

私は力なくビリオン様を見つめる。

「私は貴方の手が血に染まるのなんて見たくありませんでした。……いつも優しくて誠実な貴方が、私は好きだったんです」

そう口に出してみて、ヴァノッサの指摘は正しかったのだと知った。かつてビリオン様に恋をしていたことを、初めて自覚する。時間が経ちすぎて、今ではもうすっかり擦り切れてしまった気持ち。それが血を流すように痛みを訴え、蘇《よみがえ》ってきたから。

私の言葉を聞いたビリオン様がわずかに顔を曇らせ、それから瞳を閉じる。その瞼《まぶた》が、私と彼の間に越えられない壁を生み出したように思えた。
もう後に引くことはできない。もう、どう頑張っても三百年前のあの日には戻れないのだから。

絶望という名の、寒気すら覚える思いに心を侵食されそうになり、私も瞳を閉じた。
宵闇《よいやみ》より濃い漆黒《しっこく》の闇の中で聞こえてきたのは、心が震えるほど強い声だった。

「ふざけるな」

目を開けて振り返ると、怒りに燃えるヴァノッサがいた。
先ほどはまるで輝きを失ったような弱々しさがあったのに、それが微塵《みじん》も感じられない。彼は私の前に進み出て、自分と似た姿をした祖先を怒鳴りつける。

「貴方の選択がこの国の民を苦しめていることを、理解しているのか⁉」

「もちろんだ」

「ならばなぜ！　貴方は初代炎帝《えんてい》だろう。このファルガスタの繁栄の基礎を築いたのは、貴方だったはずだ！」

ヴァノッサは少しも怯《ひる》まず、ビリオン様に怒りをぶつける。私の結界があるとはいえ、どうしてヴァノッサはここまではっきりと物を言えるのだろうか。そんな疑問を抱いた私は、すぐにその答えに気付き、失笑しそうになる。

きっと彼にとっては、結界があろうがなかろうが関係ないのだろう。その無鉄砲なまでの意志の強さに惹《ひ》かれて、私は彼について来たのだから。

……私も負けてはいられない。彼の隣に立つのなら、弱いままではいられないから。

絶望の淵《ふち》から這《は》い上がり、私はヴァノッサの背中に隠れて笑みを浮かべた。

この場において誰よりも非力なはずの人間が、その実誰よりも強いことに気が付き、なぜだか笑いたくなった。かつて北の孤島で、ヴァノッサは私が絶望したら一緒に絶望すると言っていたが、とんでもない。彼は私の絶望を踏みつけて潰し、奮《ふる》い立たせるのだ。無意識のうちに。

私は背筋を正してビリオン様を見つめる。彼はヴァノッサの怒りに震える空気を受け止めて、うっすら瞳を開いた。そこにあるのは、ヴァノッサとは対照的な冷たい光だった。

「なぜ？　欲するものがあるからだ。そのためなら国も民も世界も、すべてを犠牲にしてもかまわない」

その答えも、ヴァノッサなら絶対に言わないものだった。私はかつてのあの人からは想像もつかない言葉に愕然としながらも、どこか納得していた。方向性は真逆でもその意志の強さは、ヴァノッサと酷似《こくじ》していたから。

「レイアスティ」

ビリオン様が微笑んだ。彼は遠くから、こちらに手を伸ばしてくる。精霊たちさえ押しのけて。

「私と共に行こう」

柔らかく低い声で紡《つむ》ぎ出されたその言葉は、あの日のヴァノッサの言葉よりも遙かに優しい。けれど、なぜだろうか――

「いいえ」

北の孤島でヴァノッサから手を差し出された時には散々悩んだはずなのに、今は少しも迷わなかった。こんなに胸が苦しいのに、手を伸ばそうとはまったく思わない。

驚きとも喜びともつかぬ色を浮かべるヴァノッサの横顔を尻目に、私は続ける。

「ヴァノッサは私との約束を守りました。今度は私が彼との約束を果たす番です」

言いながら、そんなものは建前だと理性が叫ぶ。そう、こんなものは建前だ。本当はただ、これ以上ビリオン様にファルガスタを傷つけてほしくなかった。誰よりも何よりも大切な人だったから、その人に自分が愛して育てた国を、壊させたくなかったのだ。

もし彼が私のために地脈を壊したというなら、この言葉で思いとどまってくれないだろうか。そんな淡い期待を込めて口を開く。

「私は共に行くことができません。この大陸に起きている異常事態を収束させることが、今の私の役目ですから」

私はビリオン様を、まっすぐ見据えて言い放つ。それに対する返答は、儚《はかな》く小さな声だった。

「……お互い、願うものが変わってしまったのだね」

切なそうな声に私は頷《うなず》くことも、否定することもできなかった。変わったのは、年月だけだと思いたかった。あの人は私の記憶にある姿のままだし、私だってあの頃と変わっていないはずだ。けれどなぜだろうか、何かが違うと思ってしまうのは。

「レイアスティ」

心にしみる、穏やかで優しい声。聞き慣れていたはずのその低い声が聞こえた瞬間、指先が震えた。

呼んだのは、あの人かヴァノッサか。判断がつかない。夜風に揺れる、紅蓮《ぐれん》の炎のようなビリオン様の髪。振り向くと、同じ色の髪が揺れている。三百年の時を経て邂逅《かいこう》した同じ姿の二人を見て眩暈《めまい》を覚えながら、私は前方へ視線を戻す。

「いいえ、私の願いはずっと変わっていません。変わったとしたら、それは貴方の願いです。ビリオン様」

私の言葉を聞き、ビリオン様が軽く目を見開いた。その瞳の奥で、炎が揺らめいた気がした。彼のいる場所からこちらへと吹き抜けた風が、私のドレスを揺らす。

「貴方は国の繁栄を、民の安寧《あんねい》を願っていたはず。そして私は貴方やビー、精霊たちとの平穏な暮らしを願っていました。どちらの願いが変わったか、おわかりでしょう？」

魔女一人のために国や民を犠牲にしてもよいなどと、あの頃の彼なら絶対に言わなかったはずだ。夜空に立つ彼に向けて強く言うと、精霊たちの放つ輝きに包まれながらあの人は口を閉ざした。

「もう一度、答えてください」

心臓がどくんと大きく跳ねる。一度聞いたことをもう一度聞くのが、なぜこんなにも恐ろしいのか。

それでも訊《き》かなくては。恐らくそれは私の義務でもあるから。

体から力が抜けていく感覚に耐えるため、ぎゅっと袖口を握りしめる。

「地脈を破壊したのは、本当に私に会うためなのですか？」

その一言を言うのに、どれだけの時間をかけただろう。ビリオン様は小首を傾げる。まるでどうしてそんなことを訊くのかわからないといった様子だった。

彼は精霊たちもビーも、ヴァノッサの存在さえも失念したように、ただまっすぐにこちらを見つめる。その紅蓮《ぐれん》の瞳は、純粋に不思議そうな色を湛《たた》えていた。けれどやがて、彼は甘やかな声で「そうだよ」と答えた。

「頼まれたからとか、他にも理由はあるけれど、結局私は君に会うためにここまで来たんだ」

穏やかな笑みとともに発せられた言葉の意味は、決して穏やかなものではない。

思わず目を見開いた私に彼は微笑んでから、前方にある皇城を見つめた。だが彼が見ているのは、きっと現在の皇城ではないのだろう。

「それで、君はどうする？」

視線を交わすことなく問われ、私は一瞬答えに詰まる。

そして困惑しながら周囲を見渡した。皇城を、それから周りに立ち並ぶ家々を見る。

頭に浮かんだのは、先日見て回った城下の光景だった。崩れゆく家々の石片と、そこに生きていた人間たちの姿。遠い日のことは、思い出そうとしてもできなかった。

時は常に動いている。永遠に変わらないものなどありはしない。だからこそ、今目の前にあるものが尊《とうと》いのだ。

感傷的な気持ちを振り切り、私はきっぱりと告げる。

「貴方をお止めする以外に、道などないでしょう」

　そうして私は、隣に立つヴァノッサを見る。その表情は、どことなく誇らしげだった。私がそう口にすると信じていたのだろう。そんな姿を見ていると、まるで彼が盟友のように感じられた。昔は立場ある人間の横に並ぶと萎縮《いしゅく》してしまったのに、この男が相手だと遠慮なく傍《そば》にいられるのだから不思議だ。出会いが最悪だったせいもあるかもしれない。

　私の答えを聞いて、ビリオン様があからさまに不機嫌になる。

「では、君はどうやって私を止めるつもりなのかな?」

「……貴方に施《ほどこ》された不死掛けの術を解除するのが、一番の近道かと」

「つまり、私に死んでほしいと?」

　私は一瞬息を詰まらせる。もちろん、死んでほしくなどない。こんな状況でなければ、もっと生きていてほしかった。たくさん話をしたかった。けれど──

「……そうです。貴方は、本来この時代を生きていい人ではありませんから」

　こんな遠い未来でなければ、こんな状況でなければ、私は彼が生きているのを誰よりも喜べただろう。共に来てほしいと求められたら、一も二もなく頷《うなず》けたに違いない。

　そうであったならどんなに良かったかと心の底から思うほど、私は──私は彼に会いたかった。

北の孤島で結界が傷つけられた時に気付いていたら、こんなことにはならなかったんだろうか。それとも三百年前の時点で自分の気持ちを自覚し、マリエル様を押しのけて彼の手を取っていたなら、こんなことにはならなかったんだろうか。

強い後悔が襲ってくる。だが、そんな後悔など何の役にも立たないとわかってもいた。何度時を巻き戻しても、私にマリエル様を悲しませることなどできないのだから。

「……そうか」

ビリオン様が、こちらに向けていた手を引く。その声から、迷いは感じられない。

「だけど、私もこのまま諦めるわけにはいかないんだ。君と共に過ごせる日がくるまで、死ねはしない」

彼が強い意志を感じさせる声で堂々と宣言した直後、その周りに光が集まった。これ以上のやりとりは不毛だと判断したのだろう、精霊たちが次々に攻撃をしかける。しかしビリオン様の体は攻撃を浴びる前に夜空に掻き消えた。

「空間転移……っ!?」

アマンティが舌打ちする。

次の瞬間、ビリオン様が私の目の前に現れる。そのせいで強烈な眩暈《めまい》に見舞われ、一瞬結界の威力を弱めてしまった。私は大きく息を吸い込み、もう一度結界を展開し直そうと試みる。

「く……っ、壁よ！」

だが、その一瞬をビリオン様は見逃さなかった。

「遅いよ」

朗《ほが》らかな微笑とともに手を掴《つか》まれる。ぞっとするほど冷たい手に引かれ、体を抱き上げられた。傍《そば》にいたヴァノッサがこちらに手を伸ばしたが、一歩及ばない。

精霊たちの攻撃を避けながら、ビリオン様が自分の結界を展開した。その中に取り込まれ、身動きが取れなくなる。体がまったく言うことをきかないし、吐きそうなほど気分が悪かった。結界の上空に浮かぶ精霊たちが、悲痛な声を上げる。

「レイアスティ様！」

「ちょっとマーグリス。あなた、あれ壊せないの!? 魔力はあたくしたちの中で一番強いだろう!?」

「僕たちじゃ力が強すぎますよ。結界を壊したら、レイアスティ様に被害が及びます」

「くそ、こんなことなら問答無用で殺しておけばよかった！」

精霊たちが毒づいているのを聞きながら、私は襲い来る吐き気に耐えていた。肩を抱くビリオン様から離れようと腕を突っ張るけれど、力がまったく入らない。

胃液が喉までせり上がってくる。いっそ吐いてしまったら離れてくれるだろうかと考え始めた頃、徐々に気分が悪い原因がわかってきた。

ビリオン様の魔力は、人工的なのだ。

魔女や魔導士のように体内で生成されているわけでも、世界に満ちている魔力を取り込んでいるわけでもない。彼は何者かが生み出した人工の魔力を、その身に宿していた。生き物の血液と臓物の匂いがする。そういった私の体が受け付けない魔力が、ビリオン様の魂を縛っているのがわかった。

「気分が悪いので、放していただきたいんですが」

私は吐き気を堪《こら》えて懇願《こんがん》した。

「この場を離れたらそうしてあげるよ。だが今は、もう少し我慢していてほしい」

そう言って、ビリオン様は当然のごとく却下する。諦めて口を閉じた私を地面に下ろし、彼がおもむろに腕を上げた。すると、結界の外側に光の矢が生み出され、精霊やヴァノッサに向けて放たれる。

「――いけない！　皆、避けて！」

私はそう叫び、降り注《そそ》ぐ幾本もの光の矢を目で追いつつ、急いでヴァノッサの姿を探す。この中で一番危険なのは、人間であるヴァノッサだ。

彼の姿を見つけたと同時に、たくさんの矢がその頭上に降り注ぐのが見え、息を呑む。

だが、彼は体を捻《ひね》って回避した。それを見て、私は膝《ひざ》から力が抜けそうになる。

精霊たちも各々攻撃を回避したり自らの魔力で相殺《そうさい》しつつ、ヴァノッサを矢から守ってくれていた。ビーの姿も見つけたが、彼の周囲だけは一切攻撃されていなかった。その事実に彼自身も驚いているのか、唇を戦慄《わなな》かせている。

私を連れて空間を渡り、ヴァノッサたちから更に距離を取った後、ビリオン様が突然、私を後ろから抱きしめてくる。私の体をすっぽりと包む腕は冷たく、心の芯まで冷えそうになった。知っている人なのに、誰よりも大事に思っていた人なのに、恐怖で身がすくみそうになる。

「しばらくはこのままでいさせてほしい。私が君を奪おうとするすべての者を殺すまで」

柔らかな声音とは裏腹に残酷なその言葉を聞き、血の気が引く。

彼は本気でヴァノッサや精霊たちを殺すつもりなのだ。

――ここから出ないと。

心の中で、理性がそう急《せ》き立てる。私がこの結界から出なければ、精霊たちは戦うことができないし、ビリオン様を止めるため、私も最大限に力を揮《ふる》わなければならない。

もしビリオン様が生きていたら、彼を止めようと決めたのは私自身なのだから。

それでも、私は彼の腕の中で身動《みじろ》ぎすらできないでいた。今ここでビリオン様の腕を振り解《ほど》いたら、彼を深く傷つけるとわかっていたから。

結界内から外を見やると、精霊たちに守られながらこちらに向かってくるヴァノッサと目が合った。攻撃を回避して何度か地面に倒れ込んだらしく、全身が泥に塗《まみ》れ、頬にはいくつもの擦り傷がある。剣を握る手は力強いが、その手にも多数の傷があった。

「しつこいね」

攻撃の手を緩《ゆる》めぬまま、ビリオン様がぼやく。それを聞き、ヴァノッサが不敵な笑みを浮かべた。

「このしつこさがなければ、レイアスティを北の孤島から連れ出すなんて不可能だったからな。貴方もしつこく結界を壊そうとすればよかったんだ」

剣の柄《つか》を握り直し、ヴァノッサが横に跳躍する。細く長い光の矢が彼の腕めがけて降ったのを避けたのだ。精霊たちの力も借りているとはいえ、ここまで攻撃を避け続けているのは驚嘆《きょうたん》に値する。

荒い呼吸は、とうに体力の限界を越えている証拠だ。それなのに彼は不敵な笑みを崩さず、幾度も後退しては前進を繰り返していた。……それは、私がここにいるからに他ならない。

ヴァノッサも精霊たちも私を助けるために戦っているのに、どうして私だけがここで足踏みしているのか。

満身創痍《まんしんそうい》とも言えるヴァノッサの立ち姿。精霊たちも、徐々に傷を負い始めている。このままじゃ、いつか皆の体力が尽きてしまう。

――それでいいの？

私は自問自答する。そうやって大事な人を失って、私はまた悲しんで生きていくの？何もしなかった自分を責めながら。

そして嫌だと、心の中で否定する。「また」じゃない。だって魔女の狂宴《きょうえん》の時、私はできる限りのことをした。けれど今、私は何もしていない。

結界を通しても漂《ただよ》ってくる、血の匂いと大地が焦げていく匂い。そして戦うことを恐れて力を失っていた体がその力を取り戻す。気付けば私は、ビリオン様の腕に爪を立てていた。

「彼らへの攻撃を今すぐ中止してください、ビリオン様。貴方が私を少しでも大切に想ってくださっているのなら、私の大切な人たちを殺さないで」

私の最後の説得に、ビリオン様は目を細めたけれど、それだけだった。攻撃は一切止まない。それどころか光の矢が一箇所に集まり、一本の巨大な矢となる。そして魔力を大量に保有する精霊たちではなく、たった一人の非力な人間の頭上へと放たれた。

「逃げて、ヴァノッサ！」

絶望が心を占める中、私は大声で叫んだ。ビリオン様が暗い笑みを浮かべる。彼が死ねば私がファルガスタに縛られることはないのだと、そう信じてやまない密《ひそ》やかな笑み。

しかしそれは、すぐにかき消されることになった。

光の矢は、ヴァノッサの眼前で止まっていた。

「……ビー？」

呆然と呟《つぶや》いたのは、ビリオン様だった。

ヴァノッサの前にはビーがちょこんと座っており、金色の瞳でビリオン様をひたと見据えている。ビリオン様は、その小さな体を傷つけないために、攻撃をやめたのだとわかった。

「駄目だよ、ビリオン」

感情を溢れさせるように、ビーが怒鳴る。

「駄目なんだよ！　あんただけは、レイアを悲しませちゃいけないんだ！」

ビーの涙交じりの言葉に、今まで一度も迷いを見せなかったビリオン様が初めて動揺した。

その時だった。ビリオン様の結界が、まるで糸が解《ほど》けるかのように消滅したのは。

ビリオン様が、かっと目を見開く。

「そんな、結界が解除されて――!?」

私たちの背後に、ふっと人の気配が現れる。そちらに向けてビリオン様が右腕を出し、攻撃するための光を顕現《けんげん》させた。

スペルの詠唱もなしに生み出された光は、細く長く槍状に変化する。だが、遅かった。

いつの間に近づいてきていたのか、ヴァノッサがそこにいた。彼は結界解除の首飾りを身につけ、一瞬、真剣な表情を浮かべる。

「悪いな、初代炎帝《えんてい》。……俺も、レイアスティを失えないんだ」

熱のこもった声がした直後、ヴァノッサが剣を一閃《いっせん》し、ビリオン様の右腕を斬り飛ばす。躊躇《ためら》いもなく腕の付け根から斬られた腕が、半円を描くように飛んで地面に落ちた。

「ぐ、うあああああああ！」

ビリオン様の絶叫が、闇夜をつんざく。それを合図に、天からガラナの声が降ってくる。

「小僧！　そのまま嬢ちゃんと灰猫を連れてここから離れろ！」

ガラナの言葉に反応し、ヴァノッサが私とビーの体を抱き上げ、その場を離れる。その間にも、私たち目がけて光の矢が飛んでくる。

ヴァノッサは、私を庇《かば》うように走っていた。

――これでは、ヴァノッサに矢が刺さってしまう！

彼の死を想像した瞬間、私は深く息を吸い込み声の限りに叫んでいた。

《その腕は黄昏《たそがれ》の風を生み、その足は大地を揺るがし、その瞳はすべてを拒絶し、その声は世界を砕く者。汝《なんじ》、主たる我が名の下に今こそその力を示せ！》

精霊王たちでは無理だというなら――私はそこで、とある精霊を頭に思い浮かべた。

北の孤島を寝床にする、巌《いわお》のように巨大な鋼《はがね》の精霊を。

《来たれ、ハウエルティ・ガーディアン！》

スペルを紡《つむ》ぎ、光の矢に向けて手を突き出す。私たちの周りを囲むように土埃《つちぼこり》が舞ったかと思うと、暴力的なまでの風が光の矢を縦に割いていく。

次いで絶叫し続けるビリオン様の右足首に風の鎖を巻き、大地に固定する。強い魔力を練り込んだその鎖で縛れば、しばらくは空間転移もできないはずだ。

――もし。

冷静な自分が頭の中で告げる。もしビリオン様を倒すなら、今をおいて他にない。今を逃せば、機会は永遠に来ないだろう。

重い選択が目の前に迫っている。けれども私は、今度は足踏みしなかった。ビリオン様と戦うのは震えるほど怖いが、ヴァノッサが死んだらと思うと、そちらの方がずっと怖い。

彼が私を失えないと言ったように、私も彼を失いたくなかった。

《アマンティ、エイミー、ガラナ、マーグリス！》

天に浮遊する、四大精霊の王たちの名を呼ぶ。そして空の色をも歪《ゆが》ませるほどの力を漲《みなぎ》らせる彼らに、私は自らの意思で命じた。

《盟主レイアスティが命じる！　ビリオン様を——世界の敵たる、ビリオン・ヴァン・ファルガスタを討て！》

壊された大地は、すべて私が修復する。その覚悟と魔力をありったけ込めた声に、四大精霊たちが応じて腕を振り上げた。それぞれの手の中に、槍が生み出される。

アマンティが嬉々として言い放った。

「これで終わりだよ、ビリオン坊や！」

彼らが一斉に腕を振り下ろすと同時に、ビリオン様の体めがけて槍が急降下した。そして鈍い音を立てて、その体を貫《つらぬ》いていく。

狙いを外した槍は大地に突き刺さり、先ほど私が修復したものより遥かに大きな穴が穿《うが》たれた。その光景を、私は瞬《まばた》き一つせず見ていた。

胸や腕、それに太もも。全身を何本もの槍で貫かれたビリオン様の体からは、血が一滴も出ていない。だから見ていられたのかもしれなかった。痛そうだ、なんてどうでもいいことばかり考える。

ビリオン様の絶叫は収まった。もう息絶えてしまったのかと思うほど、完全に沈黙している。それなのに、精霊たちはまだ警戒を解いていなかった。

「何をしてるんだ、嬢ちゃん！」

「不死掛けの解除をお願いします、レイアスティ様！」

ガラナとマーグリスの言葉で、私は我に返る。

そうだ。動きを止めた以上、今度はビリオン様の不死掛けを解かないと。すでに亡くなっているはずの彼をもう一度眠らせるために、私はここにいるのだから。

……それなのにどうして、唇が震えて言葉が出ないんだろう。これだけひどい怪我をさせたのは私なのに、傷つき声も出せないでいる彼を見て、私はまた動揺し始めていた。

そんな私の体を、ヴァノッサが優しく地面に下ろしてくれる。

「レイアスティ」

彼に名前を呼ばれ、私はようやく気持ちを落ち着かせることができた。

――約束を、果たさないと。

どこか現実味が感じられない中、その思いだけが私を動かした。

うなじに張りついた髪を払いのけると、すうと冷たい空気が肌に触れる。その空気で頭を冷やし、不死掛けのスペルを思い浮かべた。そしてそのスペルを、逆さまに唱え始める。

身動きが取れずにいるビリオン様を正面から見て、スペルを一つ一つ紡《つむ》いでいく。すると彼を取り囲むように魔術陣が生まれ、淡く細かな光がその魔術陣から漏れた。

しんとした空気の中、ビリオン様が囁《ささや》く。

「潮時か……。まあいい」

空気を微《かす》かに震わせるその囁きは、どこか甘い。

やがて私が最後のスペルを唱える直前、彼の姿が薄くなって透けた。

「レイアスティ様、急いで！　ビリオン帝は逃げる気です！」

エイミーの叫びも虚しく、ビリオン様は闇に溶けるように消えていく。そして消える寸前、彼は淡く微笑んだ。

「今度はきっと君を攫《さら》うよ――それまで君に平穏を、華月の魔女」

こちらに伸ばされたビリオン様の手。私はやはり、その手を取ることができなかった。

姿を消したビリオン様の行方を追うため、精霊たちも次々と姿を消していく。

すでに空の端は白んでおり、もう朝と呼べる刻限だった。

朝日がフェンネルの新たな一日を照らしている。じきに貴族の屋敷に住まう下働きの者たちが目覚め、食事の準備を始めるだろう。それまでにここを去らなければと思うものの、疲労のせいでなかなか動けなかった。私は空を見上げ、独り言のように言う。

「予言者の言ったことは、半分正解だったわけですね」

銀の魔女、最果ての魔女が救世主。その言葉は決して嘘ではなかった。私の存在こそが、地脈破壊の原因であり、それを止める唯一の鍵でもあったのだから。

救世主でありながら、すべての元凶でもある。そんな私に、ヴァノッサはどんな処罰を下すのだろう。

わずかに怯《おび》えながら、彼の方に視線を向けた。

私は一体、今更何に怯えているのだろうか。魔女狩りなど、とうの昔に体験している。今更誰に追われたところで怖がる必要なんてないのに。

そんな私の怯えが伝わったのだろうか。何も問わずとも、答えは返ってきた。

「貴女のせいではない。たとえ初代炎帝《えんてい》の行動理由が貴女だったにせよだ」

その声は堂々としていて、本心からの言葉のように聞こえた。いや、実際にそうなのだろう。

「むしろ貴女が救世主であるという証明ができて良かったじゃないか」

くく、と肩を震わせて笑う彼は、こちらの緊張を解《ほぐ》そうとしているらしい。そのどこかおどけたような楽しげな笑みは、決して私をからかうものではない。

……人間にここまで気を遣わせるなんて、ある意味魔女の名折れではなかろうか。そう思うと、自分が情けなくなる。

そこでふと、ヴァノッサの手に結界解除の首飾りが握られているのに気付き、私はそれを指さした。

「それより、ヴァノッサ。どうしてあんなことをしたんですか？」

「あんなこと？」

「結界解除の首飾りを使って、ビリオン様に単身で攻撃を仕掛けたことです」

下手をすれば、あの時ヴァノッサは死んでいたかもしれないのだ。今更ながら怒りが湧いてくる。だがヴァノッサときたら、しれっとこんなことを言う。

「貴女が傍《そば》にいろと言ったから近づいただけだ」

「確かに言いましたが、状況を考えてください！　無茶をして死んだらどうするんですか!?」

彼に死なれるくらいなら、私が攫《さら》われた方がまだいい。攫われたら逃げればいいけれど、死んでしまったら生き返れないのだから。

黙り込んだまま、目を閉じているビーを見下ろす。ビリオン様に黙祷《もくとう》を捧げている彼の小さな背中は、悲しみを帯びていた。彼のことを嫌いだという態度を崩さなかったビーだけれど、その心中には違う感情もあったのかもしれない。

あの人を殺してしまったかもしれないと思うと、私も胸が痛かった。けれど同時に、胸のつかえがとれたような気持ちにもなっていた。

私はヴァノッサを見上げ、その頬に触れる。血の通った肌の温《ぬく》もりを感じて、気持ちが解《ほぐ》れた。

「貴方が無事でよかった」

ヴァノッサが死んでしまったら、きっと私は今頃、後悔の渦に呑み込まれていただろうから。

ひどい話だと思う。かつてあんなに私を大切にしてくれた人の死よりも、会ったばかりのヴァノッサの心配をしているだなんて。だが私はビリオン様が消えてしまったこと以上に、ヴァノッサが生きていて良かったと思ったのだ。

過去を生きるビリオン様じゃなく、今を生きているヴァノッサの命が守られたことが、私には嬉しかった。彼にはこれから先の人生を、幸せに生きて死ぬ権利があるのだから。

「俺の身を案じてくれるのか？」

ヴァノッサがきょとんとする。その年に似合わない子どもっぽい表情には、顰《しか》め面《つら》を返した。

「当たり前じゃないですか。死なれたら困ります」

すると彼が、やはり子どものようにあどけなく笑う。

「何ですか」

あまりに無邪気な笑顔だったので訊《き》いてみると、実に嬉しそうに返された。

「貴女に心配されるのが、思っていた以上に嬉しくてな」

「だからといっていたずらに心配させないでください。気が気じゃありませんから」

「それはいいな。心配してくれている間は、貴女は俺から離れないんだろう？」

低く笑いながら告げられた言葉に私は一瞬息を詰まらせ、ややあって微笑み返す。

「……そうですね」

嘘で固めた笑みを見せると、ヴァノッサが怪訝《けげん》そうにする。だからそれ以上追及されないよう、私は彼に背を向けた。

「帰りましょう。夜が明けて冬宮に誰もいなかったら、リズ殿が心配します」

そのまま空間転移のスペルを唱え、強引に帰還する。『心配している間は離れないのだろう?』という問いへの本当の答えは、胸に仕舞い込んで。

——ビリオン様は、ファルガスタから去った。

もう、私がファルガスタに留まる理由はどこにもないのだ。


ビリオン様との邂逅《かいこう》から、五日が経った。

あの後真っ先に戦闘のあった場所の地面を修復した私は今、フェンネル各地で起きている異常事態を解決して回っている。

私を襲ってきた者たちの雇い主も、ようやく明らかになったらしい。ヴァノッサの話では元老院の議員と外交官らしいが、名前を聞いてもやっぱり誰かわからなかった。

彼らはすでに牢に繋《つな》がれているので、もう危険はないだろうと言ってヴァノッサはついて来ていない。代わりについて来てくれることになったリズは、マーグリスとの約束のこともあって、心中穏やかではなさそうだった。

だが、一度私が大地を修復するのを見てからは何も言わなくなっていた。もっとも、態度が軟化したわけじゃないのだけれど。

「ふう」

大地の修復を終え、冬宮の部屋に戻った私は暖炉《だんろ》前の椅子に腰掛けた。すると膝《ひざ》の上にビーが飛び乗る。

「お疲れ様」

彼は、今日も日がな一日寝ていたらしく元気がいい。羨ましいものだ。

事態が落ち着いたら、私もゆっくり眠りたい。そう考え、まだ終わってはいないんだなと思い出す。することは、まだまだ多いように思えた。

この五日間、ビーは一度もビリオン様の話をしなかった。私からも、ビリオン様の話はしていない。

私は、彼に確かな殺意を抱いたのだ。その魂を現世から解き放ち、永遠の眠りを与えようとした。そんな私がビリオン様の話をするのはどうかと思ったから。

だけどそれとは別に、ビーに対して言わなければならないことがあった。

ビーの背を撫で、指で首元をくすぐってやる。気持ちよさそうに喉を鳴らす彼にしばらく付き合った後、私は覚悟を決めて訊《き》いてみた。

「ねえ、ビー」

「なあに？」

「死にたい？」

——ビリオン様のところに行きたい？

これは、彼にずっと訊《き》きたかったことだった。

三百年前。病気を患い死の淵《ふち》に立たされていたビーを見て、一人になりたくないと、私は強く願った。そして彼に不死掛けを施《ほどこ》したのだ。なのにビーは、私が不死掛けを施したと知っても「後先考えない性格だなあ」と言って笑っただけだった。本当に、ただそれだけだった。

でも、ビーは今まで死にたいと願わなかったのだろうか。ただの一度も。

彼は、私の問いに長い間答えなかった。

じりじりと時を待つ。すると、ぺちんと間抜けな音を立てて頬を叩かれる。目の前には、見たことがないほど怒ったビーの顔があった。

「二度は言わない」

「……うん」

「不死掛けは僕が願ったも同然だし、そう願ったことを後悔したことは一度だってない。だから僕は、レイアを置いて死んだりしない」

一人になんてしないと言外に告げられ、泣きたくなる。

本当に、よくできた猫だ。私はビーを抱き上げて、ぎゅうっと抱きしめた。

温かな毛皮に頬ずりしていると、ヴァノッサがドアを開けて入ってきた。

「リズから聞いていたが、今日は早いんだな」

最近はいつも日付が変わる頃に帰ってきていたから、珍しく思ったんだろう。

「ええ、少し早めに戻ってきました。おかえりなさい、ヴァノッサ」

そう言うと、ヴァノッサが少し照れくさそうにする。

「貴女におかえりなさいと言われるのもいいものだな」

「そうですか？」

「本当の夫婦みたいに思える」

「お戯《たわむ》れを」

そう斬り捨てると、ヴァノッサは笑いながら上着を脱いで椅子の背にかけた。そして再び、ドアの向こう側へ消える。何事かと思っていたら、彼についてきていた女官から盆を受け取って戻ってきた。その女官を下がらせた彼は、盆をテーブルに置く。

凝《こ》った意匠が施《ほどこ》された銀製の盆の上には、二人分のティーセットと一枚の深皿があった。

「せっかくお互いに時間がとれたんだ。茶でも飲みながら話をしないか？」

と言いつつヴァノッサは私たちの答えを聞かずにカップに茶を注《そそ》ぎ、深皿にはミルクを注いで床に置く。ビーのためだろう。

北の孤島ですっかり要領を掴《つか》んだのか、やけに手際がいい。仮にも大国の皇帝なのに。

私はビーを床に下ろし、自分の分のカップを手に持つ。茶の甘い香りに目を細め、一杯目は無言のまま、時間をかけて飲み干した。

同じく無言だったヴァノッサが口を開いたのは、二杯目を注いだ後だった。

「初代は今度こそ死んだと思うか？」

いきなり本題に入った彼に、私は素直に答える。

「わかりません」

実際、それは私にはわからないことだった。

「かつて、私はビーに不死掛けを施《ほどこ》しました。彼の魂を私に結びつけ、死なないようにしたんです。不死掛けを施された体は病気になりませんが、傷ついても無事でいられるかどうかはわかりません。試したことがありませんから」

淡々と語る私を眺め、ヴァノッサが珍しく気落ちした様子を見せる。心なしか肩が下がり、眼差しにも覇気《はき》がなかった。

「貴女は俺を恨んでいるだろうな」

ぽつりと呟《つぶや》かれたその声にも、いつもの強さがない。どんな絶望の中でも強い意志を持っていた彼にしては、あまりに弱々しい姿だ。恨まれていて当然だと思いながらも、恨まれたくないとも思っているようだった。そんな彼に静かに問う。

「どうしてそう思うんですか？」

「もし初代が死んだのなら、それは俺のせいだ」

「おかしなことを言うんですね。彼は本来、三百年も前に亡くなっているはずの方ですよ。貴方はただ、私を助けようとしただけ。それに精霊たちに彼を殺すよう命じたのは私です」

右腕を失っただけなら、ビリオン様はまだ回復できたはずだ。たとえそれが精霊たちの攻撃の引き金になったのだとしても、そのことでヴァノッサを恨んだりはしていなかった。

そこでヴァノッサが、ゆるゆると顔を上げる。

「では、誰も恨んでいないと？」

「恨んでいますよ。けれど、私が恨んでいるのはビリオン様に不死掛けを施した術者です。貴方ではありません」

いつか術者を突き止められたなら、私はその相手を殺すかもしれない。そのくらいは恨んでいた。

「貴方が気に病《や》むことはありません。貴方の立場からすれば、ビリオン様は国賊のようなものですし」

「しかし……」

どこか納得の行かない様子のヴァノッサに、私は「それに」と続けた。

「私はあの時、ビリオン様の手を取るという選択をしませんでした。それよりも、貴方を生かしたかったんです。その時点で、私に誰かを責めることや恨むことはできません」

そう断言すると、ヴァノッサが表情を緩《ゆる》めた。

「貴女は、一度覚悟を決めると強いな。見ていて心配になるほど淡泊に見える」

「結局、どちらかは選ばなければいけなかったんです。それに、悔やむような選択はしていませんから」

選んで良かったと思える道の上に、今私は立っているのだ。自分自身の辛さや悲しさ、ビリオン様への憐憫《れんびん》を、少なくとも表に出したくはなかった。そうしたら、私がしたことがすべて無駄になってしまう気がして。

ヴァノッサが私を見つめ、肘掛けに片肘をつく。

「悲しんではいけないと、誰に言われたわけでもないだろう」

慈《いつく》しむように放たれたその言葉は、悲しんでもいいのだと言外に告げていた。

「以前、貴女が初代の話をした時に、彼と過ごした日々は貴女たちにとってかけがえのないものだったと言ったが――」

ヴァノッサが呟《つぶや》き、ビーを見下ろす。そのまま不思議そうな顔をしているビーの頭を、ぐりぐりと撫で始めた。

「何すんのさ！」

「それと同じだけ、初代にとっても貴女やビーと過ごした時は大切なものだったんだろうな。そうでなければ、ビーのために攻撃の手を止めはしなかったはずだ。国を壊し、民を殺すことはできても、彼は貴女とビーだけは殺そうとしなかった」

ヴァノッサの指摘に、ビーが言葉を詰まらせる。

思い出したのだろう。自分の周囲にだけ光の矢が降らなかったことを。自分の言葉で、ビリオン様が動揺したことを。

ビーは黙ったままヴァノッサの手をぺちりと叩き、背を向けてうずくまる。きっと、泣いているのを見られたくなかったんだろう。

ヴァノッサの言葉は、ビーを救ってくれたのかもしれない。ビーがかつてビリオン様を罵《ののし》っていたのは、彼に会えなかった寂しさの裏返しだったのだと、今では確信している。

私は感謝を込めた眼差しをヴァノッサに送り、それから結界解除の首飾りを手に取る。

「……マリエル様の隠した首飾りが、まさかこんな結末に繋《つな》がるだなんて、ご本人も思っていらっしゃらなかったでしょうね」

もしこの首飾りが隠されていなければ、ビリオン様はすぐに私に会いに来ていただろう。そうすれば、もう少し違った結末になったのかもしれない。

ヴァノッサは額に手を当てながら、天井を仰ぎ見る。

「まったくだな。嫉妬心で国を滅ぼされては、たまったものではないが」

そこまで言い、彼は慌てた様子で姿勢を正した。

「言っておくが、貴女を責めているわけじゃないからな。貴女は無実だと知っているし、現にこうしてこの国に尽くしてくれているのだから」

「わかっていますよ」

むしろ責めてくれればいいのに。そう思いながらも苦笑いを返すと、ヴァノッサが安心した様子で背もたれに体を預ける。眠る前にいつもそうしているから、きっともう眠いのだろう。その証拠に、彼はゆっくりと瞼《まぶた》を閉じていく。

「応急処置を済ませたとはいえ、まだ大地は不安定だ。しばらくは貴女の力が必要になる」

「そうですね。仕方がありませんから、できることはしましょう」

「そうしてくれ。明日からもよろしく頼む」

そのまま、穏やかな寝息が聞こえてくるのを待つ。安心しきった彼の顔を見て、帰るなら今夜だとふいに思い立った。大地の応急処置が終わり、ヴァノッサも苛立《いらだ》ちと焦燥から解き放たれた。もう、私がファルガスタにいる必要はないだろう。

ヴァノッサが寝入ったのを確認して立ち上がると、ビーが瞼をこすりながら近づいてくる。事前に打ち合わせていたわけでもないのに、彼は私が北の孤島に帰ろうとしているのを察していた。

「行くの？　レイア」

「ええ」

「ヴァノッサに言わなくていいの？」

「言わない方がいいわ。何も知らせないままでいいの」

いつか別れの時が来るなら、そうしたいと思っていた。だからビリオン様との交戦後、私は嘘をついた。『心配している間は離れないのだろう？』という彼の言葉を、否定しなかったのだ。

ショールを羽織《はお》り、魔導書を手に持つ。そしてビーを抱き上げると、彼が私の首元に頬をすり寄せた。

「……レイアはあいつが死んだと思ってないんだね。ヴァノッサに嘘ついたの？」

その問いが私を咎《とが》めるものではなく、純粋な好奇心からのものだとわかり、私は首を振る。

「いいえ、ヴァノッサに伝えたことは本当よ。ビリオン様があの後どうなったか、私にはわからないの。あれ以来何事も起きていないから、多分亡くなったのだとは思うけれど」

ただ、不死掛けの術は解除されていない。あの方法が正しかったのかはわからないし、そもそも最後のスペルを唱える前にビリオン様は消えてしまったから。

あれから精霊たちは世界中でビリオン様を探したらしい。しかし、どこにもその姿はなかったとの報告を受けている。引き続き地脈を監視し、何かあったら教えるとは言ってくれたけれど、「あの傷では生きていないだろう」とも言われた。

不死掛けの術も万能じゃない。あれほどの傷を負って生きているとは思えないと、精霊たちは口を揃えて言っていた。だけど、もし――

「もし、あの人が生きていたら、きっと私を探すはずだわ」

次はきっと私を攫《さら》うと、彼は口にしていた。それなら私がファルガスタに留まるのは危険だ。少なくともビリオン様が亡くなったと確信できるまでは、この国から離れていたかった。

すべてを察して口を閉ざしたビーの額を、私は軽く押す。

「私はファルガスタから離れていた方がいいの。大地の修復は、北の孤島から通いながらするわ」

それに、と胸中で呟《つぶや》く。ヴァノッサには魔女なんかに関わらず、幸せに生きてほしかった。今回みたいな危ない目になど遭《あ》ってほしくない。ビリオン様と同じ過去の遺物のような私が、今前に進もうとしているこの国にいるのも相応《ふさわ》しくないように思えた。過去にとじこもっていた私は、お伽話《とぎばなし》の中に帰る時が来たのだ。

椅子で眠りこけるヴァノッサを、風の魔術でベッドまで運んでやる。彼の寝顔を見下ろすと、一抹《いちまつ》の寂しさを感じて胸がちくりと痛んだ。それを振り払い、ヴァノッサを起こさないよう音を立てずにテラスへ出た。

よく晴れた夜空に、星の川が流れている。東西に分かれて淡い光を放つ姉妹月は、強い星の光に負けていた。遠くからは、微《かす》かに虫の鳴き声が聞こえてくる。物悲しさを感じさせるその声に耳を傾けながらテラスの手すりに近づくと、少し離れた場所に銀鎧《ぎんよろい》が見えた。

微動だにせず立つ彼に、私は声をかける。

「こんな時間まで見張りですか、リズ殿」

ヴァノッサを起こさないよう小さめの声で言ったが、しっかりと聞こえたらしく、リズが振り向きこちらを見上げてくる。

「それが務めだ。貴様こそ、こんな夜分遅くに何をしている」

まさか今から島に帰るところですとは言えず、私は曖昧《あいまい》に笑う。腕に抱いたままのビーも、何も言わずに尻尾を振っているだけだ。ビーは、リズの前で言葉を話したことがなかった。

そういえば、ビーが皇城に来てからリズの世話になりっぱなしだったのを思い出す。食事の世話はもちろんお風呂にも入れてもらっていたようだから、相当面倒をかけたことだろう。そう思い、私は居住まいを正してリズを見下ろした。

「貴方に一つお礼を言わなければなりませんね。ビーの世話をしてくれたこと、ありがとうございました。とても助かりました」

魔女嫌いのリズだが、ビーに対して邪険にする様子はなかった。

魔女に頭を下げられるとは思っていなかったのか、彼は一瞬ぽかんとした後で渋面を作る。

「陛下の命に従っただけだ。貴様に礼を言われる筋合いなどない」

「友人が歓待されたんです。お礼を言うのが筋でしょう」

「貴様のことはまったく歓待しなかったのにか」

リズは鋭い声で言い、それから少し前のヴァノッサと同じことを言い出した。

「俺は、てっきり貴様に恨みごとを言われるだろうと思っていた」

……どうして人間たちはそんな風に考えるのか、詳しく訊《き》いてみたくなる。私はそれほど性悪な女に見えるのだろうか。

そう質問する前に、リズは答えてくれた。

「ファルガスタの民は、貴様を抹殺すべき敵としか認識していなかった。予言を信じた者などごく少数で、多くの者は信じたがらなかった。俺もその一人だ。魔女など死に絶えればいいと思っていたのに、救世主として担ぎ上げるなど反吐《へど》が出る。……だがそれは、貴様がしたことを軽んじる理由にはならない。貴様が救った命は、決して軽いものじゃなかった」

フェンネルで魔術を行使した時のことを言っているのだろう。大の魔女嫌いでありながら、私のしたことを魔女だからという理由だけで否定しない素直さは、賞賛に値する。民の命を軽くないと言ったことにも好感を覚えて微笑みかけると、いつもなら顔を背《そむ》ける彼が、予想外にもそれを受け止めて言った。

「俺は魔女が嫌いだ。憎んでいるとさえ言えるし、それは今でも変わらない。だが、貴様がファルガスタにもたらした恩恵には感謝している。騎士一人の感謝など、貴様にとっては物の数にも入らんだろうが」

物の数にも入らないだなんて、珍しく殊勝《しゅしょう》な物言いだ。一直線にこちらを射抜く薄青色の瞳を見て、私は笑みを深める。

「そうですね。ですが、貴方は普通の騎士ではありません。桁外《けたはず》れの魔女嫌いである貴方に感謝されるのは、なかなか嬉しいものですよ。最後に良い思い出ができました」

他の者ならいざしらず、リズに感謝されるなんて想像もしていなかった。喧嘩腰《けんかごし》でなく話ができるのも、少し前なら考えられなかった。

ヴァノッサやリズのような人間がいるなら、ファルガスタも安泰だろう。そう思い、私はなんだかんだと言いながらも嫌いになれなかった護衛騎士を見下ろす。

「最後？ ……待て、何の話だ。そういえば、貴様はさっきも何をしにテラスに出てきたか言わなかったな」

リズの声が一段と低くなったことで自分の失言に気付き、私は冷や汗を流しながら視線を逸《そ》らす。

「あー……えっと、それはですね」

「答えろ。何をしにここへ出てきた」

鞘《さや》から抜いてこそいないものの、剣を突きつけているかのような鋭い追及に、ビーが

「あーあ」とため息を漏らす。私も同じくため息をつき、渋々答えた。

「ビーと一緒に、私の屋敷へ帰るつもりです。地震も収まりましたし、もうファルガスタに留まる理由はありませんから」

正直にそう言うと、リズが眉間の皺《しわ》を消し、意外そうに訊《き》いてきた。

「陛下がお許しになったのか？」

「いいえ。ですから、ヴァノッサが起きたらよろしく言っておいてください」

宥《なだ》めるのは大変だろうが、きっとリズならできるだろう。

無理に明るく言うと、またリズの顔が険しくなる。だから、彼が何か言い出す前に言葉を重ねた。

「許可を取らなければ帰ってはいけないと、ヴァノッサから言われたことはありません。私はあくまで、私の意思でここにいたまで。帰りたくなったら帰ります。それにファルガスタにとっては、私が帰った方が都合が良いはず。そうでしょう？　リズ殿」

「陛下の許可無く後宮を辞すとは、貴様それでも寵妃《ちょうひ》か」

そういえば、私は表向きは皇帝の寵愛《ちょうあい》深い魔女だったと思い出す。その誤解も、今解いておかなければならないだろう。ヴァノッサのためにも。

私は嘘をつく時のヴァノッサ同様、甘ったるく笑んでみせた。

「魔女は気に入ったものを飽きるまで手放さないけれど、飽きたら捨てるのよ」

これで怒ったリズが、追及をやめてくれるはずだ。彼の扱いなら慣れたものと、内心鼻歌交じりに考える。けれど、予想していたような怒声は聞こえてこなかった。

「わざと魔女らしくするのはやめろ、気色悪い」

「……いきなり喧嘩《けんか》を売る癖は、直した方がいいと言ったはずですが」

「うるさい黙れ年増。貴様が俺を騙《だま》そうとするのが悪い」

子どもっぽい言い分ではあったが、その実冷静なリズの態度に鼻白《はなじろ》む。

そもそも、年増とはなんだ年増とは。確かに私は、彼の十倍以上生きているけれど。

つい攻撃スペルを唱えそうになるのを堪《こら》える。すると、リズが髪をかきむしった。

「貴様を止められなかったら、俺の責任問題になる」

「そんなことで責任を取らせたりしませんよ、貴方の主《あるじ》は。自分に止められないなら、誰も私を止められないことぐらい知っているでしょうから」

ヴァノッサ以外に、私を引き留められる人間はいない。そう言うと、リズが憎々しげに顔を歪《ゆが》めた。

「なら帰れ。その代わり、今帰ったらもう二度と登城を許さんからな」

薄氷にも似た青い瞳が、ひたと向けられる。それを見下ろし、ビーが囁《ささや》いた。

「あれで僕たちが帰るのを止めてるつもりなんだから、驚きだよ」

「え？　あれって引き止めてるの？」

「しかも、本人に気付いてもらえてないし……」

ビーが呆れたように肩を落とす。そんなことなど露知らず、リズはしばらくこちらを見た後で、私の気持ちが変わらないと知って背を向けた。それは拒絶の証《あかし》でもあったが、なぜだかその背を見ていると面映《おもは》ゆい気持ちになる。

「ありがとうございます、リズ殿」

これ以上会話を続けていては別れが惜しくなるだろうと思い、彼に聞こえないよう呟《つぶや》く。それから室内を――ヴァノッサの眠るベッドを振り返った。燭台の淡い光に照らされた寝顔をしばらく見つめた後、私は自分にできる最高の笑顔で、眠るヴァノッサに別れを告げた。

「さようなら、ヴァノッサ。どうかお元気で」

そして人間たちに囲まれて、幸せに生きてください。

そう心から願いつつ、空間転移のスペルを唱え、彼に背を向ける。そのまま一度も振り返らず、私は北の孤島へ――お伽話《とぎばなし》の舞台へ帰った。

エピローグ　新しい約束

穏やかで単調な日常に戻って、およそ一年が経った。

私は今も変わらず、北の孤島のその奥の、ビリオン様が建ててくださった屋敷で暮らしている。

屋敷の中は猫の鳴き声で満たされており、裏を返せばその音しかない。繁殖期特有の、まったく可愛らしくない声。季節は巡り、再び冬が近づいていた。

窓辺のソファに座り、日光浴をしながら魔導書に目を通す。その中に『不死掛け』のページを見つけ、無言のまま魔導書を閉じた。

あの後、ビリオン様の姿が発見されたという話は聞いていない。モーリス大陸を席巻《せっけん》した大地震の脅威は消え、今は時折小さな地震がある程度だ。人間たちは落ち着きを取り戻し始め、復興作業も着々と進んでいる。ファルガスタを訪れるたびに新しい建物が建っていくのを見るのが、最近の楽しみでもあった。

私はといえば、精霊たちと一緒にファルガスタ直下の地脈を修復する日々を過ごしている。応急処置が済めばもう私がすることはほとんどなかったのだけれど、少しでも精霊たちの手伝いがしたかったのだ。また同じことが起きないとも限らないから、警戒したい気持ちもあった。

ヴァノッサとは、あれから一度も会っていない。

皇帝である彼が魔女とあまり懇意《こんい》にするべきじゃないと思うし、元々私は大地震を収めることを彼から頼まれていたのだ。地震が収まった今、彼に会う理由はなかった。

それに誰も姿を見てはいないとはいえ、ビリオン様が本当に亡くなったのか確信できない状況で、ファルガスタに深入りしたくない。彼は、私がいる場所に必ず現れるだろうから。だからこそ、私はこの屋敷に戻ってきたのだ。今度はあえてビリオン様にも解ける結界を張って。

そうしてこの一年を静かに振り返っていると、ノースポートから帰ってきたビーがリビングにひょっこり姿を現した。彼は私の姿を見るや否や、尻尾をだらりと下げる。

「レイア、あれから元気ないね」

残念そうな声で言われ、私は首を傾げる。

「そう？　いつもこんな感じだと思うけど」

「嘘つき。前よりもっと面倒くさがりになってるよ。全然動かないんだもん」

むう、とビーが頬を膨《ふく》らませる。最近あまりかまってもらえないのが不満らしい。

そう言われても、以前もそれほど動いていなかった気がするのだけれど。

反論せずにいると、膝《ひざ》にビーが飛び乗る。その背を撫でると、尻尾で手を叩かれた。

「ファルガスタにいた時には、もうちょっと喋《しゃべ》ってたのにさあ」

「喋る相手がビーしかいないんだから、仕方ないじゃない」

そのビーとて、いつも屋敷にいるわけではないのだし。

「そんなこと言ってたら、アマンティが怒るよ。暇なら皆を呼べばいいのに」

「精霊王を暇つぶしに使うなんて気が引けるもの」

特に、今は地脈修復の真っ最中だ。常より忙しい彼らを呼び出すなんて、ますます気が引ける。

……たとえ本人たちが気にしないと言っても、私が気にする。

ビーは口をへの字に曲げて黙った後、私の手の甲に頬をすり寄せた。ちくちくと刺さるひげがくすぐったくて目を細めていると、ビーが心配そうに言う。

「ねえ、本当にヴァノッサに会わなくていいの？」

「何よ、あんなにヴァノッサのことを嫌ってたのに、どういう風の吹き回し？」

ビーの指摘を、からかうように笑ってみせる。すると、また尻尾で手を叩かれてしまった。

「地脈を直すために何度もファルガスタに行ってるくせに、レイアってば、ちっとも皇城に寄らないじゃん。知り合いなんだから、顔ぐらい見せたっていいのに」

「皇帝に気安く会いに行く方が、どうかしてるわよ」

「じゃあリズは？」

「顔を見られた瞬間に斬りつけられたら困るじゃない」

「そんなことしないよ」

「するわよ、リズ殿は」

彼には何度殺されかけたことか。なのにビーは、再び頬を膨らませて反論した。

「だって、お魚くれたもん！」

判断基準が実に猫らしい。なんだかもう文句を言う気になれず、ビーの背を優しく撫でていると、上体を伏せた彼が少し寂しげに呟《つぶや》いた。

「……ヴァノッサ、怒ってるんじゃないの？　何も言わずに出てきちゃったし」

「平気よ。今は復興作業に追われているだろうし、忙しくしているうちに、私のことなんて忘れるわ」

復興作業もそうだが、彼は皇帝だ。国のため民のためにやることは山積みなのだから、それを一つ一つこなしているうちに、いつか私のことなんて忘れてしまうだろう。私もそれでいいと思っているし、そうあるべきなのだ、本当は。

そう思い、笑って返したのだが、ビーにじろりと睨《にら》まれてしまった。

「前から思ってたけど、レイアはヴァノッサのことあんまりわかってないよね」

「どういう意味よ」

「そういう意味だよ」

意味深に言った後、ビーはふいと顔を背《そむ》け、私の膝《ひざ》から飛び降りた。

「まあいいや。それよりレイア、今度こそカツオのタタキ作ってよね。前はヴァノッサが来たせいで作ってもらえなかったんだから」

そういえばそうだった。結局、あれからカツオを他の猫に持ってきてもらうのに一年もかかってしまった。澄まして歩くビーの背中を追い、私も立ち上がる。

「はいはい。じゃあ台所に行きましょうか」

「うん！」

嬉しそうに振り向いたビーが、上機嫌のまま部屋を出ていく。それについて行こうと早足になったところで、ふつりと何かが切れる音がした。

「レイア、どうしたの？」

「……結界が解けた」

「結界が？　じゃあ、まさかあいつが生きてたの!?」

ビーが毛を逆立てる。私は力なく首を振った。

「いいえ、違うわ。この感じは……」

結界は確かに解かれた。それは間違いない。

けれど、私はこの感覚を知っていた。糸が切れるような感覚、これは――

「あ、ちょっとレイア、待ってよ！」

駆け出した私の背に、ビーの声がぶつかる。だけど、それを無視して一心不乱に走り続けた。

そして気付けば、私は玄関の前に立っていた。

全力疾走したせいで、息が上がっている。胸を押さえて呼吸を整えていたら、やがて草を踏みしめる音が近づいてきた。ゆったりとした歩みから、大きな歩幅を刻んでいるのだろうと、透視の魔術を使わなくてもわかった。

けれど、私はドアを開けなかった。いや、開けられなかったのだ。どんな顔をしたらいいのか、何を話したらいいのかわからなくて。深呼吸しているはずなのに、鼓動がどんどん速くなっていく。その間に足音がドアの前で止まり、ドアに指を滑《すべ》らせる音が聞こえてきた。

そして、わずかな沈黙の後。

「そこにいるのか？　レイアスティ」

低く硬質な声で名を呼ばれ、私は一瞬息を詰まらせた後、弾かれたようにドアを開けた。光が一気に差し込んでくる。一年前と同じく光を背に立つ男の輪郭《りんかく》を見つめ、私は吐息のような囁《ささや》きを零《こぼ》した。

「ヴァノッサ……」

紅蓮《ぐれん》の双眸《そうぼう》が私を認め、弓なりに細められる。

「今回は、貴女からドアを開けてくれたな」

その嬉々とした声に何と返したらいいかわからずにいると、後ろからついてきたビーが「うげ」と嫌そうに言った。

「あんた、また来たの？」

「久しいな、ビー。元気そうで何よりだ。また来たが悪いか？」

「悪いよ。大いに悪い。……けど、まあ元気ならいいよ」

ビーはそれだけ言うと、そのまま黙って私の足元に座り込んでしまった。

嫌い嫌いと言いながら安否は気になっていたのか、彼はヴァノッサが息災な様子を見

て安心したようだ。けれど、私はそうはいかない。

ヴァノッサは、こちらを見たまま何も言わない。だから私から何か言わなければと言葉を探した挙句、至極当然の疑問を口にした。

「どうして貴方がここに？　今はファルガスタの復興で忙しいはずでは？」

「ああ、忙しいな。いくら仕事を片付けても、次から次へと湧いてくる」

「じゃあどうして……。それより、よく許してもらえましたね」

状況もそうだけれど、魔女の屋敷を来訪するなど彼の臣下が許すとは思えない。皇城を離れることすら許されないだろう。

その疑問に対し、ヴァノッサは「何を馬鹿なことを」と言って呆れ顔をした。

「皇帝が城を離れるのを許す者がいるはずなかろう。抜け出してきたんだ」

「……はあ？」

抜け出してきた？

目を見開く私に、ヴァノッサが「苦労したぞ」と肩をすくめてみせた。

「そのためだけにこの一年、貴女に会いたいのを我慢して公務をこなしてきたんだ。皇城から一歩も出ずにな。皆の警戒を解くのに、こんなに時間がかかるとは思わなかったが」

「それはまあ、そうでしょうね」

むしろ一年程度で警戒が解けたことに驚きだ。

それにしても、皇帝が城を抜け出すだなんて……開いた口が塞《ふさ》がらないとはこのことだ。

「貴女が陰ながら大地を癒《い》やしてくれているおかげで、復興作業は当初の予定より早く進んでいる。今なら俺が数日消えても平気だろう。もっとも、居所は知られているから追っ手がこの島に来るのは時間の問題だが」

「なら、もうお帰りください。臣下に心配をかけるものではありません」

「ノースポート行きの船は明日まで出ない。帰れると思うか？」

何も言えなくなった私に、ヴァノッサはにやりと笑ってみせた。そのいかにも悪そうな笑みを見て、私は思わず一歩下がる。

「何をしに来たんですか？」

「そう警戒するな。すべてが終わったら、またここに来てもいいと言ってくれただろう？」

……そういえば一年前、ファルガスタ行きの船でそんな約束をした気がする。

ということは、約束どおり茶でも振る舞わなければならないのか。今思えば、とんでもない約束をしてしまったものだ。

落ち込む私の上から、ヴァノッサの声が降ってきた。

「それと、貴女に訊《き》きたいことがあって来たんだが」

「訊きたいこと？」

何だろうと思って顔を上げる。するとヴァノッサが、苦笑しながら訊いてきた。

「なぜ、俺に黙ってファルガスタを出て行った？」

質問の内容を噛み砕いて理解するのに、しばらく時間がかかってしまった。

なぜと言われても……

ビーが案じていたのとは違い、ヴァノッサは怒っていなかった。けれど、その分とても寂しげで余計にたちが悪い。何だか、彼に悪いことをしてしまったみたいだ。

私は両手を絡ませて握り、一つ息をついてから答える。

「ビリオン様の行方は、未だに知れません。そんな状況で私がファルガスタに留まれば、いつか貴方や民を危険に晒《さら》す可能性があります。私がいる場所にビリオン様が現れるなら、またファルガスタが地震の震源地になるかもしれませんから」

「だからここに戻ったのか？」

「ええ。もしあの人がまだ生きているのなら、私を探すでしょうから。だから結界は、あえてあの人にも解除できるものにしているんです。それなのに貴方が――」

そこでヴァノッサが、ぷっと噴き出す。笑いごとじゃないのにと睨《にら》みつけると、「いや、すまない」と、ちっとも悪びれない様子で返された。

「貴女にしては、珍しく愚かな選択だと思ってな。貴女がファルガスタにいても北の孤島にいても地震は起きるのに、なぜファルガスタを離れる必要がある？」

「それは……」

「他にも何か理由があるんだろう？　違うか」

当たり前のように私の心中を見抜いた言葉が、胸に突き刺さる。

ビーが小首を傾げて私を見上げていた。彼にも、何のことだかわからないらしい。当然だ。私はもう一つの理由を、誰にも告げていないのだから。

口を噤《つぐ》む私に、紅蓮《ぐれん》の瞳がひたと向けられる。私がもう一つの理由を明かすまで、その視線が逸《そ》らされることはないのだろう。結局負けたのは、私の方だった。

「……貴方に幸せに生きて、死んでほしかったからです」

それは三百年前、ビリオン様に対して抱いた気持ちと同じだ。私はヴァノッサに、面倒な事情を抱えた魔女になど深入りせず、人間たちの中で穏やかに暮らしてほしかった。

「貴女が俺を不幸にすると？」

ヴァノッサの言葉には答えず、私は外を指さした。

「理由はこれで全部です。満足したでしょう？　船がないなら私が空間転移の術で送ってさしあげますから、早くファルガスタにお帰りください」

だがヴァノッサは、頑として首を縦に振らなかった。

「一人で帰れというなら断る。俺は貴女を迎えに来たんだからな」

迎え？　と呟《つぶや》き、腕を下ろしながらため息を漏らす。迎えなど必要ないのに。

「ヴァノッサ、もう貴方が私を必要とする理由はないはずですが」

「いいや、あるさ」

ヴァノッサは言い切る。

「俺は先ほど、皇城を抜け出してきたと言っただろう。今回は、前のように騎士を待機させているわけじゃない。本当に、たった一人でここまで来たんだ」

「それが何か」

「つまり、今回は皇帝として来たわけじゃない。俺個人として、救世主ではなくレイアスティ、貴女自身を迎えに来た」

そう言って、彼は手を伸ばした。いつかこの屋敷でそうしたように私に手を伸ばし、あの時と同じ強さで言い放つ。

「この手を取れ、レイアスティ。俺に幸せに生きて死ねと言うのなら、傍《そば》にいて見守り続けろ。代わりに俺は俺のすべてをかけて、貴女が幸せでいられるよう努める。貴女がファルガスタを故郷と呼べるようになる日まで……いや、呼べるようになってからもずっと」

ファルガスタが私の故郷に？

堂々たる態度で放たれた言葉に瞠目《どうもく》していると、彼が鮮烈な笑みを浮かべた。

「たとえ俺が死んでも、俺の国が貴女を一人になどさせない」

ヴァノッサの言葉で、心の中にあった砦《とりで》がもろく崩れ去る。

視線を下げると、ビーがまんまるに目を見開いていた。私もきっと、そんな顔をしているんだろう。一人は嫌だと、寂しいと、本当はずっと思っていた。そんな私の孤独など、とうに見抜かれていたのだ。

だけど私は、憎まれ口しか叩けなかった。

「……本当に、貴方には面倒ばかりかけられます」

「それはすまないな」

「愚帝《ぐてい》と呼ばれてもいいのですか？　魔女を皇城に迎えるなど」

「いずれ賢帝と呼ばれるようになるさ。ファルガスタにおける魔女の地位を向上させた、歴史に名を残す皇帝としてな」

「相変わらず口の減らない人ですね」

「貴女には言われたくないな」

ヴァノッサがくつくつと忍び笑いを漏らす。その間も差し伸べられ続けている手を見つめ、私は勇気を振り絞った。

「一つ、約束してもらえますか」

紅蓮《ぐれん》の瞳をまっすぐに見据える。私に故郷をくれるというなら――

「もし貴方が絶望する時があったら、その絶望を私にも分けてください。できることは少なくても、貴方の絶望を一緒に背負うことくらいならできるはずです」

お伽話《とぎばなし》の救世主のように何もかも救うことはできなくとも、彼が抱える絶望を分けてもらうぐらいはできる。一緒に背負うことだって。彼がいつか私と一緒に絶望すると言ったように、私も彼と絶望しよう。そんな日が来ないようにと、願ってはいるけれど。

私の願いを聞いて、ヴァノッサが破顔《はがん》した。

「承知した。貴女の絶望は俺が、俺の絶望は貴女が一緒に背負えばいい」

その答えに満足し、私はようやく手を伸ばしてヴァノッサの手を握った。

「では、私をファルガスタに連れて行ってください、ヴァノッサ。居心地は悪いでしょうけど、少しぐらいは我慢してさしあげます」

皮の厚い大きな手が、私の小さな手を優しく握る。すると蕩《とろ》けるように微笑んだヴァノッサが「ところで」と続けた。

「約束を取りつけてから言うのはなんだが、先ほど俺が求婚したのに気付いていたか？」

不敵な笑みを見ながら、彼の言葉を思い返す。言われてみれば、そうとも取れるような……

思い当たった瞬間、私はきっぱりと告げていた。

「約束を破棄します」

そのまま彼の手を放そうとしたけれど、がっしりと掴《つか》まれていて離れない。ヴァノッサが声を上げて笑った。

「そう警戒しないでくれ。何も、本当に今すぐ婚姻すると言うわけじゃない。口説《くど》くのはこれからいくらでもできるからな。貴女以外誰も口説く気はないから、時間ならたっぷりある」

「魔女を口説くなと、何度も言っているでしょう！」

「いいだろう。どうせこれから、人間と魔女が共存できる国になるんだ」

手を放してもらおうとするがびくともせず、それどころかますますきつく握られてしまった。

「恋敵《こいがたき》を超えるにはまだ時間がかかるだろうが、いつか俺が好きだとはっきり自覚させせるつもりだから覚悟しておいてくれ」

……恋敵《こいがたき》というのは、ビリオン様のことだろうか。

言外に私を鈍いと言い切るヴァノッサに腹を立てたらいいのか、否定すればいいのかわからない。最終的に私は諦め、吐き出すように告げた。

「じゃあ、飽きるまで口説《くど》いてください。私は絶対に応じませんので、無駄な時間になるでしょうけど」

「ああ、そうさせてもらおう」

してやったりという風に笑うヴァノッサから顔を背《そむ》ける。そこでビーが恨めしげな声を上げた。

「あんた、僕に恨みでもあんの？」

唐突に恨みごとを言われ、ヴァノッサは笑みを消してビーを見下ろした。

「なんだ、藪《やぶ》から棒に」

「僕は今日やっとレイアにカツオのタタキを作ってもらえると思って、楽しみにしてたんだよ!?　前回はあんたが来たせいで食べそこねたけど、今日こそはって思ってたのに！」

前肢《まえあし》で床を叩きながらわめくビーを見て、ヴァノッサが小首を傾げる。

「カツオ？　タタキ？」

「カツオはカナデ島で獲れる魚で、タタキというのは調理法です」

小声で説明すると「なるほど」とヴァノッサが頷《うなず》いた。そうしてしゃがみ込んで、ビーの頭を撫でる。

「それなら安心しろ。どうせ船は明日まで来ない。食事をとるぐらいの時間はあるだろう」

「ほんと？」

「ああ。ついでに茶でも飲みながら夜を明かそう。貴女たちとは、まだまだ話し足りないからな」

ビーはヴァノッサの手を振り払おうとしていたが、カツオが食べられると聞き勘気《かんき》を収めた。

「じゃあ許す！」

尻尾を左右に大きく揺らして居丈高《いたけだか》に言い放つ姿を見て、ヴァノッサと私が同時に噴き出す。その間にさっさと台所に向かったビーを追って、私もヴァノッサを連れ屋敷の中へ入った。

そのまま私たちは、北の孤島で朝まで語り明かした。私たちの今までと、これからについて――

数日後、ファルガスタは皇帝が寵愛《ちょうあい》する魔女を連れ帰ったという話題でもちきりになる。落胆する民や臣下に囲まれ私たちがどんな表情をしていたか、私からはあえて語らないでおくけれど。

書き下ろし番外編

式典前夜

目の前にドンと置かれた箱を前に、私は頭の痛い思いをさせられていた。

「私が嫌がることを知っていて、あえてやっているんですか。リズ殿」

火急の用があると言うなり、冬宮の暖炉のある部屋を訪ねてきたリズは、私の苦言を聞いて口をへの字に曲げた。

「貴様が嫌がることであるなら率先してやりたいが、今回は俺じゃない。あくまで陛下の命令だ」

「だから嫌だって言ってるんです！　貴方も、これが何なのかわかっていて運ぶなんてどうかしてます！」

声を荒らげながら私が指さした先には、綺麗な色の紙が貼られた横長の箱が置かれている。蓋《ふた》が開けられた箱の中には白雪を思わせる純白のドレスが入っていた。

白い宝石を核にした小さな花がいくつもあしらわれたドレスは、私の手が触れるのを今か今かと待っている。けれど、私はそれに手を触れる気には到底なれなかった。はあっと息を吐き出し、陰鬱《いんうつ》な気持ちを振り払うべく首を横に振る。

「婚礼用のドレスを贈ってくるなんて、ヴァノッサは何を考えているんですか……！」

ヴァノッサが贈ってきたドレスは、モーリス大陸で古くから使われる婚礼用のドレスだった。特別に作らせたものなのか、生地は艶《つや》やかで当然ながら安物などでは決してない。

頭を押さえる私に、リズが追い打ちをかけるように言う。

「求婚のつもりなんだろう。言葉を受け取ってもらえないなら、せめて物でと。貴様が陛下の求婚を断り続けたせいだ」

「受け入れたら受け入れたで文句を言うくせに、断っても文句を言うなんて性格の悪い人間ですね、貴方は」

「俺の性格が悪いのは、二度と登城を許さんと言ったのに戻ってきた貴様のせいだ」

ふん、と鼻を鳴らしたリズに私はそれ以上反論できなかった。

ビリオン様と対峙した後、北の孤島に戻ろうとした私にリズは確かに言ったのだ、二度と登城は許さないと。引き止めるために放たれたその言葉を無視するように帰ってしまったのは、私の方なのだから。

一年であっさりファルガスタに戻ってきた私は、あれから三月の間、毎日欠かさずヴァノッサの求婚をかわし続けていた。今回贈られたドレスは彼が業《ごう》を煮やした証拠なのだろうとリズは言う。

「貴様がここまで頑《かたく》なだとは思わなかったんだろう。それに苦情は俺ではなく陛下に言うんだな。陛下も、貴様の反応を見るためにもうじき冬宮に戻られるそうだ」

「遠征にでも出かけていればいいものを」

どこへなりとも出かけてくれれば、少しは安息を得られるだろうに。

苦く呟《つぶや》いた声に対する返答は、ドアの向こう側から聞こえてきた。

「遠征に行くなら、その時は貴女も一緒に来ることになるが？」

低く響いた声に顔を上げると、ドアが開いて紅蓮《ぐれん》の髪が視界に飛び込んでくる。見慣れた姿に、私は思わず顔を顰《しか》めていた。

「ヴァノッサ……もう来たんですか」

「そうあからさまに嫌そうな顔をするな。さすがに傷つく」

「お戯《たわむ》れを」

勝手知ったるという様子でずかずかと入り込んでくるヴァノッサと入れ替わるように、リズがドアへと向かう。そのまま鎧《よろい》の音を響かせて出て行く姿を見送ると、ヴァノッサが箱の中身を見下ろした。

「ドレスは確認してもらえたようだな。貴女に似合うものをと用意させたんだが」

「似合うとは思いませんし、着る気もありません。早く持って帰ってください」

「貴女のために作らせたものなんだ。持って帰ったところで使い道がない」

勝手に用意されてこちらはいい迷惑だ。そう言いたかったが、どれだけ文句を言ったところで出来上がったドレスは消えてくれない。

「売れば多少のお金にはなるでしょう」

「婚礼用のドレスを贈って振られた挙句に売りに出すなど、恥以外の何物でもない」

「勝手に婚礼用のドレスを贈って来る方がよほど恥ずかしいのでご安心を」

彼の言うとおり特注のドレスを売りに出す姿は滑稽《こっけい》としか言い様《よう》がない。だが、私としては売ってもらえた方が心穏やかに過ごせるような気がするので、できれば売って欲しいところだ。

いつものようにきっぱりと拒否を示す私に、ヴァノッサががっくりと肩を落とした。

「貴女をファルガスタに連れ戻してから三月も経つが、一向に求婚に応じる気配がないのはどういうことなんだ」

どういうことなんだとはなんだ。まるでこちらが悪いように言わないでほしい。

「その台詞《せりふ》は貴方にこそ向けられるべきものですよ、ヴァノッサ。よくも飽きずに毎日毎日求婚し続けられるものですね、感心します」

「感心ついでに受け入れてくれてもいいだろう」

「馬鹿にしているだけだと気付いていただけたら嬉しいのですが」

「そこまで嫌がることはないだろう」

「嘘はつけない性分なもので」

箱から離れ、窓際のソファに腰掛けると、彼が箱の中からドレスを取り出した。ふわりとドレスの裾《すそ》を揺らし、柔らかなそれを私の膝《ひざ》に置く。咄嗟《とっさ》に重いと文句を言いかけたが、ドレスは思っていたよりずっと軽く、着心地が良さそうだった。

ヴァノッサが向かい側のソファに座り、満足そうに頷《うなず》いている。似合っていると言いたげな姿に、私はドレスの生地を軽く撫でて嘆息した。

「いい加減飽きたらどうなんですか」

毎日毎日、飽きもせず求婚をされる側の気持ちになってもらいたい。そんな思いを込めて呟《つぶや》いたものの、ヴァノッサは大らかに笑うのみだった。

「なぜだろうな。不思議と飽きそうにないんだ。長期戦覚悟で、いつまでも口説《くど》き続けられるぐらいだ」

「迷惑なんですけど……」

「はは、心から嫌がられると応《こた》えるな」

本当に応えてなどいないくせにそう言い、彼がドレスを指さす。

「ともあれ、俺はドレスを持ち帰る気はないから、着ないのだとしても貴女が持っていてくれ。いつか気が向いた時に着てくれればいい」

「気が向いた時って、要するに私が根負けして折れたらってことですよね」

「求婚を受け入れてくれた時という話だ」

どちらも変わらないのにあえて言い直すあたり、私が本気で迷惑がっているのを少しは気にしているのかもしれない。

強引に事を進める割に、時折繊細になるのが彼の不思議なところだった。そして、繊細そうな面を見るとついこちらが折れてしまうのも、我ながら不思議だと思う。

触れたら壊れてしまいそうな小さな花が、ドレスの生地にいくつもあしらわれている。

そのうちの一輪にそっと触れた後、私はドレスを抱きしめた。

「……わかりました。このドレスは衣装棚に保管しておいて、私が根負けした時に着ることにしましょう。その前に貴方が寿命で死ぬかもしれませんけれど」

長期戦を覚悟しておいてほしいと暗に告げると、ヴァノッサは一瞬黙った後で「注文を付け足したい」と言い出した。

「俺が死んだらその時は焼いてくれ。貴女が他の男との結婚でそのドレスを着ると考えると、うかうか死んでもいられん」

「では長生きしてください。そうすれば求婚の機会も増えるでしょう」

ヴァノッサからの求婚を散々断るぐらいなのだから、他の人間と結婚するとは思えないのだけれど、一応そう言っておく。するとヴァノッサは何を勘違いしたのか、軽く目を見開いて蕩《とろ》けるように微笑んだ。歓喜に満ち溢れた笑顔に、思わず面食らってしまう。

「そうか、俺を死なせないために求婚を断っていたんだな」

……どうしてそうなるのか。

「自意識過剰もここまでくると清々《すがすが》しいですね」

辛辣《しんらつ》に言い放った私は、嬉しそうにするヴァノッサの視線から逃げるように、衣装棚のうちの一つを選んでその前に立つ。取っ手を持って扉を開き、何も入っていない空間にドレスをしまいこんだ。

「ドレスは魔術で封印しておきましょう。そうすれば、色褪《いろあ》せることもありません」

「明日にでも封印を解くことになるのにか？」

「それはありえません」

どこから自信が湧いてくるのか、ヴァノッサが当然といった風に指摘してきたので、私は小馬鹿にするように返しておいた。すると、衣装棚の横から灰猫がひょっこりと顔を覗《のぞ》かせる。

「レイア、どんどんヴァノッサに対して辛辣になってるね……。気持ちはわかるけどさ。レイアもヴァノッサも、全然懲《こ》りないよね」

ビーが呆れたようにこちらを見上げた後、私の足元に体を擦り付けてくる。やや眠たげな姿を見つけ、ヴァノッサが首を傾げた。

「なんだ、ビーもいたのか」

「さっきからずっと、ドレスを破る機会を窺《うかが》ってた」

事も無げに言う姿は、私よりよほど辛辣だ。ヴァノッサが苦笑しているのがその証拠だろう。きらりと鋭い爪を見せつけているのも原因かもしれない。

私はドレスを破かれないよう、早々と封印の魔術をかけて衣装棚の扉を閉じた。

ヴァノッサはドレスがきちんと保管されたのを見届け、ゆっくりとソファから立ち上がった。

「怖い護衛が睨《にら》んでいるようでは口説きにくいな。今日はここまでにしておくか」

「ええ、そうしてください」

そうしてもらえると助かる。ほっと胸を撫で下ろしていると、ビーが私の足元にまとわりついたまま毛を逆立てた。

「ていうか早く帰りなよ。あんた皇帝なんだから仕事一杯あるんでしょ?」

「少し休憩したら執務に戻る。それまで、猫で遊ぶのもいいな」

そう言うなり大股でこちらに近づいてきて、ビーを抱き上げる。

「ちょっと、触んないでよ!」

「暴れると落ちるぞ」

「いいよ落ちても! レイア、助けて!」

「いいじゃない、遊んでもらえば」

「やだよ、だってこいつ僕の毛並みをぐしゃぐしゃに——わわ、駄目だってば!」

小柄な体躯《たいく》を両手で抱き上げ、ヴァノッサがビーの頭を強引に撫でる。毛をますます逆立てたビーが彼の腕に爪を立てようとするものの、その攻撃は器用に避けられた。傍《はた》から見ると楽しそうな光景を尻目に、私はさっさとソファに戻る。

ビーの悲鳴を聞きながら、衣装棚に目を向ける。そうして、今しがた封印されたばかりの純白のドレスに思いを馳《は》せた。

このドレスは、一体どれだけの長い期間眠ることになるのか——

◇◇◇

瞼《まぶた》を開くと、穏やかな漆黒が周囲に広がっていた。

「今のは、夢……？」

頭の奥で、強い眠気が脳をちりちりと焼いているような痛みを感じる。私はその痛みを振り払うように軽く息を吐き、ゆっくりとベッドから身を起こした。

遠くからヴァノッサが声をかけてくる。

「レイアスティ？　もう起きたのか」

目を向けると、彼は窓際に設置されたソファに座り、何やら書類に目を通しているようだった。暖炉の中では薪が轟々《ごうごう》と炎を上げている他に、大量の灰が見える。どうやら、彼は長い間そこに座って書類の確認をしていたようだ。

「貴方こそまだ眠らなくていいんですか？」

「明日の段取りを再確認したら眠るさ」

軽く肩をすくめたヴァノッサに私は眉を顰《ひそ》め、ショールを手に彼に近づく。すると、傍《そば》に立った私に見せつけるようにヴァノッサが書類をこちらに向けた。

「婚姻の儀など、いくら俺でも初めてだからな。間違いがあっては困る」

「少々の間違いなど誰も気付かないでしょう」

「緊張してとんでもない失敗をしでかしてしまうかもしれない」

「あら、貴方の口から緊張なんて言葉が出てくるなんて驚きですね」

いつ何時でも民の前で堂々たる姿を見せるヴァノッサが、婚姻の儀一つで緊張なんて意外な話だ。私が小さく笑うと、彼が不満そうに顔を背《そむ》けた。

「貴女は緊張していないのか。明日の儀式に参加するのは、貴女も同じはずだが」

「どんなことも、なるようにしかなりません」

ファルガスタ皇帝の婚姻の儀は長時間に及ぶ。いちいち一つ一つの段取りの仔細《しさい》を覚えられる自信などなかった。式典の中でもっとも重要な、神前での誓句《せいく》は覚えているので問題ないだろう。

私の言葉にヴァノッサが苦笑する。

「いざという時の度胸《どきょう》は、俺よりもよっぽど貴女の方が上のようだな」

「そのようですね。それにしても、未だに信じられません。私と貴方が結婚だなんて」

ヴァノッサの向かい側にあるソファに座り、ショールを肩にかける。そうしてしみじみと言うと、ヴァノッサも感慨《かんがい》深そうに頷《うなず》いた。

「貴女を北の孤島に迎えに行ったあの日から、もう十年も経ったんだな」

「あの頃から比べると、貴方は少し老けましたね、ヴァノッサ」

「そういう貴女はちっとも変わらないな」

苦笑を深めるヴァノッサに笑い返し、私は「もう十年ですか」と呟《つぶや》いた。

モーリス大陸全土を危機に陥《おとしい》れたビリオン様と対峙し、彼を打ち倒してから私は一年ほど北の孤島にある屋敷で暮らしていた。そんな私をヴァノッサが連れ出し、そこから十年。思えば随分長い時間が経過したものだ。

暖炉の炎に照らされたヴァノッサの顔は、当然ながら十年前ほど若々しくはない。あの頃より肌がわずかに黒くなり、皺《しわ》も浮かんでいるように思える。しかし青すぎるほどの若さが消えた分だけ精悍《せいかん》さが増し、自信を滲《にじ》ませる紅蓮《ぐれん》の瞳には覇気が漲《みなぎ》っていた。彼にとって必要な、良い時間を過ごしてきたのだとひと目見るだけでわかるほどに。

黙ってヴァノッサの顔を見つめていると、彼が肘掛けに片肘をついた。

「貴女を妻にするのに、結局十年もかかったんだな。ファルガスタの民に魔女との婚姻を認めさせるのもそうだが、貴女を口説くのがこんなに困難を伴うとは驚きだ」

皮肉るような口ぶりに、こちらも同じような声音で応戦する。

「私としては、貴方が十年も諦めなかったことに驚いていますよ。一年もすれば飽きると思っていたんですが」

ヴァノッサは一日たりとも諦めなかった。私に求婚を繰り返しながら、ファルガスタの民に魔女の存在を認めさせるため、私を連れ出して各地を巡り続けた。復興の指揮を執《と》り、孤児院や学校を巡り、市内を散策し、そのすべての道程に私を同行させたのだ。

そうしてヴァノッサを介して私と民が向き合う機会が増え、五年も過ぎた頃にはしつこい求婚に辟易《へきえき》する私に対し同情の言葉が向けられるほどに、私たちの距離は近づいていた。

「俺の執念を舐《な》めてもらっては困るな。俺は初代炎帝《えんてい》ビリオンの子孫だぞ。諦めの悪さならファルガスタ一を誇れるという自負がある」

何の自慢にもならないことを言われ、私は深くため息をついた。

「そのようですね。民も私も、貴方のしつこさに負けて折れてしまいましたから」

「民はともかくとして、ただ折れたぐらいで結婚までしてくれるような性格じゃないだろう、貴女は」

ヴァノッサが不敵な笑みを浮かべる。明日婚姻の儀を迎えられるのは彼のしつこさのせいだけではないのだろうと、こちらに問いかけるように。

私は答えを返す気になれず、別の言葉で返した。

「先ほど、懐かしい夢を見ました。貴方が、私にドレスを贈った日のことです」

夢の中で着せられそうになったドレスを思い浮かべながら告げると、ヴァノッサが昔を懐かしむように目を細めた。

「あの時、貴女は頑《がん》として俺を受け入れようとはしなかったな」

「当然です。いきなり婚礼用のドレスを贈られたんですよ」

「あの時喜んでドレスを着てくれていたら、俺がこんなに老けるまで待つ必要はなかったんだがな。……そういえば」

軽口を叩いたヴァノッサが、ふと部屋の片隅にある衣装棚に目を向けた。

「明日の儀式に使うドレスだが、本当にあのドレスでいいのか？　十年も前に作らせたドレスだぞ。型も飾りも、今のものと比べると随分古めかしいが」

衣装棚の中には、この十年もの間魔術によって保管され続けてきたドレスが眠っている。あの日、ヴァノッサが私に贈った時から一度も袖を通していないそれが日の目を見るなんて、十年前の私には想像もできなかった。

ヴァノッサの再確認に、私は躊躇《ためら》いもなく頷《うなず》いた。

「かまいません。ドレスがあるのにもう一度作らせる気にはなれませんし、それにあの時約束したはずです。私が根負けしたら、その時あのドレスを着ますと」

あの時も今も、自分がヴァノッサを好きになったらとは言わなかった。ヴァノッサが調子に乗るからではなく、ただ恥ずかしいからなのだけれど。

私の返答は、ヴァノッサを満足させたらしい。肩の力を抜いた彼が立ち上がり、こちらに手を差し出した。

「さて、もう寝るか。貴女も来い。明日も早いんだ。今のうちに寝ておかなければな」

「段取りを確認しなくていいんですか？」

「なるようになれだ」

私と同じような事を言うヴァノッサの手を見つめる。

何度も差し出されてきた手は、いつもと変わらず私が手を重ねるのを待っていた。それは必ず私が彼の手を取るだろうという驕《おご》りにも似た自信の表れでもあり、そうしてほしいという願いでもあったのかもしれない。

いずれにせよ、忍耐力の必要な話だ。その証拠に、十年も一緒に冬宮のこの部屋で寝泊まりしていたのに、彼は一度たりとも私を手籠《てご》めにしようとしたことがないのだから。

「時折、貴方が自信家なのか繊細なのかわからなくなることがあります」

囁《ささや》きに、ヴァノッサが眉を顰《ひそ》める。恐らく聞こえなかったのだろう。

「なんでもありません。さあ、ベッドに戻りましょう」

問いかけるような眼差しを避け、彼の手を取る。大きくがっしりとしたそれを握り、私はベッドに戻る前に、衣装棚に目を向けた。

あと数刻もすれば、十年ぶりに衣装棚から取り出されたドレスが魔術の封印を解かれ、真新しい生地の匂いを漂わせることだろう。私はそれに袖を通し、サイズがぴったりであることに呆れながら、ヴァノッサの待つ儀式の間へと向かっていく。

その時を楽しみにしていることは、きっとヴァノッサですら知らない。

私は口元を綻《ほころ》ばせながら、ヴァノッサとともにベッドに戻った。

本書は、2014年3月当社より単行本として刊行されたものに書き下ろしを加えて文庫化したものです。

RB

レジーナ文庫

最果《さいは》ての魔女《まじょ》

天都《あまと》しずる

2015年5月20日初版発行

文庫編集－橋本奈美子・羽藤瞳
編集長－塙綾子
発行者－梶本雄介
発行所－株式会社アルファポリス
〒150-6005 東京都渋谷区恵比寿4-20-3 恵比寿ｶﾞｰﾃﾞﾝﾌﾟﾚｲｽﾀﾜｰ5階
TEL 03-6277-1601（営業） 03-6277-1602（編集）
URL http://www.alphapolis.co.jp/
発売元－株式会社星雲社
〒112-0012東京都文京区大塚3-21-10
TEL 03-3947-1021
装丁・本文イラスト－櫻木けい
装丁デザイン－ansyyqdesign
印刷－株式会社暁印刷

価格はカバーに表示されてあります。
落丁乱丁の場合はアルファポリスまでご連絡ください。
送料は小社負担でお取り替えします。

ISBN978-4-434-20536-1 C0193